A MILD NOBLE'S VACATION SUGGESTION

優雅貴族的休假指南。

9

著 岬 圖 さんど
譯 簡捷

◆ Contents ◆

A MILD NOBLE'S
VACATION SUGGESTION

CHARACTERS

人物介紹

利瑟爾

本來是為某國王效命的貴族，不知為何掉到了與原本世界十分相似的另一個世界，正在全力享受假期。試著當上了冒險者，不過常常有人不敢置信地多看他一眼。

劫爾

傳聞中的最強冒險者，可能真的是最強。興趣是攻略迷宮。

伊雷文

原本是足以威脅國家的盜賊團的首領。蛇族獸人。別看他這樣，親近利瑟爾之後作風已經比先前收斂許多了。

賈吉

商人，擁有自己的店舖，擅長鑑定。看起來很懦弱，其實交涉的時候頗有魄力。

史塔德

冒險者公會的職員，面無表情就是他的一號表情。人稱「絕對零度」。

納赫斯

負責阿斯塔尼亞魔鳥騎兵團的副隊長。遇上刺激照顧欲的利瑟爾之後，他照顧人的技能一口氣點滿了。

小說家

阿斯塔尼亞的新銳作家，寫作風格吸引年輕女性讀者。和團長是戰友關係。幼女（成年）。

旅店主人

旅店老闆，利瑟爾一行人在他的旅店下榻。就只是個這樣的男人。

105

「『公會主辦．隊伍團結力考驗大賽』？」
「沒錯。」
利瑟爾他們像平時一樣造訪冒險者公會，在辦理接取委託手續時聽見職員告知這個活動而偏了偏頭，一副完全沒耳聞過這活動的樣子。這也難怪，光頭的公會職員放棄似地嘆了口氣。
「是因為公會長一時興起，昨天才敲定的活動。辦得太突然啦，所以我們正在緊急徵求參賽者。」
「所以想找我們參加嗎？」
「要是你們出場，以話題性來說也比較容易吸引到觀眾吧。」
他們被當成招攬客人用的工具了。
不過，不知是出於公會長的興趣還是什麼原因，阿斯塔尼亞的冒險者公會時常舉辦有趣的活動呢，利瑟爾點了個頭。不論是先前幻象劇團「Phantasm」的團長提過的魔物人氣投票，還是船上祭的迷宮品展覽，公會向國民展現自我的活動總是沒少過。
說是討好大眾就太難聽了，簡言之就是「這些冒險者性格比較火爆，還請大家多多包涵」的意思吧。冒險者本來就是一群魯莽漢子的集團，民眾若能對他們抱有親近感是最好的了。

「不過，劫爾不喜歡這種活動吧。」

論冒險者的知名度，一刀是最有集客效果的人。

如何呢？利瑟爾往身旁瞥了一眼，不出所料看見劫爾回以嫌惡的表情。果然沒辦法呢，利瑟爾露出溫煦的笑容，也不打算強迫劫爾，畢竟他自己也沒有無論如何都想參加的理由。

「不，最少只要有兩個人就可以參加了。本來就預計會有好幾種比賽項目，每次都會讓參賽者挑選隊伍裡面最擅長那個項目的兩個人出來參賽。」

冒險者隊伍的人數不一定，要訂下固定的參加人數也有難度。既然如此，隊伍最少總有兩個人吧，因此公會決定用兩人一組的競賽項目考驗大家的團結力。

「所以是怎樣的項目啊？」伊雷文問。

「到比賽當天以前都會保密，為了公平起見嘛。」

其實是競賽項目根本還沒決定吧？在這麼猜測的三人面前，公會職員滿懷著期待抬起臉，同時把公會卡還給他們，看來手續也辦完了。

「怎麼樣，有沒有意願參加啊？參加費用是一枚銀幣。」

「隊長，你想去的話要不要跟我一起參加？」

利瑟爾拿著公會卡，回望湊過來的伊雷文。

基本上伊雷文很能配合周遭的氣氛一起歡鬧，不排斥這種活動；不過假如沒有什麼目的，他也不是會積極地說想參加大賽的那種人，要是利瑟爾不參加他就沒興趣了。

看著伊雷文得意的笑容，利瑟爾也露出微笑。

「那就參加看看吧，感覺很有趣。」

「嗯，好喔！」

「劫爾，你也來看我們比賽吧。」

「只是看看的話。」

職員忍住用力握拳擺出勝利姿勢的衝動，環抱起雙臂，連連點頭說很好、很好。

為了明天，職員們正在緊鑼密鼓地籌備競賽事宜，要是參賽者和觀眾稀稀落落就太讓人失望了。雖說阿斯塔尼亞本來就以喜歡熱鬧慶典的國民居多，但這比賽是臨時舉辦，考量到活動目的，觀眾還是越多越好。既然利瑟爾他們答應參加，公會就不愁吸引不到觀眾了。

「早上十點鐘響時開始，到時再跟你們收參加費用啊。」

「我知道了。」

講解過活動舉辦地點等等的說明事項，職員送利瑟爾他們離開了公會。

看著他們三人的背影，職員忽然有個想法。說這三人感情好總讓人覺得不太對，不過既然組成隊伍又沒有鬧翻，以冒險者來說算是感情不錯了吧。實際上看他們互動，也感覺得出他們對彼此的肯定。

但即使如此，職員還是忍不住這麼想。

「（那些傢伙看起來沒什麼團結力啊……）」

雖然慫恿他們參加還這樣說不太好，但利瑟爾他們怎麼看都像是三個個人主義者的集合，實在不像會彼此合作的人。職員撫摸著自己下巴上的鬍鬚，一臉五味雜陳。明天不曉得會怎麼樣？他邊想邊走去幫下一組冒險者辦手續了。

阿斯塔尼亞臨海的沙灘分為西側與東側兩個區域。坐落在海岸上的港口以王宮為中心鋪展開來，在港口外側就是一整片白色的美麗沙灘。

平常沙灘是孩子恣意奔跑、大人跳進海中戲水，戀人也悠然漫步的地方，今天搖身一變成了活動會場，擠滿大批不分男女老少的觀眾。沙灘正中央，豎著一面寫著「公會主辦·隊伍團結力考驗大賽」的大旗子。

「聚集了不少人呢。」

「畢竟他們拚了老命在宣傳。」

劫爾無奈地說，利瑟爾有趣地笑了出來。

昨天接了委託之後，光是走出公會大門到馬車停置處這段路，他們就看見到處都有公會職員在拚命宣傳這次的競賽。而且宣傳內容當中，不知為何已經火速加入了利瑟爾他們要參加的消息，實在令人感到不可思議。

除了觀眾之外，這裡也聚集了不少攤車和四處兜售商品的小販，不曉得是公會找來的，還是自己聚集過來的。利瑟爾他們穿越人群熱鬧的喧囂聲，踏進了沙灘。

「沙子跑進涼鞋的縫隙，踩起來沙沙的呢。」

「都是這樣的啦。」

伊雷文哈哈笑道。是這樣嗎？利瑟爾低頭看向腳邊。

至今他從來沒有穿過涼鞋。這種鞋子用皮革製成，設計上看得見裸足，是伊雷文聽說場地是沙灘時為他準備的。但是穿起來還真不習慣，利瑟爾露出苦笑。

當然，伊雷文準備的可不只有涼鞋而已。為了今天，他替利瑟爾從頭到腳準備了在沙灘上活動也不顯突兀的服裝，拜他所賜，今天的利瑟爾甚至露出了一點點腳踝。

「隊長不適合廉價的打扮嘛，我可是很努力欸。」

「看起來確實是沒有跑錯地方的感覺了。」劫爾說。

「對吧！」

總覺得他們口無遮攔，利瑟爾邊想邊環顧周遭。

不過他們倆說得沒錯，參賽的冒險者們全都脫下了裝備，換上一身輕裝，再加上阿斯塔尼亞也有許多男人平時就幾乎打著赤膊。假如以自己平時的打扮前來，確實會顯得突兀也不一定，因此他直率地道謝：

「謝謝你，伊雷文。」

「喜歡嗎？」

「當然。」

伊雷文像在檢查似地拈起利瑟爾的衣服端詳。利瑟爾朝他瞇起眼睛一笑，他便回以一個滿意的笑容，鬆開了利瑟爾的衣服，然後用同一隻手撥開自己背後晃動的馬尾。

「所以我們該到哪去？」劫爾問。

「我想應該是那邊？」

「那邊好像是觀眾席欸。」

利瑟爾一行人就這麼踩著鬆軟的沙子，往人群聚集的方向走去。隨興坐在沙灘上的應該就是觀眾了，三人從那些群眾身邊走過。

「劫爾，你真的不參加嗎？」

「不參加。」

「啊，不過只要登記參賽，好像就能坐在近處觀看哦。」

觀眾和冒險者之間沒有特別區隔，不過坐在大太陽底下觀賽對劫爾來說應該很不舒服吧，利瑟爾於是朝著散見於沙灘上的休息空間指了指。

那應該是為了各組冒險者準備的空間，沙灘上鋪著地毯，還以布幔搭起了簡易的遮陽棚。這裡吹得到海風，只要擋住陽光就非常涼快了。

阿斯塔尼亞平常就相當溫暖，不過今天即使考量到萬里無雲的好天氣，感覺還是特別炎熱，是因為位在沙灘的關係嗎？

「如何呀？」

「……我只登記而已啊。」

劫爾敗給了暑氣。

「來來來，參加大賽的冒險者請到這邊登記！我們馬上就要截止登記囉——！快點！拜託你們不要改變主意——！」

這時候，他們找到了猛盯著這裡大聲吶喊的公會職員。

「隊長，我去買喝的！」

「我要不甜的。」劫爾說。

「我知道啦。」

「那我先去登記哦。」

除了飲料之外，伊雷文恐怕還會買來各種雜七雜八的食物吧。目送伊雷文離開，利瑟爾完成了只需要報上名號的登記手續，並繳交了三人份的參加費用。

職員好像也聽說只有利瑟爾和伊雷文兩人要參加，因此在那三枚銀幣和他們兩人之間來回看了好幾次。不過，反正這活動隨興到開場前才決定報名也一樣能參加，所以沒什麼問題。

「昨天才那麼說，今天就募集到不少人，還真厲害呢。」

「你也是參賽者啊。」

「話是這麼說沒錯。」

差不多要開始了嗎？他們兩人邊說邊隨意走向無人使用的休息空間。就在這時……

「啊。」

「咦？」

聽見忽然傳入耳中的聲音，利瑟爾停下了腳步。

往周遭環顧一圈，隨興席地而坐的觀眾，還有在沙灘上奔跑的小孩以及冒險者紛紛映入眼簾，不過沒有熟識的面孔。是聽錯了嗎？正當利瑟爾偏著頭這麼想的時候，劫爾忽然抓著他的頭讓他往下看。

那裡是觀眾席和競賽場地之間自然形成的界線，在觀眾席的最前方，有兩個面熟的人蹲在地上，嘴裡含著喝飲料的麥管仰頭望著這裡。

她們感情還是這麼好，利瑟爾微微一笑。團長和小說家的二人組，在他面前拍拍屁股站起身來。

「妳們好，從船上祭之後就沒見過了呢。」
「咦？啊，呃，呃嗯嗯嗯嗯嗯，應該是吧……！」
「恭喜你今天跟他在一起啊臭小子……」
她們語尾哽在喉嚨，不知在痛苦掙扎什麼，利瑟爾眨著眼睛納悶這是怎麼回事。在他身後，劫爾對她們的反應無言以對，同時不著痕跡地別開視線。
團長她們手忙腳亂地發洩了某些不知名情緒之後，一口氣喝光拿在手上的飲料，然後呼出一大口氣。看來她們冷靜下來了，利瑟爾於是點點頭繼續剛才的對話：
「今天妳們兩人一起來觀賽嗎？」
「應該說是換個地方開會吧臭小子。下一部劇本我打算讓她寫冒險者的故事，實際看看冒險者應該會有什麼靈感吧，所以我們就來啦。」
「對寫小說也會有幫助吧，大概。平常也不太有機會這樣光明正大盯著冒險者看。」
一位是兼寫劇本的劇團演員，一位是小說家，或許是因為職業關係，她們倆在一起的時候談的大致都是工作。這兩人想必相當合得來，感情確實也很好，不過難免讓人覺得，都不休息真的好嗎？
話雖如此，凡事都全力以赴也是好事，利瑟爾這麼想著，點了個頭。
「你們今天要參賽吧，我們會幫你們加油的！」
「雖然看起來不太像要參賽的樣子，你們加油啦臭小子。」
「被熟人看著很緊張呢。」
利瑟爾的笑容絲毫沒有緊張感，團長她們看了深以為然地想著不愧是他。這時，會場上響起了公會職員的吆喝聲，聽得出大賽不久後即將開始，團長她們於是再次說了聲加油，便與利瑟爾他們道別了。

團長看著那兩人的背影，邊咬著麥管喃喃自語，幸好這句話只有她隔壁的小說家聽見：

「……那些傢伙絕對沒有團結力吧臭小子。」

「噓。」

大家都這麼想。

接著，十點的鐘聲響起。

觀眾也增加了。在群眾團團圍坐的沙灘正中央，一名公會職員走了出來，在看得見所有人的位置停下腳步之後，把手中握著的魔道具拿到嘴邊，另一隻手背在背後。

他將雙腿打開與肩同寬，深深吸了一口氣。把躁動亢奮的氛圍吸滿了胸腔之後，職員擺出嚴肅的表情，筆直面向正前方。

『今日有幸迎來晴朗的天氣，開場之前，公會在這裡祝福在場的各位身體健康、闔家平安……』

問候語說到一半戛然而止，下一秒立刻變成仰天咆哮：

『大家以為我們會這樣開場嗎——！！阿斯塔尼亞今天嗨不嗨啊——！！』

這句話引爆了觀眾高漲的期待，震耳欲聾的歡呼聲撼動整座沙灘。

在冒險者和觀眾一片高昂的情緒當中，利瑟爾他們悠哉地望著這幅光景。地上鋪的毯子好像是魔力布，帶著一點冰涼感，坐起來非常舒適。

利瑟爾喝著伊雷文買來的冰咖啡，看著瘋狂煽動氣氛的公會職員手上那個魔道具說：

「擴音器也有各種不同的外型呢，和我在卡瓦納看見的完全不一樣。」

「那裡的東西很多都是匠人獨創的設計，這種才常見吧。」劫爾說。

「但這也不是什麼常見的東西吧。」伊雷文說。

「是啊。」

原來如此，利瑟爾點點頭，搖了搖手中的杯子，冰塊碰撞的聲音微微響起。

『今天的解說兼實況播報員，就由平常在公會負責宣傳業務的我來擔任，那麼就從這次大賽的說明開始！』

利瑟爾他們昨天已經聽過了概略說明，因此這應該是為觀眾做的解說。

每一種競技都是由隊伍內推選兩人參加，大賽準備了好幾種競賽項目，規則會在每一項競賽開始時說明。除了特別嚴重的情況之外不會宣告行為違規，但請注意不要引起糾紛。

優勝的隊伍，可以一口氣贏得今天所有冒險者繳交的參加費用。

「這麼說來，職員昨天沒有跟我們說獎品是什麼呢。」

「來不及準備吧。」劫爾說。

「贏的全拿，感覺好像賭場喔！」

看來公會好像沒空思考要送什麼獎品。

剛才就覺得以公會舉辦的活動而言這次的參加費用偏貴，要大家繳交銀幣該不會是為了讓獎金顯得比較氣派吧，總覺得想出這種點子的是公會長……利瑟爾這麼想著，將喝到一半的冰咖啡交給劫爾。第一項競賽差不多要開始了。

『那麼現在就發表第一個競賽項目，好好記在你們貧弱的腦袋裡啊冒險者們！』

該說真不愧是公會職員嗎？

面對冒險者也敢毫不客氣地挑釁，看他在冒險者們充滿威嚇意味的噓聲當中仍然裝作沒聽見，架式簡直堪稱優雅自若。

『競賽項目一，「瞭解彼此的借物賽跑」！首先第一位參賽者隨著號令開跑，從排列在沙灘的卡片當中拿起一張。每張卡片上都寫著跟搭檔相關的問題，從左到右難度越來越高！』

一個人是跑者。

跑者面向後方，並排蹲伏在起跑線上，在號令響起的同時起跑，然後取得擺在沙灘上的卡片。現在排在沙灘上的卡片有五張，看來一次由五個隊伍進行比賽。

單純的跑速固然重要，不過爆發力一定也會對結果產生顯著影響，越早跑到卡片處就能取得越簡單的題目。

『另外，這些卡片是迷宮品，一旦喊出錯誤答案它就會自己燒掉，所以答不出來請喊跳過。這是很貴重的紙，但是公會長說什麼都要用！不要燒掉太多啊！』

非常迫切的呼籲。

從昨天忙到今天，公會職員們說不定沒什麼睡，亢奮程度不太尋常。

『第一個人回答之後，就輪到第二個人出場！可以看到卡片的位置再過去有三個箱子對吧？請從箱子當中抽出一張紙，借到紙上寫的東西，帶到判定員那邊就能獲勝！』

有一位職員站在箱子旁邊揮著雙手，身上掛著醒目的「判定員」彩帶。

必須有人判定借來的東西是否符合題目要求，這也就代表紙上寫的題目不明確到需要裁判的地步，不祥的預感使得冒險者們紛紛皺起臉來。

『不過這三個箱子也有不同的難易度！第一個人正確回答卡片上的問題就能抽取簡單的箱子，如果只是矇對就抽普通的，跳過或是答錯的話只能抽困難的箱子！判定只要看卡片就一目瞭然，答對卡片會發出很亮的光芒，用猜的矇對會冒出很多煙霧！』

迷宮出品的高品質在這裡也毫不吝惜地發揮出來。

一想到除了自己以外也會有人從寶箱裡開到奇怪的東西，利瑟爾的心情稍微輕鬆了一些。

『所以對搭檔瞭解多少就是這個項目的關鍵所在！隊友之間深厚的情誼實在美哉！那麼我現在念到的隊伍請推派兩位代表到前面來——！』

每個隊伍跑三趟，以完成速度決定綜合排名。

老實說，第一個人的跑速無論快慢都只會造成數秒的差距，就算跑得最慢、抽到最難的卡片，只要能夠答對問題就能靠著借物環節一口氣追上。

換言之，答對與搭檔相關的問題是獲勝的必要條件。參賽的冒險者全都做出這個結論，因此到現在還在交換個人情報。

在這種狀況當中，利瑟爾站起身來，看向伊雷文。

「伊雷文，你想當跑者，還是負責借東西？」

「這怎麼會有選項啊？」

「我想說還是問一下呀。」

劫爾和伊雷文不約而同投以「這還要問？」的視線。

在同一時間，負責解說的職員也念出這一輪參加的五個隊伍名稱。參加的隊伍很多，無法只跑一輪三趟就結束，順序應該是公會隨便用爬梯子之類的方式抽籤決定的。

『第二個隊伍，那個三人組——，那個三人組——』

「說的是我們嗎？」

「真不知該說好懂還是難懂。」劫爾說。

「沒有隊伍名稱有點不方便喔。」伊雷文說。

「一刀＋其他。」

「三人隊。」

「隊長和紅紅黑黑的夥伴們。」

利瑟爾和伊雷文一邊這麼開著玩笑，一邊走到陽光底下。眩目的日光照得利瑟爾舉手遮住眼睛，伊雷文邊伸展身體邊抬起頭看他。

「問題不知道是什麼欸，會是關於隊長的題目嗎？」

「不，應該是任何人抽到都可以回答的題目，所以會是『請說出搭檔喜歡的顏色』這類的問題吧。」

「這題我答不出來欸。」

「要是真的抽中了，就請你猜猜看吧。」

看見利瑟爾惡作劇似地瞇細眼睛這麼說，伊雷文也站起身哈哈大笑。

輸贏之爭就是來真的才有意思，而且他們倆都覺得這樣更有趣。

「那麼劫爾，我們走了。」

「我們出發啦——」

「嗯。」

在解說職員催促大家集合的聲音當中，兩人窸窸窣窣踏著沙灘走遠。看起來這麼開心，真是太好了。劫爾喝著稍微回溫的冰咖啡目送他們離開，也不考慮自己是否有資格說別人就想著「那兩個傢伙看起來沒什麼團結力啊」。不過利瑟爾他們當然不知情。

『那麼第一組已經準備好了！』

手上拿著旗子的職員，指示參賽者胸部和兩隻手肘著地伏在沙灘上。冒險者們把腳朝向排列在沙灘上的卡片，調整好姿勢準備聽取號令、隨時起身。

伊雷文也是其中一人。反正只要手肘著地就好了吧，因此他一手撐著臉頰，邊想著沙子好燙，邊望著舉起紅色旗子的職員。

等到那面旗子揮下，就表示比賽開始了。

『大賽的第一場競賽現在即將揭開序幕！最受矚目的果然還是那個三人組嗎！沒有隊伍名稱實在很不方便！』

你這麼說我也沒辦法啊，在稍微遠離跑者的地方，利瑟爾站在三個箱子前面這麼想。

從利瑟爾的角度，可以清楚看見伊雷文趴伏在起跑線的模樣。眼見他時不時抬起腳，又啪地落回沙灘上，利瑟爾面帶微笑心想，遊刃有餘時把自己從容的樣子表現出來很符合伊雷文的作風。

接著，職員終於宣告比賽開始。

『那麼熱血的戰爭就要開始啦，冒險者們！預備…………開始！！』

旗幟唰地揮下，冒險者們瞬間站起身來。

該說真不愧是冒險者嗎？他們的動作幾乎感覺不出與號令的時差，所有跑者形成一列，只有伊雷文已經領先一步跑了出去。

他在起身的同時以流暢的動作踏出了第一步，鮮少有人明白這是經過多少鍛鍊才能達成的困難動作，它發生在剎那之間，肉眼幾乎追不上。

「（好快哦。）」

事實上利瑟爾也只說得出這點程度的感想。

只不過，正因為他一直注視著伊雷文，所以才發現了一件事：伊雷文的第一步，看起來好像跨得特別大。

『掉下去啦——！！』

下一秒，除了伊雷文以外的冒險者全都掉進了沙坑裡。

『這就是我們公會的驕傲，挖在第一步的地洞陷阱！這種疏忽在迷宮裡可是會危及性命的啊，公會長好心提醒你們這點，冒險者們記得心懷感激！』

「滾一邊去！」

「明天到公會就給老子記著！」

比剛才更加險惡的噓聲此起彼落，這時利瑟爾不經意看向旁邊。

平時被繁瑣雜務追趕得焦頭爛額的公會職員們，現在正指著掉進地洞裡的冒險者瘋狂爆笑，他們該不會就是徹夜沒睡挖了這地洞的人吧？他們的反應讓旁觀者也不禁傻眼。

轉眼間伊雷文已經輕鬆來到卡片旁邊，毫不客氣地撿起難度最低的那張卡片，在手中將卡片翻過來一看：

【搭檔的名字是？（不可回答假名、簡稱）】

『哦，這時候某種意義上一如預期的人物抵達了卡片旁邊！第二到第四張的難度都差不多，不過第一張、第五張的難度特別明顯，這題他絕對可以輕鬆……』

「跳過！」

『居然跳過了——！！這是為了表現他們的從容嗎？』

這題伊雷文沒有任何頭緒，因此連半秒也沒猶豫，光明正大地喊了跳過。

這麼一來利瑟爾就得從高難度的箱子抽取題目了。在抽題之前，利瑟爾朝伊雷文招了招手，對方也察覺他的動作跑了過來。利瑟爾湊過去看了看伊雷文手中的卡片，不禁心領神會地點點頭。

「這就沒辦法了。」

「嗯啊，所以隊長你加油喔。」

「我會的。」

看見其他跑者開始從地洞裡爬上來，利瑟爾連忙站到箱子前面。

接著，他毫不猶豫地將手伸進看不見內容物的箱子裡。反正看不見內部，煩惱也沒意義，因此利瑟爾把手指碰到的第一張紙直接抽了出來。

他打開摺起的紙張，一邊期待要借什麼東西，一邊看向紙上的字。

「啊，這個應該沒問題。」

利瑟爾露出安心的微笑，毫不遲疑地走向觀眾聚集的區域。

集眾人的視線於一身，利瑟爾仍然不以為意地來到剛才交談過的團長她們面前。她們卯足了勁朝他遞出各式各樣的東西：

「要借什麼啊臭小子！眼鏡嗎？劇本嗎？」

「是筆嗎？還是筆記本？」

「都不是，我希望小說家小姐跟我一起過去。」

利瑟爾微微一笑，朝她伸出手。這時候應該面露嬌羞的那位少女，卻用力抓住那隻手站起身來，彷彿看得出她「既然出場就必須奪得勝利」的幹勁。

緊接著，小說家邁開腳步朝判定員跑了過去。她真是老樣子，利瑟爾邊想邊被她拉著跟在後頭，周遭眾人之所以面帶微笑看著這一幕，是因為小說家看起來像個拉著哥哥的年幼妹妹嗎……不過這樣正好，利瑟爾滿意地想。

『搶先借到東西的是利瑟爾選手！高難度的題目究竟是什麼呢！』

「那麼請出示你的題目。」

在判定員的敦促之下，利瑟爾將寫著題目的紙張交給對方。

【詐欺師】

判定員看向利瑟爾，只見他毫無保留地散發著沉穩又高潔的氣息。

判定員看向小說家，她正幹勁十足地好奇題目是小說家嗎？還是創作者？

『我們的判定員遲遲沒有做出判決！難道借到的東西跟題目不符嗎？』

「她是幾乎跟我同年紀的小說家。」

『判定出來了！利瑟爾選手成功完成了借物挑戰──！！』

判定員手中拿著白旗與紅旗，其中白色的那一面唰地被高舉到空中，判定借物成功。

果然需要小說家這個職業嗎？小說家高興地想著，就這麼在不知道真相的狀況下接受利瑟爾的道謝，然後意氣風發地回到觀眾席去了。可以的話，她還是別知道比較好吧。

只有走近的伊雷文探頭去看紙上的題目，然後一臉心領神會地點著頭。

「瞭解彼此的借物賽跑」第二輪會更換比賽對手，應該是出於公平考量吧，雖然三次比下來難免會對上重複的隊伍。

到了第二次，就沒有冒險者再掉進地洞裡了，不過伊雷文仍然搶先抵達放置卡片處，再次撿起難度最低的卡片：

【搭檔最喜歡的顏色是？】

還真的來了，他嘴角抽搐。

他從來沒跟利瑟爾聊過這個話題，但也不像上一題那樣完全沒有線索可循。要說為什麼，就是因為伊雷文曾經見過利瑟爾所敬愛的那位異世界的國王。

問題是，答案到底是跟國王相關的哪一種顏色？那位國王現身的瞬間，躍入視野的顏色有兩種：一是宣示了壓倒性的存在感、不帶半點陰霾的銀色；一是彷彿能強制攫住他人的目光、寄宿著強烈意志的琥珀色。星光的顏色，以及月亮的顏色。

從前他想騙利瑟爾喝酒的時候，琥珀色確實吸引了利瑟爾的視線；不過有一次，他也見過利瑟爾的目光朝著銀色頭髮看去。不對，利瑟爾說過他喜歡的部位是眼睛……但答案有這麼單純嗎？總覺得意想不到的那一項才是正確答案，可是再反過來想……

伊雷文完全陷入了思考的陷阱。

「……銀色！」

『伊雷文選手的紙燒掉啦——！太浪費了！』

「搞什麼啦——！」

太可惜了，利瑟爾露出苦笑。伊雷文跑到他身邊，把額頭靠在他肩膀上蹭來蹭去。利瑟爾的手安慰似地撫過色澤鮮艷的紅髮，來到他的後背，敦促似地輕拍了幾下，伊雷文於是抬起臉來，毫不掩飾自己鬧彆扭的神情。

「你為什麼這麼不高興呀？」

「因為！這樣看起來不就好像我對隊長完全沒興趣一樣嗎？」

「沒有人會這麼想的。」

利瑟爾朝著碎念著抱怨個沒完的伊雷文露出微笑，一邊撥亂他的瀏海，一邊把手伸進跟剛才同樣的箱子。

其他冒險者也接連抵達了放置卡片處，有人答對也有人答錯。答錯的比例比想像中更高，是因為冒險者之間不成文的規矩，即使是同隊的隊友也不會過度干涉對方隱私的緣故嗎？

無論如何，得快點抽出題目讓出位置才行，利瑟爾乾脆地從箱子裡抽出一張紙。

「嗯，感覺今天運氣很好呢。」

利瑟爾高興地這麼說完，便沿著與剛才完全相同的路線走向觀眾席，再度來到團長她們面前。

她們仍舊相當配合地問他要借眼鏡、劇本，還是要筆和筆記本，這一次利瑟爾朝著團長伸出手。團長見狀打趣地向他行了個完美的淑女禮，然後把手放上他的手心。

但下一秒，她立刻一把抓住利瑟爾的手腕朝著判定員衝刺，難怪她跟那位小說家這麼合得來。

有好勝心是好事，利瑟爾一點也不介意，反而純粹地感到佩服。

『來了，利瑟爾選手在借物環節是第二名，第一名的選手剛才借物失敗，現在正是後來追上的好機會！』

「那麼請出示你的題目。」

總覺得判定員抱著戒心，是錯覺嗎？

利瑟爾不可思議地這麼想著，將摺好的紙張交給了對方。判定員謹慎地看向題目。

【魔王】

判定員看向利瑟爾，只見他自信滿滿地點了個頭。

判定員看向團長，她正以「管你題目是什麼反正不准判失敗」的眼神瞪著這裡。

『判定結果果然沒有立刻出來！紙上到底寫著什麼呢！』

「這位是在某劇團當中飾演美麗魔王角色的演員。」

『判定成功——！！利瑟爾選手連續達成了兩次高難度的借物題目！』

判定員猛地舉起白旗，觀眾席爆出一陣歡呼聲。

不同於小說家，團長好奇題目是什麼，於是帶著詢問的眼神抬頭看了過來。利瑟爾把那張紙拿給她看，團長便得意地咧嘴笑了。太好了，看來她並未感到不滿。

利瑟爾目送團長踏著充滿成就感的步伐回到觀眾席，還稍微鬧著彆扭的伊雷文探頭來看他手上的題目。

『老實說，真的沒想到有人能達成我們在深夜那種亢奮狀態下決定的高難度題目！而且居然還連續達成兩題，所有公會職員都嚇一大跳！』

也是喔，伊雷文點點頭。

接下來是決定命運的第三戰。

伊雷文輕而易舉地搶先抵達放置卡片處，然而和前兩次不同的是，他拿起了最右邊的卡片，也就是難度最高的那張。

說到底，不管難度高低，答不出來的題目就是答不出來。根據他剛才的觀察，反而是應用程度較高的難題他比較容易答對。

一方面他也想答對高難度的題目，好抵銷先前答錯的那兩題，他絕對不希望別人以為他跟利瑟爾感情不好。

『哦，搶到第一名卻故意拿起最高難度的卡片！最高難度的題目不只是困難而已，有些題目還會造成心靈創傷，一定要注意啊！』

伊雷文把拾起的卡片翻過來，得意地笑了。

【說出搭檔十個讓你喜歡的地方】

「笑起來眼神很甜！皮膚很滑嫩！手指和指甲的形狀很漂亮！意外有決斷力又乾脆！頭腦轉速很快！頭髮觸感介於柔軟和清爽中間！聲音聽起來讓人安心！給人的評價不會過低也不會過高！不管我做什麼他都不會干涉！到最後總是會為所欲為做自己想做的事！還有那種『真拿你沒辦法』的笑容——！！哇靠這好刺眼……」

『伊雷文選手滿臉得意！不但立刻回答了至今沒有人過關的【說出搭檔十個讓你喜歡的地方】，還多講了一個表現出他的從容！！好多人一看到這題就氣到把卡片摔到沙灘上，伊雷文選手卻一點都不猶豫！』

伊雷文晃著馬尾跑過來，一副心情很好的樣子。他滿足了就好，利瑟爾看著那副模樣露出苦笑，將手伸進箱子裡。今天第三次抽題，他才首度抽到正解的箱子。

抽到的題目果然非常簡單，利瑟爾毫不猶豫地走向劫爾，拉著滿臉不情願的他站到判定員面前。

「來，請看。」

利瑟爾遞出寫著題目【黑色的東西】的紙張，判定員立刻舉起白旗。

結束了借物賽跑，冒險者們回到休息區等待接下來的競賽。競賽內容尚未發表，不過看眼前正在進行的準備不難猜到大概。

幾條粗繩索等間隔排列在沙灘上，繩索正中央畫出區隔左右的紅線……說不定有什麼特殊規則，不過這絕對是在準備拔河不會錯。

拜此所賜，周遭的冒險者時不時朝利瑟爾投來令人坐立難安的視線。但利瑟爾看起來一點也不介意，逕自喝著完全恢復常溫的冰咖啡。

「拔河比賽嗎……劫爾，反正你都登記了，要不要參加？」

「不要。」

「我想也是。嗯……」

利瑟爾兀自思索。

既然比的是團結力，那麼他只要跟伊雷文一起拉繩子就好了吧，但這樣自己究竟能發揮多少作用呢？每個隊伍肯定都會派出力氣最大的成員，參賽的都是從身強體壯的冒險者當中再經過精挑細選的壯丁，老實說憑利瑟爾的體能完全無法抗衡。

而且，不只參賽的伊雷文，劫爾也有點排斥讓利瑟爾參加拔河，好像是因為他太不適合這種活動，他們不想讓他做這種事的關係。

「話是這樣講，不過要我一對二還是滿勉強的啦……」伊雷文說。

「也是。而且這場大賽比的是團結力，一個人單獨參加應該不行吧。」

儘管伊雷文看上去身材纖細，但單純比力氣，他是不會輸給其他冒險者的。即使光比蠻力，他應該也能贏過在場半數的冒險者，不愧是擁有獸之恩賜的獸人。

話雖如此，這點其他參賽者也一樣；周遭正在活動筋骨暖身的冒險者當中，也隨處可見獸人的身影。

「劫爾，你不參加嗎？」

「我說過了，不參加。」

「以大哥的力氣，一口氣對上在場所有人應該也能贏吧！」

「誰要啊。」

劫爾已經完全在陰影處坐定，一臉無奈地取走了利瑟爾手中幾乎沒有減少的冰咖啡，轉而把冰檸檬水換到利瑟爾手裡，那是他在借物賽跑時跟兜售東西的小販買的。

「謝謝你。」

「嗯。」

利瑟爾喝了一口清爽的檸檬水，忽然有了個點子。

簡單說，只要兩人展現出團結力就行了，不論別人怎麼說，只要兩個人彼此合作就沒問題。比賽規則當中也沒有禁止使用魔法，這方法應該可行吧。

嗯。利瑟爾點了個頭，把檸檬水交給伊雷文。整杯都被他喝光了。

接著第二項競技，也就是拔河，開始了。

「這腳下踩不穩，很難拉欸……」

「畢竟雙方也有體重差距，加油哦，伊雷文。」

『這怎麼看都不像有團結力的樣子，沒問題嗎？明明是團結力考驗大賽，居然出現這種情景！』

伊雷文現在正獨自努力拉著繩子。

不過面對對面體格壯碩的兩名壯漢，雙方勢均力敵，而且本來應該一起拔河的搭檔還站在旁邊一個勁幫他加油，畫面看起來相當奇妙。

『不過讓我解釋一下，利瑟爾選手現在確實也正在參加拔河！事前他詢問過強化魔法是否可以使用的問題，公會也已經批准了！各位觀眾，他現在正在使用強化魔法！』

不知道主持人是在為利瑟爾說話，還是想維護大賽的名目。

利瑟爾對著幫忙講解的主持人微微一笑，在沒有任何詠唱的狀態下繼續朝伊雷文施展強化魔法。由於劫爾和伊雷文都太不需要了，因此利瑟爾至今沒有對他們使用過強化，不過利瑟爾也是懂得施展強化魔法的。

順帶一提，強化魔法的效果與原本的體能成比例，因此利瑟爾即使對自己施展強化，也無法期待太大的提升效果。當然，用在劫爾他們身上能夠發揮相當顯著的效果，不過這麼一來戰力就過剩了，所以強化魔法果然還是沒機會登場。

「聽說干擾對方也不算違規。」
利瑟爾喃喃說著，瞥了與他們交手的兩人組一眼。
實際上，其他組的參賽者也有人踢起腳邊的沙子，試圖擊退對手。不過事後高機率會演變成亂鬥場面，因此某職員的「大叔金臂鉤」正在四處濫發。
接著，利瑟爾晃了晃指尖，在不中斷強化魔法的情況下又施展了另一個魔法。無詠唱同時發動，對於魔法不甚瞭解的阿斯塔尼亞群眾想必不太清楚發生了什麼事。
「Enterrar（掩埋）。」
「唔喔?!」
對手腳邊的地面陷了下去。
孩子們指著這裡，興奮地喊著「是魔法、是魔法！」，利瑟爾聽著孩子們的喧鬧聲，瞄準對手失去平衡的瞬間增強了強化魔法，勝負在一瞬間底定。
趁著兩名冒險者身體前傾的時候，利瑟爾將他們腳邊的魔法解除，站在前方的冒險者於是踩到了紅線。
『這裡又有一組分出勝負了！』
「辛苦了，伊雷文。手不會痛嗎？」
「嗯，戴著手套嘛。果然有了強化魔法就很輕鬆欸。」
『沒想到有人會在拔河競賽當中施展魔法贏得勝利！啊，那邊的冒險者，除了參賽的兩個人以外不准使出強化魔法！犯規啦，大叔快過去！』
贏是贏了，不過他們是否團結實在很難說。

在這之後，利瑟爾他們也維持著讓人搞不懂是否團結的狀態，享受著這場大賽。

在仿照迷宮設計的暗號問題當中，利瑟爾一個人解開了應該跟搭檔合力破解的問題，而且沒有浪費半點時間，看得主持人忍不住用平常講話的語氣喃喃說『這人頭腦果然超好的耶』。

在遮著眼睛比誰能最快敲破放在沙灘上的西瓜的競賽當中，利瑟爾都還來不及說什麼，伊雷文就循著氣味輕鬆敲破了西瓜。一開始利瑟爾還以為他察覺了西瓜的氣息，哪有可能。

在使用公會準備的木製武器進行模擬戰的競賽當中，同組參賽者各有一隻腳被綁在一起，因此伊雷文把利瑟爾抱在腋下走位，利瑟爾則被他抱著施展魔法支援。

說到底，以利瑟爾他們的情況來說，各自行動效率較佳的場合還是比較多。說好聽點是各司其職、分頭行動，反過來說也就是不需要團結力的意思。

雖然以結果而論，他們還是贏得優勝了。

「我們好像配不上這個優勝頭銜呢。」

利瑟爾苦笑著推辭了優勝資格，而所有人都瞭然接受了這個說法，可見他們透過這場大賽證明了這個隊伍真的不需要團結力。

106

地下酒館，是生活在暗處的人們確認彼此存在的場所。

阿斯塔尼亞的地下酒館數量，有人說是一間，也有人說是十間，本來就連這些酒館存在與否都無法肯定，即使是同樣經營地下酒館的同行，想要掌握所有地下酒館的位置都難如登天。地下酒館就是隱藏得如此嚴密，知情人士也不會輕易走漏口風。

聚集在這裡的人千奇百怪，接近表層有街上的流氓和尋求情報的冒險者，深處則有無法光明正大在外界行動的人物，以及和他們有所牽連的人物等等。一旦在不知情的狀況下踏入此地，無論遭遇什麼樣的下場，這些人都不會給予半點同情。

「……………就是這裡嗎？」

有一名男子身在此處。

他全身遮掩在黑色斗篷之下，在夜色籠罩的港口完全無法窺見他的身材相貌。到了深夜，唯有零星的篝火，和偶爾來巡邏的作業員手上的提燈，能在一片黑暗中映照出世界樣貌。男子避開巡邏人員的耳目前進，來到了並列在此的無數倉庫當中其中一座。

這座石造倉庫看上去和其他倉庫並無不同，也不算特別大，男子卻確信不疑地推開門。傳入耳朵的浪濤聲在暗夜中顯得格外響亮，門板細小的吱嘎聲參入其中。

「……」

倉庫當中物品雜亂，放滿了木箱和麻袋。

在沒有燈光的倉庫當中，男子只依靠腳底的觸感緩緩邁開腳步。每一次腳尖碰觸到貨物，他便停下腳步改變前進方向，重複幾次之後，被月光晃得看不見的眼睛習慣了黑暗，男子的腳步不再猶疑，抵達了倉庫最深處的牆邊。

他將手掌按上牆壁，石塊的冰冷觸感使他微微皺起眉頭。他的手掌就這麼滑過粗礪的牆面，將意識集中在掌心，不放過任何一點異樣的觸感，這時指尖感受到了不同於石壁的觸感。

那是顆大部分都掩埋在牆壁當中，極為細小的魔石。男子按捺住急切的心情，細細呼出一口氣，往那顆魔石注入魔力。他的魔力量並不算特別優秀，但用來觸發因魔力而反應的機關已經相當足夠。

數秒之後響起石塊摩擦的聲音，地板上出現一個空洞，看得見通往地下的梯子。

「……」

男子並未猶豫半秒，立刻握住梯子。

那道梯子沒有多長。一踏上底部，可看出這是個相當狹小的地洞，有支火把安在裸露的岩石上，還有扇門，想必通往他要找的酒館。

搖曳的火焰燒灼岩石表面的氣味令人不快，男子果斷打開眼前的門扇。

「歡迎光臨……」

那是間幽暗的酒館，只有提燈的光芒照亮室內。

凌亂擺放的幾張桌子旁坐著幾位客人，在店主說出招呼語的同時，他們空洞的眼睛也跟著望向男子。是在審視新客的價值嗎？

不過男子一跨出腳步，那些目光也隨之四散。有人撒了滿桌紙牌聚賭，有人向情報販子奉上大筆金幣，有人單純在品酒。男子暗藏著戒心穿過這些客人之間，往酒館深處前進。

他在最深處的吧檯停下腳步，以極為沙啞的聲音向那裡一名獨自喝酒的青年搭話：

「打擾一下。」

整間酒館霎時間騷動起來。

男子表露出先前隱藏的戒心，不動聲色地轉動視線觀察周遭。酒館內所有人的目光都集中在自己身上，眼神中蘊藏著緊張與好奇，他這才知道自己搭話的人物，即使在能夠抵達這間地下酒館的地下社會居民眼中都是危險對象。

但這正是他需要的。朝著整間酒館裡唯一一位看也不看他、自顧自喝著酒的人，男子非常慎重地開了口：

「我想跟你買情報。」

「我從來沒有自稱為情報販子啊。」

青年啣著杯緣，慵懶地抬起空著的那隻手。

他沒有回頭，就這麼轉過手腕朝背後一指。循著指尖看去，那裡有位和男子一樣裹著斗篷遮起身體的老人。老人正是個情報販子，現在不知名的對象正給了他大筆金錢，和他交換同等價值的情報。

男子瞥了老人一眼，仍然無動於衷地繼續對青年說：

「我聽說不只這個國家，你還是最瞭解周邊國家地下情報的人物。」

這時候，青年終於轉向男子。

感受到對方的視線，男子下意識退了半步，不同於恐懼的異樣感使他背脊發寒。

「誰說的？」

「……我不知道他的名字，是在其他地下場所遇到的男人。」

青年的手指叩的一聲敲在吧檯上。

「是怎樣的人？」

那是非常沉靜的聲音，沉重的壓迫感卻宛如一把刀抵在喉嚨，男人吞了吞口水。

毫無疑問，他一定會把男子供出的那個不知名人物殺掉，不帶任何憤怒，也不會感到愉悅，像把不經意飄落眼前的塵土收拾乾淨一樣把他殺死。

但是，即使知道這點，男子還是毫不遲疑地開了口。他早已失去對此感到歉疚的心了。

「是個像傻子一樣狂笑的男人。」

在地下世界，善意會招來死亡，惡意也會招來死亡。

信任別人會死，不信任別人也會死；施捨別人會被殺，接受別人的施捨也會被殺。給予自己寶貴情報的恩人死了，也只是運氣不好而已。

男子藏在斗篷底下的眼睛混濁至極，他已經成了無論犧牲什麼人、採取什麼手段都麻木無感的人。

「他說，『有個留著長瀏海的男人最清楚你要的情報，他喜歡這間酒館的酒，偶爾會在這裡出沒』。」

「啊……原來如此。」

沉重的壓迫感驀然消失。

青年擺出很受不了的神情，毫不掩飾嫌麻煩的態度，把整個身體深深靠進椅背。男子聽著老舊的椅子隨之發出吱嘎聲，皺起眉頭打量對方這反應背後的真意。

他看不出對方掩藏在瀏海底下的雙眼看著哪裡。

「所以咧，你想知道什麼？」

但青年唯一顯露在外的嘴唇，緩緩勾起嗜虐的笑容。

「高潔沉穩的男人，兇惡的黑衣男人，還是紅髮的男獸人？」

男子挑了挑眉，不發一語地低頭看著對方。

青年說出口的正是他想要的情報，但他才剛踏進阿斯塔尼亞，個人情報不太可能已經傳開才對。如果說情報販子消息就是這麼靈通，那確實也沒錯，但是……

該加強警戒，還是該改天再來？男子佯裝平靜，正打算開口的時候……

「哎，不過啊……」

青年插嘴打斷了他。

不用說，當然是故意的。想必對方是有意挑釁，男子緊抿雙唇，壓抑內心的煩躁。

「這些人很有名嘛，大部分的消息隨便找哪個情報販子都知道啊。」

「不管問誰都得不到確切證據，所以我才找到這裡來。」

「哦……」

青年動了動指尖，晃動手中的玻璃杯，隨之響起冰塊撞擊的哐啷聲。

他把晃動了一會兒的酒杯往吧檯上一放，沾著水滴的指尖往男子招了招。男子伸出手掌比出「請」的手勢，敦促他繼續說下去。

青年的手指細長，骨節分明，以一個情報販子而言是相當習於戰鬥的手掌。為了避免一直站著引人耳目，男子坐了下來，和青年之間隔著一個空位。

「我想要那個紅髮蛇族獸人的情報。」

男子在吧檯上緊緊握住雙手。

不這麼做，他彷彿就要在情緒激動之下失去自我，彷彿就要在慟哭之中衝出酒館，唯有雙手指甲宛如刺破皮膚般的痛覺將他釘在椅子上。

「哦。」

青年看也沒看他一眼，逕自加深了笑意，托著腮說：

「那是最恐怖的一個。」

青年彈了彈空玻璃杯，向酒保示意他要點下一杯酒。

嘴上說恐怖，但異樣的是青年臉上的表情絲毫沒變，反而看起來相當愉快。男子揮去此刻即將被對方的氣勢吞噬般的感覺，將裝滿金幣的袋子砰地放上吧檯。

依據情報的價值，費用的位數也會輕易變動，不過男子緊握著的袋子裡裝了足以收買任何情報的金額。

「是……」

男子問到一半，暫且閉上嘴。

他把滲著憎惡、令人背脊發寒的聲音嚥下喉頭，細細呼出一口長氣讓自己冷靜。重新開口的時候，聲音已經恢復了原本的陰鬱粗啞。

「是因為，那傢伙是某個盜賊團的首領嗎？」

聽見對方若無其事地肯定了他的疑問，男子嘴邊浮現扭曲的笑容，往吧檯上堆了更多的金幣。

對方拿出多少錢，青年就給了他多少想要的情報。

目送男子急躁地走出酒館之後，青年臉上原本浮現的笑容轉變為嘲笑。他低下頭忍住湧上心頭的愉悅，長得遮住雙眼的瀏海隨著動作在視野邊緣晃動。

「哈哈……」

他掩著嘴試圖抑制笑意，沒什麼效果。

不禁漏出喉間的笑聲又再度引他發笑，這說是笑聲不太尋常，甚至令人感受到殺意的聲音，對他來說也與平常無異。

青年深深吸了一口氣，然後緩緩吐氣，僅憑著這個動作，他臉上的笑容就消失得無影無蹤。

「不要把麻煩事丟給我。」

「真的對不起嘛——」

青年喃喃吐露的聲音有人應答。

在青年旁邊，有個年齡相仿的男人隨興自在地坐了下來。男人留著修剪齊平、光澤亮麗的瀏海，愉悅的笑意扭曲了他的雙眼，令人印象深刻。

酒館裡沒有任何人注意到那個男人登場。

「但我幫你封口了欸，包括那些半途走掉的傢伙，全部解決了。」

他們還沒注意到這個人就已經斷了氣。

在那個尋求情報的男子走出酒館時，確實存在於此、心臟還在跳動的客人，無一例外地沉在血泊當中。

男人把腳蹺在吧檯上，晃著椅子哈哈大笑，那是發自內心感到快樂、愉悅的笑聲。

「嘿老闆！給我來杯伏特加！」

男人一把抓起吧檯上那些名為情報的大量金幣丟了出去。

金幣撒在店主沉默無語的屍體上，錢幣在地板上彈跳的聲音此起彼落，聽見這聲音，男人發狂似地大笑。

反正到了明天，又會有另一個人像什麼事也沒發生一樣繼續經營這間酒館，沒什麼好在意的。

「是說，你要故意放那個人在外面亂晃喔？」

男人喀噔、喀噔地晃著椅子這麼說。

嘴上說殺了所有人，他卻放過了其中一個人，也就是剛才跟青年收買了情報的斗篷男子。

「一般不是應該那個嗎？知道咱們首領的秘密就不能留你活口……之類的？」

「你還不是沒殺他？」

「因為貴族小哥太難預測了嘛──！」

男人蹺在吧檯上的後腳跟把桌面踩得咚咚作響，一個人興奮得不得了。

遮著雙眼的青年罕見地同意了男人的話，他喝著現在已經再也不會動彈的店主調製的最後一杯酒，回想起那道高潔又優雅的微笑。

他們這些精銳盜賊稱作「貴族小哥」的人物，給人的印象悠哉從容，腦中卻總是轉著教人眼花撩亂的思緒。即使說那人真能看透一切也不意外，是個只消一句話就能策動百人、掌握千機的人物。

他的思考到底遍及哪裡，又有哪一個人的哪一項行動不可或缺？如果說就連意圖謀害他的所有人的一舉一動都在預料之中，那麼即使臨機應變、見招拆招也無法擊潰他。想看透這個人實在太難了。

「這方面你最清楚嘛，就交給你囉！」

鏘鏘！男人說著猛地張開雙臂，直接被青年嫌煩似地打落下來。

不過，青年同時也有點佩服，還真虧坐在他旁邊這個像個傻子一樣笑個沒完的男人能夠作出這個結論。本來這男人可是個放棄思考，行動和發言都不經大腦，毫無理由就殺人，還在殺戮之後笑著說好有趣、好有趣的傢伙。

「這種人不是滿多的嗎？該說是復仇者嗎？不過知道首領真實身分的人還滿稀有的喔？」

「是沒死透的傢伙吧。」

「所有看過首領的人都被殺掉了嘛。」

他們兩人是同一位獸人的手下。

獸人擺動著紅髮揮下的劍刃，專精於斷絕對手的性命。他陰沉銳利的目光總是盈滿對對手的嘲諷，嘴邊浮現著扭曲的笑容，看起來卻百無聊賴。盜賊事業對他來說只是打發時間，他不會為此甘冒暴露身分的風險。
畢竟那可是以正常的理性遊走於狂人與常人的界線之間，享受其中樂趣的恐怖存在啊。
「有段時間首領很喜歡故意放走獵物，讓他們去叫軍隊之類的來吧，可能是那時候的傢伙。」
「對喔！」
那很好玩呢，男人咯咯笑得合不攏嘴，因笑意而扭曲的雙眼轉向隔壁的青年。
「不過啊，你也未免……」
原本僅以後腳支撐、被男人晃來晃去的椅子，在他絲毫不打算放緩速度的狀態下恢復到正常位置。椅腳砰的一聲砸上地面，聲音在安靜的酒館裡迴響。
男人湊過去，像在端詳對方似地把臉頰擱在吧檯上，一隻手朝著青年伸去。
「太多嘴啦！」
下一秒，一把小刀出現在那隻手中。
男人的動作熟練迅速，青年才剛從玻璃杯上抬起臉，刀刃已經咻地劃過他眼前。玻璃杯的上半部被銳利地切斷，切下的玻璃哐啷掉在吧檯上。
酒水從缺角的玻璃杯裡流出，沾濕青年的手。
「你想死就自己一個人去挑釁首領啊？不要拖我下水！」
剛才那名男子為了尋求情報，一路找到青年這裡來。
不知那傢伙懷恨了幾年，但豈止是盜賊團的首領，他連周遭的人物都調查得一清二楚，當然，就連站在目標身側的那位氣質高雅的冒險者也不例外。

毫不遲疑地回答了貴族冒險者相關問題的不是別人，正是這名青年。不用想也知道，對方一定會往最不妙的地方下手。

「好冰。」

青年低聲說完，濡濕的手一甩，順勢將玻璃杯扔了出去。

玻璃杯砸上他們正前方排列著酒瓶的架子，哐啷一聲碎了一地。青年掩在頭髮後面的雙眼，轉向了現在還把臉頰擱在吧檯上的男人。

「所以才說你不懂得察言觀色嘛。」

「囉嗦，裝乖的傢伙。」

遮掩在瀏海底下的雙眼彎成兩道笑弧。

青年把濕答答的手往吧檯上一抹，在光潔的木紋上留下幾道水痕。他瞥了桌面一眼，站起身來。

既然喝不到美酒，他也犯不著待在這種充斥血腥味的地方。

「如果貴族小哥只想悠哉地過安穩和平的日子，他根本不會把首領納入自己人的圈子裡啊。」

「所．以．咧？」

「就是要你稍微問候他一下的意思啦。」

青年淺笑著說完，穿過此刻空無一人的酒館，往出口走去。

男人跟在他身後，一邊拍著手說「原來如此、原來如此」一邊高聲大笑，彷彿表達出他由衷感到趣味又愉快。

「不愧是貴族大人！那個人常常笑，所以我好喜歡他喔！」

「話說，不是叫你不要老是瞄準嘴巴攻擊了嗎……」

「啊哈哈哈哈！這你就不懂啦！」

男人唰地展開雙臂。

剪齊的瀏海隨著動作一晃，這裡明明沒有任何觀眾，他卻擺出了面對群眾般的站姿。

「The Life is Smile, Smile, Smiiiiile!!（既然生於號哭，那就為死亡而笑！！）」

迴盪於地下空間的笑聲，在闔上的門板遮擋下逐漸變小。

酒館被他們拋在身後，只剩下沉寂無語的人們躺在此地，每個人的嘴角都被殘忍地割出扭曲的笑容，無一例外。

在沒有人影的暗夜當中，頭戴兜帽的男子踏著急切的腳步前進。

各式各樣的情緒高漲到沸點，頭腦發熱，思緒卻冷靜無比地往下沉澱。他的嘴角在這種奇妙的感受當中扭曲，硬要說的話或許接近笑容吧。

自從男子發誓要復仇那天起，這是他第一次露出笑容，但這道笑容也在本人有所自覺之前便消失無蹤。

「終於……」

男子喃喃自語的聲音消融於寂靜之中。

男子以前原本是位冒險者。那時，跟他們來往過好一段時間的商人們提出護衛委託，他們接受了，一行人於是乘著馬車上路。白天他們一邊閒聊，偶爾擊退魔物；到了夜晚，夥伴

們和商人一起圍著營火熱絡談笑。就在這平凡無奇的日子裡，事情發生了。

在他們只差一點就要抵達目的地的時候，順遂的旅途迎來了唐突的終點。現在回想起來依然鮮明，那天的噩夢在無數夜晚裡反覆折磨他，他看見那些相視而笑說要一起升上S階的夥伴們、那些笑著對他們說「那我們要趁現在先跟你們打好關係囉」的商人們，在眼前一個一個被殘殺，奮力抵抗只是徒勞，他們乞求對方饒命，仍然成了刀下亡魂。

「……」

臉上的傷疤一陣刺痛，男子按著疤痕咬緊牙關。

彷彿在督促他不許忘記一樣。他全都記得。

他記得烙在眼底鮮艷的赤紅，記得被小刀剜出一隻眼睛、毒藥灌入眼窩，腦髓被滋滋燒灼的恐懼，記得最下級的回復藥灑在傷口上，讓他痛暈過去、又被痛覺喚醒，那種彷彿永無止境的劇痛。

最後他聽見的是那些人的笑聲，他們七嘴八舌地打賭要等幾天軍隊才會來討伐。

「受苦吧。」

他喃喃說。

「受苦吧、受苦吧、受苦吧。」

男子不斷呢喃。

他要讓那些人嘗嘗和自己一樣的痛苦，嘗嘗親近的人遭人傷害的痛苦。

這趟他得到的情報不多，不過大致上的情報都從其他情報販子那裡買到了，只能在那間地下酒館獲取的情報也沒幾項。

一旦復仇結束，金錢也毫無意義，就算弄到身無分文也無所謂，他沒有吝惜的理由。反正這些都是他為了復仇，靠著陷害他人存下來的錢。

「受苦吧。」

男子停下腳步，混濁的眼睛看向腳下。

他回想起事前找人調查過的那張沉穩高雅的臉龐，那張臉浮現在暗得無法明確形成黑影的地面，像映在地上一樣。他要毫不猶豫地把痛苦刻在那道幻影上，男子有如踐踏那張臉似地再度邁開步伐。

必須算準時機才行，他打不過一刀，實力也不足以對復仇對象出手，最好瞄準沉穩男子落單的時候。

他要在眾目睽睽之下，揭露那個人窩藏盜賊的事實，讓那群人淪落到遭人追捕的境地。然後他要讓沉穩男子遇上跟自己一樣的慘況，讓仇人切身體會這種痛苦。

男子呼出一口混雜著亢奮與疲勞的氣息，踏著陰鬱的腳步消失在黑暗中。

那天，利瑟爾人在他已經算是熟客的那間酒館。

他和那裡的常客彼此認識，利瑟爾不會拒絕他們共桌的邀約，時常同席而坐，加入他們的對話。不過對話內容總是圍繞著利瑟爾一行人打轉，他總覺得也有點想聽聽周遭其他人的話題。

今天也一樣，港口的作業員們招呼他同桌，利瑟爾吃著滷腱子，只有他一個人配的是水。腱肉滷得軟爛，入口即化，非常美味，只是這道菜通常拿來下酒，因此味道偏鹹。

「對了，冒險者先生啊，有傳言說你有天晚上在路中央讓好幾個人下跪磕頭，是真的嗎？」

「我無法否認。」

「?!」

他們聊著無關緊要的話題。

就在這時，酒館的門扇打開了，霎時間整間店裡的喧嚷明顯安靜不少。只是一、兩個客人進門誰也不會在乎，但開門現身的是一名和酒館非常不相稱的男子。

獨自來喝酒不是重點，利瑟爾也是一個人過來的，除了他之外也有人會單獨在下工後過來喝上一杯。

他的臉幾乎遮在斗篷底下，雖然看起來可疑，但這也無所謂。不習慣阿斯塔尼亞氣候的外地人也會披著布巾遮陽，而且沒有人會對別人的穿衣喜好指手畫腳。

異常的是那名男子身上散發的氛圍。光看就知道他帶著奇妙的陰鬱氣息，如果這裡是安靜的酒吧大家也不會感到奇怪，但他走進熱鬧的酒館實在太不搭調了。

那是名異樣的男子，任誰都想避免和他扯上關係。

「……那傢伙是怎樣？」

「感覺有點不妙啊。」

作業員們一臉詫異，壓低聲音這麼說，這時利瑟爾才首度轉向門口。

門扉在男子背後緩緩關上，他站在原地動也不動，唯有在連帽斗篷底下若隱若現的混濁眼瞳似乎筆直向著利瑟爾。

利瑟爾微微一笑，從端在手上的玻璃杯裡喝了一口水。

「歡、歡迎光臨……」

「店員先生。」

「咦？」

店員嘴角略微抽搐，正要走向新來的客人，就被利瑟爾叫住了。沒想到有人會在這時候插嘴，店員嚇得肩膀抖了一下，利瑟爾對上他的視線，晃了晃內容物所剩無幾的玻璃杯。

「可以麻煩你幫忙倒水嗎？」

「咦，啊，嘿……啊，吃螺絲了。好的。」

店員眨了眨眼睛，在來客與利瑟爾之間來回看了一陣，接著猛地回過神來，告訴新客人有喜歡的位子都可以坐，然後跑到店後頭去了。

這段期間，那名男子也一直緩緩朝利瑟爾走近。作業員們見狀表現出戒心，拉開椅子以備隨時起身，而利瑟爾則像迎接熟面孔似的，保持著坐姿將椅子轉了個方向。

男子在幾步之外停下腳步，利瑟爾與他正面相對，別桌客人交頭接耳的騷動聲響起。

「你聽過佛剋瀀盜賊團吧。」

男子喃喃開口，聲音極為粗啞，像硬是撐開損壞的喉管說話。

「他們以帕魯特達爾為中心作亂，有時也會在撒路思出沒，大家都說那是史上最惡質的盜賊團。」

阿斯塔尼亞的民眾當中，也有許多人沒聽過這個盜賊團吧。

不過和利瑟爾同桌的港口作業員們聽過這名號，不知打哪來的商人說過「幸好我走的是海路」。要是走陸路就有可能被佛剋邊盜賊團盯上，一旦淪為他們手下的獵物，不只會損失貨物，甚至整個商隊都會被屠殺殆盡。

不時可見打著佛剋邊名號的盜賊出現，並遭到討伐，但真正的佛剋邊盜賊團卻鮮少現身，一旦他們出現就會奪走一切，但他們的相貌身形都沒人知道……簡直像是憑空編造的傳聞。

「我也在馬車護衛委託的時候被他們襲擊過呢，不過那次遇到的好像幾乎都是小嘍囉。」

利瑟爾沉穩地這麼回道，男子挑了挑眉。

「既然他襲擊過你，你為什麼會……簡直是瘋了。」

忽然，男子掀開他披著的兜帽，酒館裡頓時騷動不已。

男子的面貌難以言喻，小孩看了會害怕得大哭，女人看了會顫抖著身子垂下視線，即使大男人看了也會忍不住倒抽一口氣、別開視線。他的半張臉已經扭曲糜爛，只能勉強看出是張人臉。

在所有人不禁皺起臉的時候，那雙紫水晶般的眼睛卻筆直望著他，一刻也不曾閃躲，看得男子扭曲了嘴唇。

「這就是佛剋邊盜賊團的首領弄的。」

低沉粗啞得不符年齡的嗓音這麼說。

「你知道吧，就是你隊伍裡那個紅毛的獸人。」

整間酒館裡的視線不約而同轉向利瑟爾。

在眾目睽睽當中，利瑟爾思索著，將手抵在嘴邊，模樣看起來泰然自若，實在不像秘密被揭穿的罪人。面對那些驚愕的目光，利瑟爾沒有半點狼狽，也沒有打算掩飾的樣子。

他若有所思地別開視線，然後偏著頭，重新看向男子：

「你說的是伊雷文，應該沒錯吧？」

利瑟爾的語調，彷彿在說他聽不懂這話是什麼意思。

男子歪扭的臉孔抽動，從戰戰兢兢端來水杯的店員手中粗暴地搶過玻璃杯。要是一杯冷水當頭澆下，對方說著蠢話的腦袋也能冷靜一下吧，他衝動地揮出手臂。

就在液體即將潑濺出去的瞬間，彷彿玻璃自行破裂似的，玻璃杯就這麼在男子手中碎了一地。

「……你做了什麼？」

水滴滴答答從他手中滴落，男子停下動作，用鞋底踩碎了四散的玻璃碎片。

「我什麼也沒做呀。」

利瑟爾維持一貫的平靜態度，微微一笑，也沒有說謊。

利瑟爾拿桌上的布擦去噴到手背的水滴，邊把布放回原位邊站起身來，宛如與男子對峙。

一群作業員正要出聲勸阻，利瑟爾伸出手掌制止了他們。

「你說的全都沒有錯。」

眼見對方一邊這麼說，一邊把頭髮撥到耳後，笑意扭曲了男子的雙唇。

「那麼，請問你找我有什麼事嗎？」

男子將手伸進斗篷。

無論他拿出多少重金都無法取得的其中一項情報，就是利瑟爾的實力高下。但這也無所謂了，即使接下來的行動失敗，他也能夠成功復仇。

因復仇和傷疤而扭曲的臉孔，使得男子再也無法行走在陽光下；而既然承認隊伍的其中一員是盜賊，利瑟爾一行人也將淪為和他同樣的下場，只能偷偷摸摸行走暗處，再也無法回頭。

「我要你跟我嘗到同樣的滋味……這就是我對那傢伙的復仇。」

小刀和毒液，他在好幾年前就都準備好了。

接下來只要把這把刀刺進那雙教人難以下手的眼睛就好。男人緊握住斗篷中的小刀，不覺間用力得將刀柄掐出吱嘎聲。

「能看見那傢伙在仰慕的對象被人毀掉時的反應，我就沒有遺憾了。」

男子全身散發出沸騰的憎恨，聲調卻平靜淡漠，使他搖身一變成了令人毛骨悚然的存在。

阿斯塔尼亞的人民就算被形貌兇惡的冒險者找碴挑釁，也會不甘示弱地回擊，這裡大都是在一旁圍觀人家打架互毆還會在旁邊起鬨的人，但他們看見眼前的男人，卻只感受到純粹的恐懼。

「這……我會很困擾的。」

「不好意思，不管你說什麼我都不打算住手。」

利瑟爾垂著眉看他，男子仍然無動於衷地這麼說。

「我們好好談談吧？說不定是發生了什麼誤會……」

「哪有什麼誤會。」

利瑟爾不停嘗試說服他，聲音溫柔得不合時宜。

利瑟爾和男子之間的距離不斷縮短，男子的斗篷中明顯藏著什麼東西，周遭其他人只能屏息凝視著他們兩人。

然後，男子來到了一伸手就碰得到利瑟爾的距離，終於使勁跨出一步，那柄高舉過頭的小刀，和男子勉強殘存的一隻眼睛，都筆直向著利瑟爾的左眼。

男子繃緊身體，唇間漏出歡喜的嗓音：

「終於……！」

就在這名復仇之後只剩下破滅的男人，成功達成使命之前……

「你不要小看做粗工的啊啊啊啊啊！！！」

男子後腦勺受到猛烈衝擊，整個人被砸到酒館地板上。

他身後站著一名跟利瑟爾同桌的作業員，手上扛著裝到不能再滿的酒桶，面露兇險之色俯視著男子。酒桶一部分已經損傷，葡萄酒從那裡汩汩流出，如實表現出他剛剛拿這酒桶砸向男子的事實。

「我們家的酒哇——！」

「哪是說這種話的時候啊！喂，冒險者先生，你快躲一邊去！」

「不好意思，酒就由我來賠償吧。」利瑟爾說。

「好了，冒險者先生，你快點退到後面！那傢伙一定是腦袋有問題，你就是太顯眼了才會被這種人盯上啦！」

沒錯，習慣喧鬧的阿斯塔尼亞人民為什麼會覺得男子恐怖？

就像看到有人拿著糖果叫住年幼的孩童，硬是要把小孩牽走的時候；就像看到全裸的男人喘著粗氣，跟在女性身後不放的時候；就像看到有人兩手拿著菜刀，帶著滿面笑容跑過大街的時候，他們也會產生相同的感覺。

所有人都本能地感受到「必須排除這傢伙才行」，就是這麼恐怖。

「快拿繩子來！繩子！」

「快去叫人過來，巡邏兵還是什麼人都好！」

男子被數人聯手壓制在地，他什麼也不明白，他的心已經染上憎惡，扭曲到無法理解自己為什麼遭人阻撓。

他只為了復仇一路活到今天，而現在，他的復仇即將在毫不相干的人手中毀於一旦。為什麼？疑問支配了他的思緒，男子看見利瑟爾面帶苦笑，而酒館的客人們紛紛要他盡可能遠離自己。

「冒險者先生啊，你別以為跟他好好談就可以讓他冷靜下來，太欠考慮了啦。」

「這麼說來，你之前也在港口裝成暴發戶吧？被人糾纏還老老實實搭理人家，確實是很像你的作風啦。」

「因為……」

男子愕然瞠大雙眼，忘卻了拉扯傷疤應該感覺到的疼痛。

在眾人制止之中，利瑟爾瞥了男子一眼。

面對想要殺害自己的對象，那雙眼中沒有恐懼，沒有憎恨，也沒有看見對方匍匐在地的愉悅，只有一片平靜。那片平靜當中透出了些許憐憫。

「他這樣不是很可憐嗎？」

怎麼可能，男子咬緊牙關，把牙齒咬得吱嘎作響。

自己的復仇難道就要被這麼輕描淡寫地畫上句點？煎熬身心的強烈憎惡與復仇即將被視作瘋子失控的暴行，真相成了狂人的瘋言瘋語，明天就成為人們茶餘飯後的八卦話題，而他發誓要復仇的對象仍如常度日？

「開、開什、開什麼玩笑……！你們把我的、把我的復仇當作什麼了！！」

男子大聲咆哮，掙扎著試圖甩開按著自己的手。

但他的身體被壯碩的男人們壓制住，完全無法自由移動。男子勉強抬起臉瞪視周遭，感受到整間酒館的敵意都向著他，他想大叫「不要被他騙了」，但嘴裡被人塞進布條，只能發出呻吟。

開什麼玩笑、開什麼玩笑，無論他再怎麼椎心泣血地吼叫都已經沒有意義，男子感覺到自己內在的某種東西正發出聲響逐漸崩塌。

「先假設你說的都是真的，我只有一句話要說。」

利瑟爾走近男子。

其中一位客人正把掉落在地的小刀用布條一圈圈纏起來，他是個冒險者，見狀開口提醒利瑟爾，雖然男子應該動不了，但靠得太近還是很危險。利瑟爾點頭回應，在距離男子一步遠的地方屈膝跪了下來。

佈滿血絲的眼睛瞪向利瑟爾，膽小鬼看了他凌厲的眼神說不定會嚇暈過去，但利瑟爾不以為意，雙唇浮現著微笑悄然張開。

「看來你惹到惹不起的人了呢。」

男子似乎吼了些什麼，但聲音被布團堵在嘴裡，誰也聽不懂他在說什麼。

巡邏的士兵慌張地跑來把男子帶走，同時利瑟爾也決定離開酒館。

發生這種事，如果老闆叫他以後不准再來也是沒辦法的事，不過所有人開口都是關心他的安危。利瑟爾告訴他們自己沒事，付了餐費和賠償費用。老闆哀號著說他給太多錢了，聽見他賠罪還告訴他「下次再來」，讓利瑟爾聽了非常高興。

兩位士兵跟利瑟爾講了幾句話之後，便拖著不時悶叫的男子往前走，離開了酒館。利瑟爾目送他們走遠之後也走出酒館，行走在夜晚的阿斯塔尼亞街道上。

他沒走向旅店，而是稍微走了一段路，來到另一間酒館。設有阿斯塔尼亞罕見的個人包廂是這裡的賣點，利瑟爾在門口駐足一會兒，然後走進店內。

內部空間略為昏暗，擺設著幾面好看的屏風，隔出小巧舒適的空間，裡頭設有高腳的小桌和兩張椅子。

「請您隨意坐。」

「謝謝。」

利瑟爾被帶進其中一個隔間。

他點了一杯無酒精的調酒，然後仰賴氣質沉穩的女店員建議又點了一杯烈酒。目送女店員離開之後，利瑟爾漫不經心地聽著隔壁或再隔壁傳來的細微談話聲，稍微等了一會兒。

他點的飲品都還沒送來，長瀏海遮著眼睛的那位精銳盜賊就先來了。

「請坐。」

「啊，謝啦。」

「酒我隨意幫你點了。」

「完全沒問題，只要是酒我喝啥都好。」

利瑟爾敦促他坐下，精銳盜賊雖然有點困惑，不過還是坐到了他對面。

「沒想到你們兩位穿起兵團的制服都很適合呢。」

「哎，也沒有啦。」

剛才來把男子帶走的兩個人都不是真正的士兵。

一位是利瑟爾眼前這個男人，另一位則是剪著齊瀏海的男人，都是利瑟爾見過的熟面孔。另一個人不曉得把男子帶到哪裡去了，利瑟爾這麼想著，腦中浮現那位笑個不停的精銳盜賊的模樣。

要是真的把那名男子交給軍隊處置，不難想像會引發各種麻煩，所以他們打算自行處理吧。利瑟爾對此沒什麼興趣，因此也不會特地詢問就是了。

「讓您久等了。」

店員突然敲了敲屏風，端著擺了兩個玻璃杯的托盤現身。

利瑟爾接過飲品，將含酒精的那杯遞給精銳盜賊。

「今天差點被人潑水的時候，謝謝你出手幫了我。」

「啊，所以你才叫我過來喔。」
反正沒有理由拒絕，精銳盜賊坦然接過酒，喝了一口。
「不，找你來是為了問你用我的情報賺了多少錢。」
精銳一聽差點嗆到，他略顯粗暴地放下玻璃杯，低著頭忍住。
他也知道利瑟爾大概注意到了，無論是他不僅放過男子、還洩漏相關情報，還是他其實跟另一位精銳盜賊一起待在那間酒館旁觀，甚至順勢阻止了那杯水潑到利瑟爾身上。
原以為他要在復仇者面前毫無破綻地佯裝不知情，結果利瑟爾居然不留情面地把對方貶成了可疑分子，這逗得跟他一起坐在店內的另一位精銳盜賊無聲爆笑，不曉得這是否也被利瑟爾注意到了。
畢竟看利瑟爾滿樂在其中的，精銳盜賊也知道他的個性不會為了這點程度的小事抱怨，只是完全沒料到利瑟爾會挑準這點猛攻。
「我想想……」
嗯……，利瑟爾一邊拿攪拌棒攪動調酒一邊思索。
「考量到情報的重要程度，應該需要相當的金額才換得到，那個人想必也不可能詢問太多問題吧。」
「這個嘛……是啦。」
精銳盜賊緩緩抬起低垂的臉。
他透過瀏海窺探利瑟爾的臉色，重新確認了那張臉上不僅沒有怒色，反而還有點高興，看來他不會被伊雷文掐斷小命。

「那麼，關於我的問題應該只有一個。」

哐啷，冰塊撞上停止的攪拌棒。

「『我知不知道伊雷文的真實身分』，沒錯吧？」

「答對啦。」

那太好了，利瑟爾微微一笑，喝了一口美麗漸層彼此交融的調酒。不太甜，風味清爽，微弱的碳酸氣泡通過喉嚨，讓人心曠神怡。

「以情報費用的標準來說，最高金額大約是多少呢？」

「這個嘛，也是因人而異啦……不過差不多都是金幣十枚到十五枚左右吧。」

「那假設十五枚好了。」

利瑟爾毫不客氣地選了最高金額，可看出眼前這位精銳盜賊在他認知中是什麼樣的人。能拿的好處他不會放過，利瑟爾的認知也沒錯。

「你這麼聰明，一定收了更多吧。」

利瑟爾說得確信不疑，精銳盜賊嘴角抽搐。

「比方說，『假如佛剋燙盜賊團的首領還活著，就能讓處死假首領的帕魯特達爾陷入混亂』之類的。」

成功殲滅佛剋燙盜賊團的是憲兵團，而憲兵團的統帥是擁有子爵爵位的雷伊。

這爵位並不算太高，但他身負統領全國所有憲兵的職責，萬一信譽毀於一旦，後果不堪設想，肯定會造成國家規模的重大影響。

「比方說，『公會讓佛剋燙盜賊團的首領當上了冒險者，你可以藉此讓冒險者公會威權掃地』之類的。」

公會總是與國家之間保持著絕妙的平衡，一旦公會暴露出決定性的弱點會怎麼樣呢？最壞的情況，佛剋燙盜賊團活動圈內所有國家的冒險者公會都消失不見也不奇怪。

「最後再來個最經典的話術，『考量到洩漏情報、事跡敗露時的風險』。你哄抬到多少錢呀？」

「貴族小哥你的情報，我開了金幣三十枚。」

看見利瑟爾粲然微笑，精銳盜賊放棄抵抗似地老實招供。事已至此，他根本沒有動力掩飾。

價碼意外地低，畢竟對方的目標是伊雷文不是自己嘛，利瑟爾露出和煦的笑容。精銳盜賊看著那副表情，深深靠上椅背。接下來利瑟爾恐怕會把對話引導到「那我該跟你收幾成才好呢」的方向去吧。

某男子說他們是「史上最惡質的盜賊團」，利瑟爾面對這樣的盜賊卻打算跟他們討價還價。這人就是這樣才有趣，畢竟利瑟爾態度雖然如此，卻一點也不覺得自己有權率領他們，也不是因為不怕死才這麼做。

「難怪首領這麼中意。」

精銳盜賊喃喃說道，笑意挑起他的嘴角。

好了，他想在首領到場之前趁早告辭，不過在這之前先努力談個好價錢吧。精銳盜賊心想，仰頭把自己玻璃杯裡的酒往嘴裡灌。

「哼、哼、哼哼──！」

那男人蓄著光澤亮麗的齊瀏海，正心情愉快地哼著歌走在路上。

他身上穿著阿斯塔尼亞步兵的制服，手上抓著那條綑綁復仇者的繩索甩啊甩，拖著復仇者往前走。接著，男人忽然發現什麼似地舉起了空著的那隻手。

「啊，首領──！」

有個人迎面走來，正是在沒有月光的夜晚習以為常地行走的伊雷文。

「就是那傢伙？」

「是的！貴族小哥把他耍得像智障，笑死我啦！」

男人尖聲笑了起來，伊雷文嫌吵似地皺起臉，冰冷的目光朝復仇者一瞥。

那名男子嘴裡仍然被塞著布塊，但在這種狀態下仍然不斷喃喃自語，像壞掉了一樣。然而，這時他似乎察覺了什麼，低垂的臉抬了起來，混濁的眼睛往上一看。

雲層縫隙間忽然漏出一縷月光。

事情發生於一瞬間，但復仇者確實看見了，看見從前牢牢烙印在他眼底的鮮艷赤紅，紅得像帶有劇毒。失去理智的瞳眸頓時取回了名為憎惡的光芒。

「──！」

他張大嘴巴，像要把內心深處湧動的、深不可測的衝動全部吐出來。剛才任憑人家拽著走的身體重新繃起力量，他正要朝眼前的獸人跨出腳步，這時……

「話說這到底是誰啊？」

男子最後聽見的，是以冰冷毫無溫度的嗓音宣告的絕望。

雲層重新掩住月光，一名男子倒地的鈍重聲音在黑暗的道路上響起。

「隊長呢？」

「跟那傢伙不知道進哪家店去了，如果是那間酒館附近的話，可能是看起來像紅磚砌的那間狹窄酒館吧？」

「他生氣了嗎？」

「這我不知道欸——！不過看起來就是平常笑容可掬的帥氣貴．族．小．哥！」

「是喔。」

然後，伊雷文像什麼事也沒發生一樣走掉了，步調比先前快了一些。

他早已把復仇者的事拋諸腦後，雖然他不會忘記對方差點對利瑟爾出手的行徑，但至於對方是誰、有什麼目的，他絲毫不感興趣。

只剩下一個男人和一具屍體留在原地。男人用力揮著手目送伊雷文離開，接著低頭看向死屍。既然首領沒有任何交代，那就表示要他自行把屍體處理掉，而且他想對它做什麼都可以。

男人蹲下身，窸窸窣窣把屍體翻到正面。

「Please Smile!」

湧上心頭的笑意扭曲了他的雙眼，男人將小刀高舉過頭。

107

旅店主人拿著掃帚，稍微後仰伸了個懶腰。

住在這間旅店、氣質超凡脫俗的冒險者們此刻並不在。昨晚他們說今天要潛入迷宮，因此拜託他準備便當，而旅店主人已經把親手做的便當交給他們，送他們出門去了。

這間旅店並沒有太多冒險者來住宿，因此他不太清楚該準備什麼樣的餐點，不過偶爾會有一般房客請他準備便當，這次他也準備了類似的餐盒。聽同樣經營旅店的朋友說，他會準備方便食用的簡單餐點給冒險者帶出門，但怎麼可能給那幾位客人吃那種東西呢。

後來旅店主人給他們的便當就不像一開始那樣華麗過頭了，不過仍然是色彩鮮艷、營養滿點的便當，一副可以完全恢復體力的賣相。三人份要價一枚銀幣。

「迷宮裡感覺很危險，不過原來還是可以好好吃便當啊……」

他們不必在餓肚子的情況下活動真是太好了，旅店主人這麼想著點點頭。他毫無疑問被灌輸了錯誤觀念，想必再過不久就會被同行的朋友恥笑吧。

旅店主人一邊清掃堆積在玄關的塵土，一邊哼著歌。那位朋友說，有冒險者在旅店出入，玄關三兩下就會被泥巴弄髒，不過這間旅店完全沒有這種狀況。

怎麼可以把那三位客人跟隨便的冒險者拿去相提並論呢傻瓜，旅店主人得意洋洋地笑著結束了清掃工作，手扠著腰思考接下來要做什麼。為了讓在外活動一整天的三人回到旅店後睡得舒服一點，來換個床單好了。

就在他正要轉身往旅店深處走去的時候，背後敞開的大門外傳來了熟悉的拍翅聲。凡是阿斯塔尼亞國民都不會認錯，這是魔鳥拍翅膀的聲音。

「是有騎兵團跑來這附近了嗎？」

巡邏的騎兵居然降落到地面，不曉得發生了什麼事，真討厭真討厭，旅店主人獨自碎念。

話雖如此，想起納赫斯在假日還是會與他親愛的搭檔一同享受空中散步的約會樂趣，騎兵為了私事降落也並不罕見。假如是納赫斯的話就去跟他打個招呼吧，旅店主人回過頭去。

「老師、在嗎？」

那裡有個布團。

「（雖然我有很多話想說但總覺得這氣氛讓我說不出口而且該怎麼說這個人……人？的聲音太夭壽啦啊啊啊！！）」

低沉甜美的聲音彷彿直接讓人腰軟，聽得旅店主人一陣戰慄。

這不是刻意裝得出來的聲音，卻是從布團裡面傳出來，場面無比突兀。這種突兀感強烈到讓人看不清現實的感覺，肯定是利瑟爾認識的人不會錯。

而且，最適合「老師」這個稱號的也是利瑟爾。旅店主人戰戰兢兢地重新握好掃帚，看向那個布團。

「呃……您說的是貴族客人吧？」

「是、嗎？」

布團看上去舉止文靜，實際上斷斷續續吐露的語句音量也不大。

但那蠱惑的嗓音能夠強制吸引旁人的注意力，身材又修長，而且除去外觀是個布團這點，他所散發出的氛圍仍然異於常人，這些要素在在強化了他的存在感，教人忍不住窺探他的一舉一動。這點說不定跟利瑟爾有點相像。

旅店主人已經完全畏縮了起來，不過在畏縮的同時他仍然思考：光論外觀，這人看起來就是個可疑人物，把房客的情報洩露給這樣的人真的好嗎？

「呃……這個嘛……」

不過如果只是說他不在，應該沒關係吧，旅店主人點了個頭。

既然叫他老師，表示這人跟他很親近，而且利瑟爾他們前往迷宮的事情隨便找個路人打聽都能得知。

「他們今天好像打算進入迷宮，已經外出了喔。」

「這樣啊。」

布團只說完這麼一句話，便停止了動作，好像在思考什麼。

看在旅店主人眼中，這舉動太莫名其妙，有夠嚇人。他開始以毫米為單位悄悄後退，以便隨時向後逃跑，一邊在內心拚命臭罵：騎兵團怎麼不好好工作啦！

就在這時……

「今天不好意思，突然跑過來。」

「你要是真覺得不好意思能不能早點出來啊納赫斯先生！！」

布團後方傳來熟悉的說話聲，熟悉的面孔走進了旅店。

旅店主人懷著滿心的怨恨吶喊，拿起手上的掃帚猛地往前方突刺，精確瞄準納赫斯的股間。不過無論納赫斯面對心愛搭檔的時候多麼癡傻，好歹也是個擠進窄門的騎兵，他輕易擋下了旅店主人的攻擊。

納赫斯顏面抽搐，旅店主人一把搶回被對方抓住的掃帚，湊過去小聲追問。他瞥了那個布團一眼，只見布團正一邊思索，一邊打量著旅店內部。

「我完全搞不清楚狀況欸，這怎麼回事?!惡整企劃嗎?!」

「哪可能為了什麼惡整企劃把王族帶出門啊！」

旅店主人的所有動作頓時停止。

「難得老師他、想看的書來了，我才想、替他送過來的……」

「貴客已經獲准使用書庫了，殿下明明不必特地跑這一趟，他也會自己過來的。」納赫斯說。

「唔呵、呵。」

布團發出平板的笑聲，難以聽出他是否真的在笑。旅店主人仍然僵在原地，布團在他眼前動了起來。

沙沙、沙沙，布團緩緩朝他走來，發出布料摩擦的聲響。

「因為，見到他的機會，還是變少了呀。」

布料之間略微打開一道空隙，從中伸出一隻褐色的手臂，朝著旅店主人遞出一本書。王族特有的金飾在他手腕上晃動，發出金屬碰撞聲。看見那隻手緩緩伸過來，旅店主人猛地回神。

「請把這個，交給老師。」

「懇請您饒恕賤民方才的無禮！遵命——！！」

旅店主人以雙手高捧的姿勢接過書本，把頭低到不能再低，現在他自己的性命比這本書還輕賤。

就算納赫斯一臉傻眼地看著他，他也毫不介意。即使是再怎麼天不怕地不怕的阿斯塔尼亞國民，看到王族突然跑到自己家突襲也是難免變成這樣的啦，事後旅店主人擅自代表國民如此辯解。至少他沒有跪下來磕頭，這已經很好了。

「那麼，既然老師不在，我們回去吧。」

「請您路上小心！！」

要是他們在這裡久待，他也不知道該怎麼辦，因此旅店主人全力送走了他們。

這王族只是站在面前，他就覺得自己快被對方的氣勢吞沒，不過利瑟爾他們應該會泰然自若地與對方面對面交談吧，只能說他們真不是蓋的。旅店主人在心中為他們鼓掌喝采。

到了那位王族的身影消失之後，旅店主人才終於戒慎恐懼地確認對方交給他的那本書。就連上面寫的文字他都認不得，也就是說，剛才那位可能是這個國家的第二親王，遠近馳名的大學者。

沒想到第二親王是個布團。旅店主人默默這麼想，一面撿起不知何時掉到地上的掃帚。總之得先把書放到利瑟爾房間才行，光是拿著這本書他就覺得好害怕。

「啊，這麼說來，還要準備貴族客人交代的那個喔。」

老實說他非常想拒絕這請求，可是當利瑟爾帶著那個微笑說「拜託你了」，他實在無法狠下心拒絕那位房客。那就快點把事情辦完吧，旅店主人重新把那本書抱在懷裡，小心不弄掉它。

「對了，先前我聽說貴客被奇怪的傢伙纏上，你幫我轉告他一聲，晚上不要在外遊蕩。那些傢伙就是太顯眼了，想必也常常被人找碴……」

「太危險啦啊啊啊我差點把書弄掉啦啊啊啊！！你這傢伙為什麼這樣啊?!」

納赫斯特地跑回來補充了這麼一句，旅店主人嚇到心臟狂跳，捨棄所有情誼把手上的掃帚往對方突刺。順道一提，被納赫斯躲開了。

同一時間，利瑟爾他們已經抵達了今天要潛入的迷宮。

畢竟是附近的迷宮，搭乘馬車馬上就到了，這距離近得徒步也不是不能抵達。

他們接的是B階委託「採集飛天魔盾的魔核」，利瑟爾見過飛天魔劍，飛天魔盾倒是沒見過。兩者之間大概只有飛來的是劍還是盾的差別，不過他非常好奇盾牌會如何發動攻勢。

一行人穿過迷宮大門，來到原本應該設有魔法陣的房間。但是……利瑟爾和伊雷文不可思議地看著地板。這是劫爾已經攻略完畢的迷宮，平常這裡應該有散發著淡淡光芒的魔法陣才對，他們左看右看卻到處都找不到。

「喏。」

「嗯？」

就在利瑟爾視線游移的時候，劫爾的手放上他頭部。

感覺到自己的頭被輕輕往後扳，利瑟爾毫不抵抗地向上仰望，接著恍然大悟地眨了幾次眼睛。

「不愧是『反轉迴廊』，馬上就出現上下反轉了呢。」

魔法陣不是設置在地面上，而是貼在天花板上。

不斷有光點從那裡飄落、消散。擺在他頭上的手掌離開了，不過利瑟爾仍然仰望著上方，思索這到底該怎麼辦。只要站在魔法陣正下方就能使用嗎？還是必須用什麼方法碰觸到天花板才行？

「今天我想使用魔法陣呢……」

「大哥，你不是通關了嗎？這要怎麼用啊？」

「別問我，我在迷宮裡過了一晚，直接把頭目打倒了。」

所有人一起抬頭看著天花板思考。伊雷文半張著嘴巴，不過利瑟爾把手放上他下巴的時候，他立刻閉上了嘴。

按照往例，一踩上魔法陣，淡淡的光芒馬上就會有所反應而變亮；但現在他們站到正下方，魔法陣還是一點反應也沒有。果然沒有碰觸到它就不會發動嗎？

「劫爾跳起來感覺也不可能碰到呢。」

「差一點。」

劫爾屈膝往上一跳，伸直的手沒碰到天花板，差了幾公分。

一旁的伊雷文也試了一下，結果差不多；利瑟爾姑且也試了一次，當然不可能碰得到。

「借大哥的肩膀我應該碰得到喔。」

「平常魔法陣發動前必須等一小段時間，只碰一下不知道能不能觸發。」利瑟爾說。

「對喔，不知道欸。」

伊雷文把手放在一臉嫌惡的劫爾肩上，毫不客氣把體重壓了上去，使勁全力往上跳躍。他把整個手掌都按到了天花板上。成功了嗎？魔法陣的光芒在三人的凝視之中增強，不過在伊雷文往下掉的時候，發動也隨之中斷。

「碰觸到的那一瞬間可以立刻發動嗎？」利瑟爾問。

「不，感覺無法欸。」

「我應該也在發動範圍內，剛才有站上魔法陣的感覺。」劫爾說。

「那麼，即使沒有直接碰觸到魔法陣，只要跟碰觸魔法陣的人有接觸，感覺就能一起傳送過去呢。」

嗯……，利瑟爾再次仰望天花板。

老實說，想得到的方法要多少就有多少，其中利瑟爾做出的結論是……

「現在就是團結力派上用場的時候了。」

「（這傢伙明明不在意，卻記得很牢啊。）」

「（因為隊長其實還滿不服輸的嘛。）」

來吧，利瑟爾點點頭，把隊友們欲言又止的視線全數忽略。

伊雷文站在劫爾身上應該是最安定的方法，但這麼一來自己就落單了。既然如此，自己和伊雷文的其中一個人先騎到另一人肩上，然後再一起疊到劫爾身上怎麼樣？感覺高度非常充裕。

「如果我先騎到劫爾肩膀上，然後伊雷文再騎到我身上……這樣我無法好好支撐伊雷文的重量呢。」

「這我絕對不幹。」

伊雷文抽搐著臉頰這麼說。自己明明不介意的，利瑟爾苦笑著看向劫爾。

「那麼，伊雷文騎在劫爾肩膀上，最上面是我，這樣如何？」

「糟透了。」劫爾說。

「凡事總要嘗試，我們試試看吧。」

劫爾的抗議被當作沒聽見。

在嘆氣的劫爾面前，利瑟爾他們立刻興高采烈地開始準備待會要騎到劫爾肩上的第一層疊羅漢。「喏。」伊雷文隨意蹲下身，利瑟爾繞到他背後，把雙手放在他兩側肩膀上，避開兜帽上的絨毛。

利瑟爾低頭看著鮮艷紅髮構成的髮旋，忽然心想：既然能把體格相差無幾的男人輕鬆舉起來，表示此刻自己手掌底下感受到的柔韌肌肉非常厲害吧。利瑟爾慰勞似地替他按摩了幾下，聽見伊雷文笑出聲來。

「嗯？」

「哎唷，剛才那樣好癢……隊長，你怎麼啦？」

「沒什麼，只是不太清楚該怎麼……」

利瑟爾把一隻腳抬起一半，又放了下來。沒想到騎到別人肩膀上有點困難。

「因為你從後面才上不去吧，從側邊跨過去。」劫爾說。

「原來如此。」

聽從劫爾的建議，利瑟爾轉而走到側邊，說了聲「不好意思」，越過伊雷文的頭部，把一隻腳搭在他肩上。另一隻腳還踩在地上，他不知道該怎麼擺才對，於是停止了動作。

這時，伊雷文忽然抓住他的雙腿。

「嘿咻！」

「哇！」

他整個人被一口氣舉了起來，利瑟爾不由得抓住站在身旁的劫爾的肩膀，穩住搖晃的身體。長大之後騎在別人肩膀上，視野顯得特別高。

「掉毛啦！隊長我要掉毛啦！」

「啊，抱歉……」

回過神來，利瑟爾才發現自己一隻手伸向劫爾，另一隻手則緊緊抓著伊雷文的頭髮。

他輕輕鬆開手，摸了摸伊雷文疼痛的頭皮。看來一根頭髮也沒掉，太好了。

「然後咧，大哥再把我揹起來。」

「……」

「看起來超級不情願的啦。」

伊雷文哈哈笑著，揹著利瑟爾走到魔法陣的正下方。

肩膀坐起來比想像中還要不穩，利瑟爾的手在半空中游移著尋找支撐點，這時伊雷文將一隻手往上伸，握住了他的手，另一隻手則穩穩抓著利瑟爾的腿，這麼一來平穩了不少。

利瑟爾稍微有了點餘力，於是朝著劫爾招招手。

「劫爾，來吧。」

「嗯。」

劫爾放棄似地站到他們身邊，緩緩伸出一隻手，擺在偏低的位置。

「欸——大哥你不蹲下來喔？」

「劫爾，我想玩三層疊羅漢。」

「蠢貨。」

好掃興喔、好不配合喔，另外兩人的揶揄之詞劫爾都當作耳邊風，伸出去的那隻手招了招，要他們動作快點。看來他真的不願配合了，於是伊雷文也抬頭往上看，確認利瑟爾點了頭。

伊雷文緩緩放開利瑟爾的手，確認沒有問題之後，把那隻手放上劫爾的肩膀，就這麼使勁抓住那件黑色外套，抬起一隻腳，把鞋底踩在劫爾伸出的那隻手掌上。

「隊長，隨便你抓哪都好，要抓緊喔。」

「好的。」

想必也知道接下來伊雷文要做什麼，利瑟爾毫不客氣地攀住伊雷文的頭部。伊雷文對他愉快地笑了笑，然後拉著緊抓在手中的外套，將身體往上抬。

同一時間，支撐著他鞋底的手掌也向上抬起。伊雷文立刻鬆開外套，將另一隻腳踩上剛才擺放手掌的位置，雙手已經轉而用來支撐利瑟爾的身體了。

「好危險喔，還滿晃的欸。」

「這麼高，實在有點恐怖呢。」

劫爾只靠著一隻手臂和肩膀支撐著兩個男人的體重，利瑟爾佩服地低頭看向他。從這角度只看得見劫爾的髮旋，不過肩膀被伊雷文踩了，他臉上的表情一定極為不悅吧。

伊雷文也不簡單，踩在劫爾肩膀上、揹著一個人還能保持平衡。利瑟爾對於自家隊友的優秀程度微微一笑，也跟著挺直背脊。儘管在平衡如此不穩的地方，他的動作仍然一點也不緊張。

「和平常的傳送魔法陣一模一樣，感覺可以正常使用。」

利瑟爾說著，指尖戲耍似地戳了戳落下的光之粒子，接著將雙手貼在天花板上，果然輕鬆達到了所需高度。

「飛天魔盾容易出沒的是第幾層呀？」

「深層吧。」劫爾說。

「那麼就是四十五層左右囉？」

「這裡有幾層啊？五十？六十？」伊雷文問。

「五十五層。」劫爾回答。

三人一如往常討論著傳送事宜，要是某魔鳥騎兵團副隊長看見這幅畫面，一定會訓斥他們：「這種事情在疊羅漢之前就要先討論好啊！」

「反轉迴廊」正如其名，裡頭只有一成不變的迴廊不斷延續下去。

迴廊一側不曉得是哪裡的城堡，還是廣大的宅邸，牆壁不斷往前延伸，看不出接縫，牆上偶爾會出現門扇。在牆壁的另一側，也就是從迴廊應該可以望見外頭風景的方向，唯有一片無邊無際的純白沙漠。

沙漠美得教人心驚，但即使想往那邊走也無法踏出迴廊，就像被什麼東西阻擋似的。可是就算打開精雕細琢的豪華門扇，門內還是延續著同樣的光景。
在這座令人迷失方向的迷宮當中，冒險者們必須不斷猶豫究竟該開門、還是在迴廊上繼續前進，並且在這個過程中找到通往下一階層的涼亭。
「所謂的反轉指的是什麼？」利瑟爾問。
「就是字面上的意思。」劫爾回答。
而傳送到目標階層的利瑟爾他們也不例外。
伊雷文輕盈地從劫爾身上下到地面，利瑟爾也被劫爾扶著手臂，從伊雷文肩上下來。下來的時候簡單得多。
「穿過門框的時候如果有奇怪的感覺，就表示有某個地方反轉了。」
「某個地方嗎……」
畢竟是迷宮，反轉的部分可能是隨機的吧。
利瑟爾理好有點皺褶的衣服，為了尋找目標魔物而邁開步伐。原以為迷宮內每一階層都會使得特定某處維持著反轉狀態，看來並非如此。
雖然不知道這是好事還是壞事，不過總覺得有點可惜，利瑟爾邊想邊召出一把魔銃。就像劫爾他們平常把劍佩在腰際一樣，利瑟爾在迷宮裡也會隨時讓魔銃飄浮在身邊待命。
「我攻略的時候碰到上下反轉，得走在天花板上。」
「感覺很容易頭暈呢。」
「還碰到慣用手反轉成另一隻手。」
「好麻煩喔，不過我兩隻手都是慣用手，對我沒差。」伊雷文說。

劫爾說得輕描淡寫，不過換作其他人，這種情況會嚴重妨礙戰鬥吧。反轉可說與陷阱同義，但是不開門就無法往前推進，在觸發之前也無從得知哪一扇門會發生反轉，就算想躲也躲不掉，只能放棄了。

必要的是碰上反轉也不慌亂，迅速適應的能力。利瑟爾下了這個結論，而劫爾他們心想：這傢伙感覺很擅長應付這種狀況啊。

「啊，有門欸。」

稍微走了一小段之後，伊雷文忽然指向前方。

牆壁無窮無盡地延續下去，嵌在牆上的門扉金碧輝煌，不可能錯過，是因為這座迷宮基本上必須穿過門扇才能攻略嗎？

若是開門的必要性較低，也就是一般所謂「個性比較惡劣」的迷宮，門扇應該會偽裝得更難以察覺吧。實際上，利瑟爾他們以前造訪過的「視錯覺迷宮」就是一例，那裡的門扇被塗上迷彩，完美偽裝成通道，他們在完全沒察覺的狀況下從那前面經過了一次。

「要進去嗎？」劫爾問。

「該怎麼辦呢，感覺可以再沿著迴廊走一段。」

「啊——直走可能有魔物喔，我聽到類似的腳步聲了。」伊雷文說。

「這樣呀？那就進門吧。」

既然有腳步聲，那就表示不是他們這趟要找的魔物。

遇上了也麻煩，還是避開吧，利瑟爾他們於是朝著剛才發現的門扇走近。除了委託品以外，他們在這座迷宮裡也沒什麼特別想要的素材。

「不知道會不會反轉欸。」
「越往深層反轉得越頻繁，機率很高。」
劫爾嫌惡地這麼說。利瑟爾見狀苦笑，接著將手放上門扇。稍微一推，那扇對開的門便輕易打開了。等到門板完全敞開之後，三人踏進門內，一瞬間感受到些微的異樣，彷彿穿過了看不見的某種東西一樣。
利瑟爾驀地回頭望向剛才穿過的門，門扇依舊敞開，那裡只看得見他們剛才走過的迴廊，以及白色的沙漠而已。
「劫爾。」
「嗯。」
看來有某些部分反轉了，利瑟爾於是向劫爾確認了一聲。
但是他環顧周遭，看不出有什麼轉變，慣用手也沒變。究竟是什麼地方反轉了？就在利瑟爾這麼想的時候，只見劫爾忽然苦澀地咋舌一聲，將腰間的佩劍收進腰包。
「怎麼了嗎？」
「太重了。」
「啥？你說你的劍？」伊雷文問。
劫爾平時佩在身上的大劍雖然劍身細窄，卻兼具足以稱之為大劍的重量。劫爾憑藉驚人的力量，能把這把劍當單手劍一樣揮舞，產生出類拔萃的銳勁和破壞力。
伊雷文也拿過那柄大劍，雖然拿得起來，但在習慣之前不可能隨心所欲地揮動。劫爾卻能輕而易舉地拿著那把劍揮來揮去，為何事到如今還嫌它太重？伊雷文納悶地朝他看去，利瑟爾卻瞭然點頭。

「伊雷文，你沒有什麼改變嗎？」

「是沒有啦……」

「那麼就不可能是力量與魔力的反轉了。只有劫爾的力量反轉未免太……」

利瑟爾說著，往劫爾那裡一看，只見他已經迅速拿出了另一把劍替換。

不愧是平常就有點刀劍收集癖的劫爾，應該不缺代用品吧。他重新拿在手上的那把劍比平時的佩劍更巨大，是不折不扣的大劍，不過或許帶有輕量化的加護也不一定。

「大哥，那把比較輕喔？明明是大劍欸？」

「強度不變。」

「喔——」

這加護等於折損了大劍本身的優點，同樣對刀劍有所講究的伊雷文好像不太認同，不過聽過理由他也明白了。

「啊。」

利瑟爾忽然發出聲音，好像想到什麼似的。

接著，他不知為何高興地笑了，朝伊雷文招招手要他過來。伊雷文聽話地走近，利瑟爾像剛才的劫爾那樣，朝他伸出一隻手掌：

「伊雷文，你像剛剛那樣踩上來試試看吧。」

「嗄?!踩到隊長手上?!不可能不可能不可能！」

伊雷文立刻拒絕，剛才被他毫不猶豫踐踏的劫爾欲言又止地看著他。

不過劫爾要是遇到相同情況也一樣會拒絕，所以並不介意就是了。

「那我揹你。」利瑟爾說。

「不行！」

「那握手就好。」

只是握手的話，好啊。伊雷文於是伸手去碰利瑟爾伸出的手掌。

不過為什麼要握手？他邊想邊看著利瑟爾將手掌緩緩握緊。就在這時……

「好痛！」

「咦，啊，不好意思。沒事吧？」

平時溫柔撫觸的那隻手掌，以始料未及的力道緊緊握住他的手。

確認利瑟爾已經慌忙抽手，伊雷文一開一闔地握著自己剛才被掐緊的手掌。難得看到利瑟爾嚇了一跳，而且還深感抱歉地向他賠罪，當事人自己恐怕也不打算使出這麼大的力道吧。

「伊雷文？」

「啊……沒事，不會痛。」

伊雷文心情複雜地皺起臉來，利瑟爾儘管對他的表情感到納悶，仍然佩服地低頭看著自己的手。

伊雷文瞄了劫爾一眼，看見大哥正擺出一副極度不悅的苦瓜臉，也就是那個意思吧——

劫爾和利瑟爾的力量反轉了。

「劫爾，我們來比腕力吧。」

「不要。」

「一次就好了，拜託。」

「絕對不要。」

利瑟爾看準時機死乞白賴起來，劫爾絕不點頭。

利瑟爾還伸手過來，一副想要把他抱起來的樣子，全都被劫爾避開了。迷宮機制還是老樣子，儘管力量減弱，依存於力量的其他能力仍然不受影響，利瑟爾要憑蠻力壓制住劫爾還是相當困難。

「這真不錯耶，力氣變大了，魔力也維持原樣不變，因此也可以使用魔法。我該自稱為魔法劍士嗎？」

「隊長，你會用劍喔？」

「作為貴族修養的一部分，我學過一點基礎，大概是把劍佩在腰間能做做樣子的水準吧。」

因為他完全沒有用劍天賦，所以只學到基礎中的基礎，頂多只能讓他不會用奇怪的手勢持劍而已。利瑟爾到底在想什麼才會說要當魔法劍士？

「啊。」

這時，伊雷文忽然看向迴廊深處。

等了幾秒，一陣尖銳的嘰嘰聲朝這裡接近。看來無論他們是否選擇開門都一樣會遭遇魔物，三人一同望向逐漸接近的影子。

「是小惡魔嗎？」利瑟爾問。

「是吧。」劫爾說。

這種小型惡魔長著龍一樣的頭、哥布林一樣的身體，正拍著背上的翅膀朝這裡飛來，手上的三叉槍反射出鈍重的光芒。

「大哥能上嗎？」

「嗯。」

「不，既然只有這點魔物，難得力量強化了，我一個人也……」

利瑟爾說到一半，忽然察覺什麼似地閉上嘴巴，然後擺出一臉「此時不說更待何時」的表情說：

「『這裡交給我，你們閃一邊休息去。』」

「別這樣。」

「隊長，不要啦。」

玩得開心是很好，不過利瑟爾說起這種話實在太突兀了，他們希望他不要這樣。

兩人不約而同這麼想著，而利瑟爾在他們面前一如往常地以魔銃射穿了那些魔物。力量強化沒什麼意義。

反轉現象會在進出門扇的時候消失，或是再度出現。

利瑟爾他們經歷左右反轉、身高反轉、衣服反轉等等的考驗，依然順利完成了委託。不過，看見劫爾一劍劈開那些飛天魔盾，利瑟爾和伊雷文不禁有點哀傷地想：魔盾這種魔物到底還有什麼特色？

「這就是最後一顆了呢。」

利瑟爾拔出魔盾中央以金屬零件固定的魔核，在腦中計算至今取得的數量，應該收集到了規定數量才對。

順帶一提，他們取得的魔核和遇到的魔盾數量並不一致。劫爾曾經兩度把魔核連著魔盾一起劈成兩半，利瑟爾也在左右反轉的時候操縱魔銃失誤，華麗命中了魔核。

「那我們就回去吧。啊，要繞到頭目那邊一趟嗎？」利瑟爾問。

「嗯……這邊的頭目感覺很麻煩欸，算了吧。」

「隨你高興。」劫爾說。

那就直接打道回府吧，利瑟爾回想著他們沿路走過的路徑。

他們現在所在的位置是第四十九層，既然如此，比起原路折返、從第四十五層的魔法陣傳送回去，還不如直接推進到第五十層比較快。儘管劫爾已經攻略了這座迷宮，但他憑直覺前進，不可能記得路線，因此是由利瑟爾在前方帶路。他能憑著走過的路線大致預測出正確方向。

雖然沒有利瑟爾也能攻略迷宮，但隊伍裡有利瑟爾在可是方便到讓人無法割捨。劫爾他們總是這麼形容利瑟爾，這次也毫無異議地直接跟在他身後。

「對了。」

好像有陷阱，利瑟爾避開地上的一塊磁磚，忽然開口說道：

「先前給劫爾一個驚喜的時候，不是說也要整一下伊雷文嗎？」

「呃……」

伊雷文嘴角抽搐。

缺乏興趣的事情伊雷文會馬上忘記，不過和利瑟爾有關的事不在此限，他當然記得。印象中，利瑟爾說要積極把他弄哭。

他心裡只有不祥的預感。伊雷文戰戰兢兢地打量利瑟爾的臉色，只見對方露出好看的微笑如此斷言：

「我準備好了。」

「啥……哪時候？什麼東西?!」

「不知道是什麼時候呢？我好期待看到伊雷文嚇一跳哦。」

利瑟爾揶揄似地佯裝不知，伊雷文的腦袋全速運轉。

警戒心源源不絕湧上他心頭。從利瑟爾的說法推斷，惡作劇已經準備好了，應該正處於等待伊雷文發現的階段。

他不太可能像劫爾那時候一樣被獨自丟下吧。那件事往意想不到的方向發展，利瑟爾也深自反省，早就知道伊雷文也和劫爾一樣，被他拋下絕對不會感到開心了。既然如此，那就不可能舊事重演。

要問為什麼，那就是因為利瑟爾並不是會利用別人的好感傷害對方的人。由於對於別人的感情相當敏銳，對方對自己有多少好感他也瞭若指掌，所以從別人那裡獲得了多少，他總會好好報答。

這麼想來，應該不至於演變成自己所想像得到的最壞情況吧。伊雷文正要放下心來，走在他身邊的劫爾忽然看向利瑟爾，說：

「整人是可以事先宣告的？」

「我也不希望自己一個人默默準備，到時候又得努力討好對方挽回呀。」

劫爾撇嘴笑了。

眼見利瑟爾欲言又止地望著他，劫爾哼笑一聲，像在說那件事完全錯在你。接著他伸手拍了利瑟爾的額頭一下，遮住利瑟爾向著他的眼眸。

利瑟爾按住一點也不痛的額頭，有趣地笑了。他轉了轉指尖，以魔銃擊穿了前方再度出現的小惡魔。

「隊長，給我提示！我要做好心理準備！」

「那就不叫驚喜了呀。」

看見利瑟爾和煦的微笑，伊雷文放棄了。

在那之後，三人找到了返回入口的魔法陣，再度用上了他們的疊羅漢陣形。

深夜，即將換日的時間。

伊雷文呼出一小口氣，走上旅店的階梯，沒發出半點腳步聲。他抓起披在肩膀上的毛巾，隨便搓著剛沖過澡濡濕的頭髮。

自從利瑟爾宣布要整他以來，他還沒看見任何可疑的徵兆。既然已經準備完成，那預測發動時間點可是難上加難，因此他一直到此時此刻都保持著一定程度的警戒。然而，無論是從迷宮回來的路上，還是在公會道別之後，都沒發生任何異狀。

「（畢竟隊長真的完全無法預測嘛……）」

以利瑟爾的作風，該不會整人宣言本身就是整人惡作劇了？或者是在宣告之後故意相隔一段時間，來個出其不意？

不論是哪一種都不奇怪，伊雷文發著牢騷這麼想，走過劫爾房門口，然後是利瑟爾的房門口。宣告要整人的罪魁禍首還已經就寢了咧，伊雷文在內心念道，踏進自己分配到的房間。

東想西想這麼久，他也累到懶得思考了。伊雷文隨手把毛巾扔在椅背上，走近床鋪準備蒙頭大睡。他掀開薄毯，正準備將手撐上床鋪——

「…………?!?!?!」

伊雷文展現出驚人的敏捷，一口氣退到幾公尺之外。

接著他沒停下腳步，直接衝到走廊上，表情僵硬到連臉頰都忘記要抽搐，竄上背脊的惡寒讓他渾身發抖，總覺得慘叫還卡在喉嚨。

他衝向隔壁的房門，整個身體幾乎撞上門板，喀嚓喀嚓猛轉著門把。不知是不是他太過慌亂的關係，門怎麼轉就是不開，異樣的亢奮感讓他眼角發熱。

「隊長！！隊長讓我進去！！隊長！！」

門鎖發出異常的「喀嚓」一聲，不過總算是打開了。

他在床鋪上找到睡眼惺忪地從毛毯底下探出臉的利瑟爾，毫不猶豫地把全身往那張床上塞。利瑟爾睡傻了，但伊雷文才管不了這麼多。

他回想起剛才掀開毯子看到的情景：床鋪上爬滿了大量的食籽蟲，萬頭攢動。

「好噁心，好噁心——！！」

「嗯……」

「隊長別睡了啦我受不了，真的受不了了！你看我身上好多雞皮疙瘩！我真的快哭了啦！」

每一次想起那個畫面，渾身流竄的惡寒都讓他打起冷顫。

明明沒碰到那些食籽蟲，他卻用力把身體往利瑟爾身上蹭，想抹消那些蠕蟲的觸感。碰觸到人的肌膚讓他十分安心，但是狂跳的心臟一直無法平靜下來，他的心臟也好久沒跳成這樣了。

利瑟爾睜著一雙惺忪的睡眼，摸了摸伊雷文的頭，雙唇緩緩勾出一道笑弧。

「整人計畫，圓滿成功囉。」

利瑟爾只說完這麼一句，便恢復成了繼續睡覺的姿勢，看得伊雷文嘴角抽搐。

「啊……果然贏不過隊長……」

真沒想到他會來這招，伊雷文頹然垂下肩膀。

至少今天就這樣睡在利瑟爾床上吧，倒不如說，明天開始他根本不想睡自己的床。伊雷文這麼想道，將惡寒強烈得甚至感受到寒氣的身體湊近眼前的體溫。自己都嚇成這樣了，就算睡起來有點熱，也該讓利瑟爾忍耐一下才划算。

他這麼想著，閉上了眼睛。那天晚上，伊雷文作了食籽蟲群魔亂舞的噩夢，在睡夢中翻來覆去地痛苦掙扎。

108

冒險者公會裡保存著一種叫做魔物圖鑑的資料。

各國存在著數量眾多的冒險者公會，每個國家的魔物圖鑑內容幾乎都各不相同。畢竟圖鑑是由冒險者帶來的情報編纂而成，因此該地區特有的魔物記載得特別詳盡。

為了免去借出的繁雜手續，以及避免圖鑑破損，公會禁止冒險者將圖鑑帶出公會。話雖如此，大部分的冒險者都只想查閱委託相關魔物的情報，因此也沒有人會刻意把圖鑑帶回去認真閱讀。

圖鑑上記載了魔物的出現場所、素材部位，有時候甚至連解體方法都有記述。這些魔物圖鑑會定期重新抄寫、改訂，不過在眾多冒險者頻繁利用之下，往往還是充滿了褪色、磨損的痕跡。

「不好意思，我想借一下魔物圖鑑。」

只為了閱讀圖鑑而造訪公會的利瑟爾，在這當中可說是喜好相當奇特的人種吧。

「好的。欸……我忘記你讀到第幾卷了？」

「第五卷。啊，第六卷也可以一起借閱嗎？」

坐在服務窗口的公會職員，以明瞭一切的態度應對利瑟爾。

他湊近去看位於櫃檯下方的架子，手指撫過一本本排列在架上的書籍。魔物種類眾多，想要記載牠們的資料，一本書的篇幅絕對不夠，大多數公會都會以種別適度統整。

順帶一提，這位公會職員一開始也一樣，作夢也沒想過會有冒險者喜歡把魔物圖鑑當書來讀。第一次看見利瑟爾讀書的模樣，他只想著：「這個人在做什麼啊……」

「久等了──」

「謝謝你。」

還真不習慣。看見對方露出微笑，公會職員連眨了好幾次眼睛。畢竟他們平常應對的冒險者都宛如威嚇與粗暴的化身，不習慣也是沒辦法的事。

「對了，能不能請問你一下……」

「是？」

職員忽然有個疑問。雖然不知道這麼問是否恰當，不過他還是開了口。

看見利瑟爾爽快地點頭，職員放下心來，凝視著他手上的魔物圖鑑說：

「你之前待在帕魯特達爾對吧，在那邊沒有讀過魔物圖鑑嗎？」

只要看公會卡，就能得知冒險者隸屬於哪一間公會、又是在哪裡登記的。轉移據點之後第一次接取委託時職員會確認相關資料，通常都只是一眼瞥過去而已，不過利瑟爾一行人的情報卻傳遍了整間公會，只能說真不愧是他們。

這一定不只是因為他們隊伍裡有個一刀而已。

「我在王都也讀過那邊所有的圖鑑了。不過兩個國家記錄的魔物不一樣，即使是同一種魔物，記載的內容也不相同，很有意思哦。」

「喔，原來是這樣啊。」

不同於冒險者，公會職員不會從一個國家旅居到另一個國家。

原來有這種事，職員點點頭。這時候，利瑟爾忽然翻開圖鑑說，「比方說……」他一頁頁翻過去，就連翻頁的動作都高雅到嚇人。

「像這裡，這是史萊姆的頁面。」

利瑟爾側過書本讓他一起看，職員也站起身來湊了過去。利瑟爾伸出手指描摹過解說文字的其中一行，勻稱的指尖和冒險者骨節粗壯的手掌天差地別。

雖然和現在的狀況完全無關，不過職員此刻在內心悄悄確信，假如在他痛恨讀書的小時候碰到利瑟爾這個老師，他一定會乖乖聽老師說話。利瑟爾柔和的聲音傳入耳中，語調和緩卻不拖沓，聽者非常容易理解。雖然這麼說對於學舍裡那些抓住小時候亂跑的自己、用拳頭教訓自己的大人們實在很不好意思。

「我看看，我一次也沒看過史萊姆的解說頁……『史萊姆有時候會啪搭融化，這時候核心被放置在旁邊，是攻擊的好機會』？」

「沒錯。」

利瑟爾點點頭，就像在稱讚他做得很好，讓職員有點不好意思。

「這段解說非常簡單易懂對吧。不過，王都的圖鑑卻是這麼寫的：『史萊姆睡眠時偶爾會出現融化般攤在地上的情況，這時核心暴露在外缺乏防護，不過時間短暫，約只有兩秒』，寫得稍微詳細一點。」

看得出民族性呢，利瑟爾微笑著這麼說，職員聽了無語望天。

以前的阿斯塔尼亞冒險者公會職員為什麼不能再努力一點呢！儘管情報源自於冒險者，但把資訊統整在圖鑑裡的還是職員啊，冒險者說啪搭就照著把啪搭寫在圖鑑上不太好吧。

不過同時，職員也不禁覺得這種東西只要簡單易懂就好。自己果然也是道地的阿斯塔尼亞人，職員乾脆地放棄追究。

比起這個……

「啊……那個，讀過的圖鑑，你該不會全部都背起來了吧？」

「跟委託無關的魔物我就記不太清楚了。」

原來只要跟委託有關就會背起來啊。而且說到底，他所謂的「記不清楚」精確度應該還是頗高吧，職員從書本上抬起視線瞥了利瑟爾一眼。

「還有，圖解之類的部分果然也不一樣呢。阿斯塔尼亞的圖解有躍動感，閱讀起來很有樂趣……」

這人好像快打開某種奇怪開關了，是狂熱書痴的開關。

職員無從得知這點，不過他聽從本能的警告開了口：

「對、對了，再不趕快過去，你平常坐的位子要被人占走了喔。」

「啊，說得也是。」

利瑟爾抬起臉來，回頭看向後方。

閱讀魔物圖鑑的時候，他總是坐在同一個座位，那是能夠一眼望見整間公會，同時又能靜心閱讀的位置。由於桌椅是以提供隊伍使用為前提，座位偏大，但即使公會大廳裡人潮擁擠起來，利瑟爾還是毫不介意地繼續讀書。

有一次，職員曾經看過利瑟爾被人糾纏、叫他讓位，但利瑟爾若無其事地邀請他們共桌。椅子也夠坐，因此找他麻煩的那些冒險者說不出什麼怨言，最後催生出利瑟爾坐在一個怎麼看都是他們隊伍一員的位子上悠哉讀書的奇怪光景。
現在是下午時間，雖然不算擁擠，不過還是有三三兩兩的冒險者在使用桌椅。
「那麼，今天也跟你們借一下位子了。」
「請慢慢看——」
桌椅設置在那裡就是要讓大家自由使用，明明可以逕自使用的，利瑟爾卻會先說一聲，不知道是教養良好還是細心體貼。無論如何，這兩者都是冒險者當中絕無僅有的類型，職員邊想邊在借閱名簿中填上利瑟爾的名字。

劫爾俯視著他剛剛打倒的頭目，將劍上的髒污擦拭乾淨，插回腰際。
這是他攻略到一半的迷宮，先前已經推進到深層，今天就是為了通關而來，不過花費的時間比想像中還久。他本來打算上午就回城，因此也沒帶多少食物，肚子有點餓。
躺在他眼前的，是個融合了野獸與植物的奇妙巨軀，說不定也有人覺得牠美呢，只要站在牠面前不會危及性命的話。
劫爾朝著特別醒目的巨大花朵走近。迷宮所規定的素材部位，只有積在這朵花裡的花蜜而已，除此之外就連一片花瓣也帶不走。
「……」
劫爾皺起臉來。他是很想快點回去沒錯，但是……，他在心裡喃喃自語。
基本上，頭目級魔物的素材除非特別麻煩，否則他都會帶回去；反過來說，一旦嫌麻煩他會果斷放棄，沒什麼執著。

其他冒險者會賭上性命討伐頭目，歡天喜地地取得素材，賣掉它換取龐大的財富。帶回這些素材也能輕易贏得其他冒險者欣羨的眼光，放棄它根本是瘋了。

但劫爾卻能輕易捨棄這些。凡是不能用在裝備上的素材他都不感興趣，缺錢的話他會變賣素材換取資金，但目前也沒有這個必要。如果嫌麻煩，他大可就這麼打道回府。

「……嘖。」

他卻咋舌一聲，拿起了厚重的花瓣。

初次見到頭目的時候總是不知道陌生素材該怎麼採集，但反正只要帶得回去就行。他一一扳開層層疊疊的花瓣，甜膩的氣味立刻飄散開來。

劫爾擺出凶神惡煞的表情，又嘖了一聲。

所以他才不想採集這東西。雖然心裡這麼想，但沒辦法，有個人很可能對它感興趣。假如跟那個人說起這頭目，不難想像他一定會說想嘗嘗看牠的花蜜。

甘甜的香味逐漸盈滿整個空間，劫爾感覺到剛才的空腹感也因此逐漸淡薄。他遷怒似地撕開手中礙事的花瓣。

讀完了第五卷，利瑟爾接著翻開第六卷圖鑑。

「（山月桂魔狼，猙獰巨大的魔狼背上，寄生著碩大的花朵……）」

利瑟爾的後背絲毫沒沾上椅背，以堪稱楷模的坐姿默默瀏覽魔物圖鑑。現在閱讀的這一卷收錄了許多植物系的魔物，他平常鮮少見到，因此讀起來非常有意思。

當中許多種類都有毒，有些魔物會主動發動攻擊捕食敵人，也有些魔物不具備直接的攻擊性，只會引發嚴重的狀態異常，現在他所瀏覽的頭目級魔物也是其中之一。

碩大的花朵不但能操縱數條長著無數堅硬毒刺的藤蔓，還能釋放出使人錯亂的香氣，又靠著寄生於魔狼背上克服了無法移動的弱點。再加上魔狼本身也會與巨大花朵聯手作戰，以尖牙利爪撕裂敵人、以纏著兇惡藤蔓的狼尾橫掃攻擊，讓人無機可乘。

光看字面描述，就使人確信這魔物確實擁有頭目級的強度。圖鑑上標示的階級是S，這也是當然的，利瑟爾邊將頭髮撥到耳後邊想。

「（素材是黃金蜜，由於花蜜擁有美麗的金色，同時一滴就有超越黃金的價值而得名……不知道劫爾願不願意採集來呢？）」

如果那座迷宮他已經攻略完畢，會不會已經持有黃金蜜了？

那男人非常排斥甜膩的東西，但應該願意為自己帶回素材吧。利瑟爾這麼想道，露出微笑，緩緩翻到下一頁。認真起來他不必花多久時間就能迅速讀完整本圖鑑，但沒必要趕時間的時候，他想以自己的步調享受閱讀樂趣。

不過，也差不多到了該結束的時間，於是他逐漸分散了原本集中在書本上的專注力。

冒險者們結束委託的時段快到了，從剛才開始公會大門響起開闔聲的頻率也一點一點升高，想必待會也有冒險者想趁著等候領取報酬的時候在桌邊小憩，還是先空出座位比較好。

即使有人蓄意找碴叫他「滾開」，利瑟爾也不會滾開，但他是懂得體恤別人的，畢竟他現在不是貴族嘛。

「啊，找到啦。」

這時忽然傳來一道聲音。

那聲音筆直向著利瑟爾，不像在對周遭的其他人說話。聽見一陣腳步聲朝這裡接近，利瑟爾繼續低頭讀著書，僅以視線往那個方向瞥去，看見剛走進公會的冒險者正面帶微笑朝他走來。

利瑟爾來到阿斯塔尼亞已有一段時間，也會與其他冒險者們一同交談，經常流傳的消息他大都聽過。

此刻在眼前站定的男性冒險者，和他周遭的隊伍成員也一樣，雖然利瑟爾不曾實際與他們接觸，不過也聽說過他們是誰。

「你一個人啊，正好。」

男人並未徵求同意就一屁股在他對面坐下，利瑟爾闔上書本，露出微笑。

若是正在專心讀書，他看也不會看對方一眼，但這時他剛好差不多要中斷閱讀了。察覺周遭的騷動，利瑟爾領悟到對方有一定的知名度，不知道他找自己有什麼事？利瑟爾毫不緊張地打量著眼前的男人。

對方有什麼目的，他也不是完全猜不到。

「現在可以跟你聊聊嗎？」

「請便。」

男人露出了皮笑肉不笑的表情這麼說，利瑟爾則沉穩回應。

大家都說，他們是全阿斯塔尼亞目前最接近S階的A階隊伍。只不過，不考量實際階級的話怎麼想都覺得最接近S階的是那三人組吧……其他冒險者都這麼想，不過利瑟爾他們本人並不知情。

看見這桌從沒見過的組合，周遭的視線紛紛集中過來。有事要找冒險者，在公會堵人確實合理，不過無論如何好像都會惹人注目呢，利瑟爾回想起至今發生過的種種，在內心苦笑。

「我就從結論說起吧。」

男人稍微展開雙臂這麼說，臉上仍然掛著假笑。

從他的說話方式，和他儘管經過日曬、卻不屬於阿斯塔尼亞國民特有的那種美麗褐色肌膚看來，可以得知他是從其他地方輾轉來到此地，後來才以這裡為據點的冒險者。根據之前聽說的傳聞，好像在利瑟爾一行人抵達這裡稍早之前，他們就已經在阿斯塔尼亞活動了。

利瑟爾悠哉地想著，將闔上的書本挪近桌緣。

「我們想要你隊伍裡的一刀。」

公會大廳中一陣騷動。

其中蘊含著各式各樣的情緒，大多是驚愕，混雜著少許本人也沒有自覺的憤怒和不安。在場的所有人，就連公會職員也停下手邊的工作，關注著那張桌子的動靜。

在眾人視線交會之處，利瑟爾悠然露出微笑。那笑容看起來實在太過尋常，這傢伙究竟會怎麼出招？男人加深了假笑心想。

「請便。」

這時，利瑟爾乾脆地這麼說，一陣比剛才更強烈的驚愕在人群中散播開來。

「這是什麼意思？」

「也就是說，想挖角請自便的意思。咦，挖角應該不需要經過我這個隊長同意吧？」

冒險者隊伍之間的挖角並不罕見。

畢竟鮮少有冒險者是因為同鄉又處得好才組隊的。大多都是找實力差不多的人一起組隊，組隊原因也只是為了輕鬆達成委託，而且又能省錢。

因此，只要提出比現狀更優渥的條件，就有可能把冒險者成功挖角到自己的隊伍。不過當然，在組隊一起行動的過程中培養出夥伴意識的冒險者也不少。

要不要跳槽也是個人的自由。禮貌上或許會跟隊友打聲招呼，感謝對方這段時間的關照，不過也僅此而已。

「如果劫爾想答應你們的邀約，我也沒有理由制止。」

聽見利瑟爾心平氣和地這麼說，男人臉上依舊掛著笑容，直盯著他看。

但無論他如何打量，都無法從利瑟爾身上找到「我的夥伴才不可能跳槽」的那種傲慢，也找不到夥伴或許會離自己而去的焦躁；面對意圖奪走夥伴的對手，他甚至沒有半點警戒。周遭人群的動搖，甚至都還比他強烈。

利瑟爾所說的話毫無疑問出自真心。把一刀安置在身邊，卻不吝惜讓他離開，這人要不是太過無知，否則就是呼風喚雨的大人物，所以覺得失去一刀也不足惜。男人下了這個結論，蹺起腿愉快地向前傾身。

「哈哈，那如果拜託你給我一些挖角一刀的建議，你願不願意教教我啊？反正你也不會制止嘛。」

男人厚顏無恥地這麼說，看起來無意挑釁，只是想拿他開玩笑。

周遭圍觀的冒險者們紛紛厭惡地皺起臉來，心想「這個男人真討人厭」。利瑟爾反而有趣地笑著想：這人雖說有意挖角，感覺卻和劫爾非常合不來呢。
「雖然我沒辦法給出什麼有益的建議，不過可以陪你商量。」
「喔……」
看見對方朝他露出微笑，男人不禁瞠大眼睛。
利瑟爾不可能真的希望隊員被人挖角，卻願意陪他商量。不過，他又說給不出有益的建議，等於是在說挖角不可能成功，所以任何建議都沒有意義。
聽見對方理所當然地說出這種話，男人的雙眼彎成兩道笑弧。
「那真是幫大忙啦！不知道我們準備的誘因是否足以讓一刀答應跳槽，我一直很不安呢。」
「我懂這種感覺。」利瑟爾說。
「對吧？所以我才想出了這個方法。你想想看，和你一起攻略迷宮，一定會拖慢攻略的步調嘛。」
男人理所當然地說，利瑟爾也點點頭。依據時機與狀況而定，有時確實是這樣沒錯。
事實上，只要迷宮裡沒有奇怪的機關，單就攻略速度而言確實是劫爾獨自一人的時候最快。只是至今整隊一起潛入迷宮的時候從來沒遇過必須趕時間攻略的狀況，因此他們三人從來沒在意過這個。
不知為何，利瑟爾感受到周遭的群眾更加惱怒了。他瞇起眼露出微笑，雖然他無意認為大家都是為他著想，不過如果他們對這名男人的發言感到惱火，自己確實應該心懷感謝。
「聽說一刀只要看到新迷宮就會先去通關……哈哈，這樣說聽起來好像很簡單一樣。不過對我們來說不簡單的事，對他來說只是舉手之勞，所以也沒錯啦。」

從皮笑肉不笑的表情難以判讀出男人真正的情緒，但他確實感到高興。

他並不是一刀的信徒，此刻的喜悅單純是因為對方能為自己增添利益而已。能將壓倒性的強大戰力據為己有，任何人都會為此歡喜吧。

「對他來說，同行者只會礙事對吧？不管是你或我都一樣。所以我們為一刀準備的好處，就是通往他所渴望的強敵的直達票！」

男人果斷地說，彷彿認為這是不可多得的好主意。

怎麼樣啊！男人展開雙手說。利瑟爾尋思似地將手輕握成拳，抵在嘴邊，沒想到他評估得還頗為認真。

「也就是說，由你們先潛入劫爾想攻略的迷宮，替他攻略到只需要與頭目交手的狀態？」

「沒錯，不錯吧？聽說一刀追求的是跟強敵交戰，應該覺得一點一點攻略迷宮很麻煩吧。」

該說他們真不愧是最接近S階的A階隊伍嗎？

想必他們擁有足以抵達頭目、或是接近頭目關卡階層的實力。雖然成天看著劫爾和伊雷文，利瑟爾的感覺已經差不多麻痺了，但能這麼說證明他們的實力相當雄厚。

這是他們才能夠提供的好處，的確合理。這麼一來，令人好奇的就是男人他們自己能獲得什麼好處了，而利瑟爾想得到的只有一點。

「你們也能靠著這些功績升階，對吧。」

「沒錯，反正我們一樣是靠著隊伍成員合力攻略迷宮啊。你也因為一刀的功績沾了不少光吧。」
「是呀，有優秀的隊伍成員在，果然還是輕鬆不少呢。」
聽見利瑟爾乾脆地這麼說，獲得贊同的男人也加深笑意點點頭。大家都想跟優秀的冒險者組隊，所以才會出現挖角行為啊。
說穿了，這段對話也不過是這個意思而已，周遭的冒險者聽了卻不知怎地感到相當不快，至於是對他們雙方之中的哪一個人感到不快，自然不用多說。
「不過，只有這個好處的話誘因有點弱呢。」
「咦？」
「劫爾確實不喜歡麻煩事，不過……」
利瑟爾擺在桌上的雙手戲耍似地交叉起十指，他凝視著那個男人，悠然偏了偏頭。
「別看他這樣，他並不討厭多費心思。」
言下之意指的是什麼……不，應該說指的是誰，在場沒有人聽不懂。
視線集中在利瑟爾身上，而在毫不介意旁人目光的利瑟爾面前，那男人臉上的假笑僵住了一瞬間，周遭看好戲的冒險者目擊了這一幕，也忍不住默默握拳比出勝利姿勢。
「你說的是迷宮？」
男人以沉靜的語氣這麼問。
但利瑟爾只是維持著一貫的微笑，什麼也沒有回答。男人將之解釋為「那還用說」的意思，於是點點頭，那動作看起來像是理解了利瑟爾的回答，也像是在說服自己。

「嗯，這樣啊。如果是這樣的話，我們事先幫他攻略迷宮可能不夠吸引人也不一定。」
「不過對他來說想必比較輕鬆，我認為你們的切入點不錯。」
「但是，你完全沒辦法給他這方面的好處吧？比起像你這樣靠著稀奇的特質吸引他的興趣，我們的條件好太多了。」
聽見男人這麼說，利瑟爾眨了眨眼睛。我沒說錯吧，男人加深了笑意。
然而他聽見的，卻不是他想要的答案。
「怎麼會呢，你覺得劫爾他看起來像願意無償行動的人嗎？」
利瑟爾有趣地笑了笑，鬆開交握的手指。
「給予他多少好處，他才願意做多少事哦，無論什麼時候都一樣。」
利瑟爾給予的是金錢、還是什麼物品，男人並不知道。但只要知道這點，想必就能成功挖角一刀，因此男人意氣風發地探出身子，就像在問利瑟爾能不能告訴他。
見狀，利瑟爾有點困擾似地垂下眉，而男人頻頻點頭，臉上的假笑閃閃發亮：
「嗯，我懂，真的要分開的時候，難免捨不得放手嘛。我沒想到你會這麼小氣，真是太可惜了。」
男人聳聳肩這麼說，利瑟爾苦笑道：
「不是的。只是因為你們做不到，告訴你們也沒有意義。」
聽見這句話，男人的笑容不禁扭曲。
一個C階冒險者才剛升上勉強堪稱中階的階級，沒有資格對升S階近在眼前的A階冒險者說這種話。雖說冒險者的世界實力至上，階級僅供參考，但男人確實比眼前這個沉穩男子更強。

男人放在桌上的手緊握成拳，發出了細小的吱嘎聲，沒有人聽見。

「無論什麼時候放手我都捨不得呀，我也沒說想要放手吧？」利瑟爾說。

「你不是不阻止我們挖角嗎？」

「我不會阻止你們挖角。只是，如果他接受你們的條件而離開，我也不會覺得可惜而已。」

利瑟爾將頭髮撥到耳後，有那麼短短一瞬間，他垂下雙眸。再次抬眼的時候，男人臉上的笑容立刻消失無蹤。

「因為……」

平時帶著寵溺的雙眼此刻蘊藏著高貴色彩，沉穩的氣質不再，現在的他高潔得彷彿能使人依從他的意思下跪。微啟的纖薄唇瓣牢牢吸引眾人目光，讓人期待它們接下來要吐露的言語。

甚至讓人覺得，不接納這個人所賜予的話語是一種罪過。公會大廳已經搖身一變，成了和平時截然不同的空間。

「如果一個人只為了那點程度的原因就離開，那我從一開始就不需要。」

利瑟爾喃喃說出口的話語落在這片寂靜當中，像漣漪般擴散開來。

「那是、什……」

話說到一半就說不下去，男人閉上嘴巴。

看見利瑟爾偏了偏頭，像在敦促他說下去，男人正想再度張開雙唇，自己的行為卻令他愕然。自己居然認為對方准許了他發言。

這是不能容忍的事，深受冒險者價值觀束縛的男人渾身戰慄。利瑟爾的實力或許足以跟在一刀身邊，但再怎麼說都比自己弱小，那麼自己優於對方的地位就不可能動搖才對。

「這、怎麼可能，這傲慢的、竟敢把我……不可原諒！」

男人的笑容扭曲到了極點，他踢倒椅子站起身來。

他的雙手猛力砸上桌面，符合A階實力的狠勁把桌子打得發出刺耳的吱嘎聲。

但利瑟爾毫無反應，反而將兩隻手肘撐在桌面，稍微探出身子，把下顎擱在交疊的雙手上，加深了色澤的紫水晶雙眸定定映照出男人的身影。

「真的？」

柔和的問句，柔和得不合時宜。

本來不適於支配他人的嗓音，此刻確實綑縛了男人的意識。

「真的不可原諒？」

無論這個人做了什麼，真的有可能不被原諒？

有人會拒絕原諒他嗎？這想法剛浮現腦海，男人便甩甩頭，像要將之抹滅。

「你別想扯開話題……！」

刻在臉上的笑容不禁抽動，彷彿害怕它消失似的，男人伸手去摸自己的臉，遮掩在雙手底下的表情究竟是否如他所想，就連他本人也無法判斷。

他的氣息慌亂，彷彿努力想恢復冷靜，留在桌面上的一隻手緊繃得發顫。

「我不會說一刀配不上你……在看見你現在的樣子之後。」

男人也是一路爬上A階的冒險者，眼前這人物不是泛泛之輩，這點他還是明白的。

但是，他果然還是無法原諒、無法承認，因為身為冒險者的他，判斷一刀沒有把利瑟爾留置身邊的理由。

戰力上沒有幫助，那只是個扯後腿又礙事的拖油瓶。所以，男人儘管喉頭抽搐，仍然欣喜若狂地大吼：

「沒錯，果然是這樣！你還搞不懂嗎？只是你配不上一刀而已！想也知道嘛，即使有你在……」

叩的一聲，硬物相碰的聲響打斷了男人的話。

除了發出那聲音的本人以外，只有一個人掌握了現在的狀況。利瑟爾看見放到自己眼前的瓶子，以及瓶中滿盈的金黃色澤，只眨了一下眼睛便高興地笑了開來，以雙手珍重地接過。

然後，包裹在黑色手套中的手輕輕抓住利瑟爾的肩膀，輕柔的力道將他往後推。利瑟爾毫不抵抗地挺直背脊，遠離桌邊。

這一切發生在短短數秒之間，對方的手指褒獎似地掠過頰邊，利瑟爾眼中流露笑意，目送它遠離。

「這不是你該決定的事。」

「一刀，……！」

下一秒，伴隨著低啞的聲音，男人扭曲的笑容整個被砸到桌面上。

在一陣壯烈的破壞聲當中，桌子嚴重毀損，木片散落一地，倒臥在其中的男人動也不動一下。他呆愣在原地的隊友們這時終於回過神來，立刻拔出武器，完全無意隱藏殺氣。

利瑟爾垂下眼睛，感受到劫爾的手指拂過自己的瀏海，撥去沾在上頭的木屑。指尖把木屑連著頭髮一併拈起，接著替他梳理瀏海，把髮絲撥到蓋住眼角的位置，然後離開。

等他睜開閉起的雙眼，一切想必已經結束了。

「他們還活著嗎？」

「雖然這傢伙讓人不爽，但他好歹還是有實力的，居然被瞬殺……剛才的動作我完全看不清楚欸。」

「我還是第一次看到劍直接被砍斷……哇靠，你看那個切口。」

「是說我重新體認到沉穩小哥……啊不對，應該叫他沉穩大人，為什麼是他們的隊長了。」

冒險者們圍在殘破不堪的桌子旁邊，低頭看著那個死屍累累的A階隊伍，七嘴八舌地聊得不亦樂乎。

儘管在高潔的氛圍當中說不出話，但一回過神之後，他們就恢復了平常的模樣。這方面他們切換得還真快，劫爾望著他們這麼想。至於當事人利瑟爾，則在他面前把毫髮無傷的圖鑑還給了櫃檯，同時和職員討論著桌子的賠償問題。破壞桌子的是那個男人的臉，所以全部都是對方的錯——職員從頭到尾看見了事件經過，這說法是不管用的。

「最後談成的賠償責任是七比三。」利瑟爾說。

「哪邊是七？」劫爾問。

「對方七。」

不過利瑟爾就是有辦法在不管用的狀況下，把過失穩穩算到對方頭上。

看見利瑟爾在和睦的氣氛當中圓滿結束了談話，走回他身邊，劫爾嘆了口氣，自己也去辦理委託完成的手續。他們兩人就像什麼事也沒發生似地如常交談，看得辦理手續的職員不禁嘴角抽搐。

「那種實力也稱得上最接近S階的冒險者嗎？感覺西翠先生一個人也贏得過他們呢。」

「既然沒升上S階，說什麼距離遠近都沒有意義吧。」

階級B被歸類為中階，和高階的階級A之間差距顯而易見。

但是，A階和S階之間是不存在「差距」的，只有「能升上S階」和「不能」的差別。升得上S階的隊伍馬上就能登上那個冒險者的巔峰之座，升不上去的隊伍就算努力幾十年也一樣與之無緣。

只有S階和其他階級不一樣，可以說它不是階級制度的延伸，而是屬於另一個不同的次元吧。

「這種話由你說出口很有說服力呢。」

「啊？」

看見劫爾不明就裡的反應，利瑟爾有趣地搖了搖頭。

從職員手中接過公會卡，手續便辦完了。他們畢竟是引發騷動的人，還是盡早離開這裡，公會比較方便處理善後吧。此地無須久留，利瑟爾他們轉身準備折返，就在這時……

「剛才的打鬥太厲害了！請讓我當你的頭號徒弟！拜託你了！」

突然間，有個年輕冒險者跌跌撞撞地衝了出來。

可能是剛入行的新手也不一定，那個年輕人帶著緊張的表情立正站好，閃閃發亮的目光仰望著劫爾。利瑟爾揶揄似地抬頭看向站在身邊的劫爾，只見劫爾回了他一個無奈的眼神。

然後，劫爾就這樣邁開腳步，看也沒看那名想拜師的年輕人一眼。

利瑟爾也面露苦笑，跟在他身後離開。走出公會之前，他不經意回過頭去，看見那名被視若無睹的冒險者僵在原地，而其他冒險者用力拍著他的肩膀說，「你很努力啦，幹得好！」

兩人走在街上的時候，利瑟爾瞥了劫爾一眼。

「原來也有人來拜託這種事呀。」

「一年大概會出現一個吧。」

看來勇氣過人的冒險者到處都有。

劫爾隨口回應，利瑟爾聽了點點頭，接著忽然若有所思地別開視線。沒錯，他只有一點不滿，那就是……

「真要說起來，劫爾的頭號徒弟明明是我才對。」

「你鬧什麼彆扭，蠢貨。」

看見劫爾露出壞心眼的笑容，利瑟爾也心滿意足地對他展露微笑。

109

阿斯塔尼亞王宮的書庫絕不算寬敞。

不過，這裡的書架幾乎填滿了空間中的所有縫隙，犧牲實用性與尋找書籍的便利性，換來了傲人的藏書量。稍微走下幾級階梯便能抵達書庫入口，之所以設置於半地下的位置，除了避開阿斯塔尼亞強烈的太陽光之外，另一方面也是為了降低地板高度、挑高天花板。

理論上從牆壁應該可以測出天花板高度的，但牆邊已經密密麻麻塞滿了書架，完全看不到牆面。就連身材再怎麼高䠷的人都搆不著的位置也擺滿了書，因此書庫各處擺放了梯子，供人拿取高處的書籍。

為了騰出空間，梯子並沒有傾斜設計，但利瑟爾還是靈巧地爬到摔下去會受傷的高度，當場打開書閱讀起來；而亞林姆也總是披著布幔三兩下爬上梯子，又三兩下回到地面。

在原本的世界，利瑟爾老家書庫的梯子則是打造成階梯狀，側面可以緊密貼合書架，這裡的室內擺設也考量到了美觀問題。

像城堡大廳一樣的書庫相當寬敞，呈現挑空設計，中央設有通往二樓的樓梯。雖說是二樓，上面的空間也相當狹小，只留有一些踏腳處，足以供人挑選牆上排列得密密麻麻的書籍，以及設置於各處的閱讀空間而已。

一樓整整齊齊擺放著無數書架，間隔與角度一絲不苟，書本按照類別分類，簡單明瞭。

所有人進到這寂靜的空間，必定都會自然而然閉上嘴巴，那裡的人們說，那正是個與「大圖書館」之名相稱的地方。

但鮮少有人知道，那個空間還只是冰山一角。專為書本設立的空間往地底下延展開來，光景甚至稱得上如夢似幻，對利瑟爾來說，那也是待起來最舒服的地方。

兩座書庫的共通之處，就在於多到填滿整個視野的書本。

利瑟爾愛讀書，從未讀過的書本他當然樂於閱讀，而已經讀過的書他也會重新閱讀，邊讀邊咀嚼邂逅了值得重讀的書本的喜悅。

與其取得書庫的使用許可，還不如拜託納赫斯幫忙，請他把書庫裡的書籍帶出來輕鬆得多。即使如此，利瑟爾還是想親自前往王宮的書庫，而且就算有了空間魔法，他也從來不覺得書庫會因此失去存在的必要，這都是因為他喜歡書本排列在架上的情景，也喜歡被書本環繞的空間。

「這簡直是一種酷刑……」

但是，前提是那些書可以閱讀。

「那傢伙也太失望了吧。」

「因為隊長超級期待的嘛。」

現在，利瑟爾他們來到了某座迷宮。

那是不久前在阿斯塔尼亞發現的新迷宮。迷宮不時會無預警增加或減少，順帶一提，既存迷宮消失時，待在迷宮內部的冒險者會強制被送回原本迷宮大門的位置，不會有危險。

繼王都那次經歷之後，利瑟爾他們到了阿斯塔尼亞也遇上新迷宮出現，實在很湊巧，不過冒險者往來於各國之間，這種事也不算特別稀奇。
所有冒險者都夢想搶先通關，連日造訪新迷宮。上一次利瑟爾不感興趣，這一次又為什麼會來到這裡呢？那是因為迅速開始攻略新迷宮的冒險者，在第一天帶回了這樣的情報：
『那座迷宮到處都是書，走進去就覺得頭痛。』
還能不去嗎？
「雖然不是沒猜到，但竟然真的不能讀……」
「能讀你不就坐在那不動了？不能讀比較好吧。」劫爾說。
「非人之物的書庫」，這就是公會為這座新迷宮取的名字。
它的內部宛如一座歷史悠久的書庫，就連通道兩側都密密排列著書架，有些架上書本塞得密不透風，有些則可看見書本斜倒在空出的縫隙之間。
利瑟爾剛才試過用推的、用拉的，想方設法要讀那些書，這下才放棄似地抽手。那些書文風不動，根本無法閱讀。
「好了，放棄吧。」劫爾說。
「枉費我們排了那麼久的隊……」
「馬車上也超擠的，不過新迷宮都是這樣啦。」
新出現的迷宮總是人擠人。
通關報酬只屬於搶先打倒頭目的隊伍，即使搶不到通關報酬，這也是指出一條路就能獲得情報提供獎金的好機會，而這一切都是先搶先贏。所有人都搶著攻略迷宮，和周遭比較誰的速度快。而且，攻略進度超前所有人，也是隊伍實力優秀的證明。

因此儘管他們一大清早就前往馬車乘車處，那裡卻已經大排長龍。馬車裡也擠得水洩不通，而且車上所有人都在這座迷宮下車，所以到了迷宮門口也得排隊等待進入。

「我現在知道劫爾為什麼說新迷宮很擠，不想去了。」

「所以我不就跟你說了？」劫爾說。

「可是我想來呀。」

劫爾以無奈的眼神看著他，利瑟爾則朝他露出溫煦的笑容。

不必說，要去新迷宮劫爾當然嫌麻煩，但一聽說這座迷宮的情報，他就立刻放棄抵抗了。他一聽就知道利瑟爾一定會說想去，一旦扯上書本，利瑟爾絕不會退讓。

「呃……啊？隊長，這些書的標題好像怪怪的欸？」

在利瑟爾身邊戳著書脊的伊雷文忽然出聲這麼說。

「是呀，也看不出什麼規律。」

「那就是隨便取的？」伊雷文說。

「只是隨便寫點東西，感覺不太像迷宮的作風啊。」劫爾說。

「不，沒有選擇全部留白，或許反而是迷宮的講究吧。」

利瑟爾佩服地掃視向著這邊的書脊。

上頭寫著的文字全都不像書名，「That」（那個）、「House」（房子）、「Sad」（悲傷）、「Journey」（旅程）、「Steal」（偷竊）、「Slide」（滑）等等的單詞草率分配到每一本書上，彷彿感受得到「寫些東西總比沒寫好」的意思。

迷宮就是這樣，沒辦法。伊雷文邊想邊從書上移開指尖，走近劫爾身邊。

「我看會在入口站這麼久的也只有隊長而已喔……」

「他開心就好啊。」

不曉得能不能找到一本能讀的書，利瑟爾一直無法完全死心，正和一本橫倒著的書死命搏鬥。劫爾和伊雷文看著他的背影，心想差不多也看膩了。

其他冒險者正為了比別人領先一個階層爭先恐後地往前推進，在這裡為了滿足讀書欲而奮鬥的利瑟爾到底是怎麼回事？所以人家才會說他是冒牌冒險者啊，但劫爾他們絕不會把這話說出口。

或許是打算挑戰最後一次吧，利瑟爾手指勾著一本書的封面，使盡全力想把它翻開，最後還是放開手，一臉惋惜地回過頭來。

「久等了，我們走吧。」

「試夠了？」劫爾問。

「嗯，往前進或許還有什麼機會。」

果然他還是無法完全捨棄希望。

劫爾見狀嘆了口氣，接著就像在叫他既然如此就快點開始似的，二話不說展開了攻略。

「『非人之物的書庫』，難怪叫這個名字。」

利瑟爾擊穿了巨大蜘蛛魔物，不經意看向一旁。

那裡站著身披白色斗篷的「某種東西」。那些東西散見於這座迷宮的各個地方，有些無聲地四處走動，像在尋找書本，有些則抽出那些理應無法挪動的書籍，一頁一頁沙沙翻動。

那些「東西」毫無例外地披著同樣的白色斗篷，斗篷上沒有能容納手臂的袖子，從頭到腳把它們整個裹住，連腳都看不見。整件斗篷唯一的開口處在臉部，但那裡只有一團黑，沒有眼睛也沒有嘴巴。臉上空無一物的漆黑，以及緩緩滑動般的移動方式，在在表現出這些東西並非人類。

「剛開始聽到這個名字，我還以為指的是魔物咧。」

「你還大聲爆笑，說取了這名字的傢伙絕對一臉得意啊。」劫爾說。

那東西與他們擦身而過，穿過伊雷文的身體，伊雷文揚手朝它揮刀。

但他揮出的劍擊沒有打中任何物體，直接穿了過去。透過那東西的身體可以隱約看見後方的書架，它沒有實體，我方無法干涉它們，但它們也不會干預我方的行動。

「迷宮裡放這些傢伙要幹嘛啊？」伊雷文問。

「如果只是為了營造氣氛，好像也可以理解，但是……」

利瑟爾湊近正在讀書的「某種東西」，往它手邊看去。

書本飄浮在那東西面前動也不動，好像被固定在半空一樣。紙頁以規律的步調翻動，上面什麼也沒寫。

利瑟爾心裡一邊對此感到惋惜，一邊跨過地板上的巨大蜘蛛屍體，再度邁開腳步。

「飛天魔書、巨大蜘蛛，還有鬼魂系魔物，很符合書庫的印象呢。」

「往深層應該會出現幽靈鎧甲吧。」劫爾說。

「啊——滿有可能的欸。」伊雷文說。

在大多數迷宮，襲來的魔物類型都與迷宮本身的環境有關，因此劫爾的猜測也不是不可能，畫面感覺頗為相稱。此外不知還會出現什麼魔物呢，三人你一言、我一語地舉出各種魔物的名稱說著玩。

他們偶爾跟那些「東西」擦肩而過，途中夾雜了幾次戰鬥，通過岔路，到了差不多走遍整個階層、把這層探索殆盡的時候，一行人走在整面牆壁擺滿書本、平凡無奇的通道上，利瑟爾忽然停下了腳步。

「怎麼了？」

「沒有，只是感覺有點不對勁。」

利瑟爾望著其中一個書櫃。是陷阱嗎？劫爾和伊雷文也循著他的視線看去，卻不覺得有哪裡不對。

利瑟爾緩緩走近書櫃，朝著排列得密不透風的其中一本書伸出手。他的指尖撫過那本書的書名，接著掃視書櫃，像在由上到下確認書櫃中所有的書本。

「嗯……是陷阱嗎？」

「怎麼啦，隊長？」

「你看這本書。」

這本書？即使他這麼說，看在劫爾他們眼中，那本書跟其他書籍也沒什麼不同。

伊雷文把臉湊近，仔細打量著那本書，看得利瑟爾有趣地笑了。他伸出手指，輕輕敲了敲書名：

「這個書櫃裡的書，除了這本以外都是同一本書。」

「啥？啊，真的欸。」

除了那一本以外，其他書籍的標題全部都是「Secret」（秘密）。但共通點僅此而已。書籍本身的形狀、厚度、顏色都沒有統一，還多虧利瑟爾能注意到。劫爾以半是無奈、半是佩服的眼神，重新端詳利瑟爾指出的那本書。

書脊上寫的是「Door」（門）。也很可能是陷阱，不過這怎麼看都像是暗門的機關。該怎麼辦呢？利瑟爾將手指擱在書脊上方，望向另外兩人徵詢意見。

「是陷阱的可能性很低吧。」

「給隊長決定！」

劫爾以態度示意他即使是陷阱也沒有問題，伊雷文則衝著他露出燦爛的笑容。利瑟爾對他們回以微笑，往指尖使勁，抽出書本。那本書隨著動作往他的方向傾斜，最後指尖傳來什麼東西卡住的觸感，便停了下來，響起「喀嚓」一聲，像是齒輪彼此嵌合的聲音。

「這本書果然也無法閱讀呀……」

「啊，你在意的是那個喔？」伊雷文說。

「所以不就叫你放棄了？」劫爾說。

三人的對話像在開玩笑，書櫃在他們面前吱嘎作響，開始震動起來。劫爾和伊雷文往前一步。在他們改變站位的同時，書櫃也持續發出沉重的悶響，往深處凹陷進去，接著往側邊滑開。

眼前空出了一個書櫃的空間，裡頭是條幽暗的通道，不斷往深處延展。

「這不是隱藏通道嗎？感覺中大獎了？」伊雷文說。

「不知道深處會不會有強敵？」利瑟爾說。

「那還真不錯。」劫爾說。

回想起「水晶遺跡」那條有地底龍守候的隱藏通道，劫爾迎向利瑟爾徵詢的視線，愉快地瞇細雙眼。

「不過寶箱也不錯就是了。」

「這裡還是淺層。」劫爾說。

「不會啊，藏得這麼隱密欸，感覺一定可以開到好東西。」

三人邊說邊踏進隱藏通道。

整個幽暗的空間僅以等間隔設置的油燈照亮，狹小而封閉，有點塵埃飛揚。光點從油燈底下悄然飄落，看起來有如故事裡出現的妖精。

「這裡有一點點像我家的書庫呢。」

「隊長，你想家喔？」

「說不定哦。」

伊雷文帶著得逞的笑容湊過來看他，利瑟爾也有趣地瞇起眼笑了。

一行人就這麼沿著沒有岔路的通道，筆直往內走去。偶爾會看到那些「東西」站在書架前方，閱讀空白的書本，彷彿只有沙沙的翻頁聲把它們牽繫於現世。

隨著他們的步伐，那些聲音逐漸接近，又復遠離，保持著一定的規律。

「真虧你能注意到。」

劫爾忽然喃喃這麼說，利瑟爾回頭看向他。

「啊，我剛剛也這樣想欸，大哥和我的眼力明明就比較好。」

「只是習慣而已呀，習慣。」

「隊長這樣講好有說服力喔——」

儘管一開始興味盎然地打量那些書櫃，過一陣子它們也成了單純的風景。雖然看得見，卻不會特別把注意力放在那些書櫃上，原本沒有人會注意到這種細節才對。利瑟爾之所以能夠察覺，正如他本人所言，只能說是習慣了。

他平時就常站在密密麻麻的書櫃前面，尋找需要的書本，已經不記得從什麼時候開始就不必從左上方依序瀏覽書櫃了。現在他只要掃過一眼就能輕易知道架上有哪些書，他已經見過太多書櫃，以至於剛才架上的不尋常之處立刻吸引了他的目光。

「這種事感覺殿下也能辦到呀。」

「喔——」

「你真是太適合攻略這座迷宮了。」劫爾說。

「這也是好事嘛。」

「這個機關其他冒險者一定沒發現，情報獎金入袋囉。」伊雷文說。

話雖如此，根據前方出現的東西不同，情報獎金也會大幅波動。

三人看向狹窄通道的另一端，可以看出筆直的通道已經來到盡頭，深處有個寬敞空間。

隨著他們往那裡走近，視野也越發開闊。那是個像高塔一樣寬廣挑高的空間，整面牆壁都被書籍填滿，有道狹窄的螺旋階梯沿著牆面蜿蜒而上。

「玻璃花窗和……管風琴？」

一走出通道，來到這個空間，首先吸引利瑟爾目光的並不是那些不計其數的書本。

填滿牆面的書櫃在他們三人正前方中斷，書櫃腳邊擺著一架管風琴。管風琴後方是一整片細長的彩繪玻璃花窗，填滿了書架空缺的牆面，一路延伸到遙遠高處的天花板。花窗上以繽紛的色彩描繪著幾何圖形，美麗動人。

從那扇花窗照進室內的光線像月光一樣靜謐，在管風琴和地面上投射出優美的光彩，如夢似幻的情景令人移不開目光。

「如果出現在繪畫裡感覺可以賣到好價錢喔——」伊雷文說。

「要是這裡有頭目價錢就能再翻一倍了，可惜。」劫爾說。真煞風景。

「是說這後面不就沒路了，難道什麼都沒有喔？」伊雷文說。

「不知道呢，會不會還有隱藏的入口？」利瑟爾環顧周遭。

他下意識避開映在地上的彩繪玻璃色塊前進。低頭細看，那些幾何圖形似乎也沒什麼特別意涵，伊雷文試著揮揮手遮擋光線，也沒有什麼變化。

他們就這麼橫越大廳，觸碰那架管風琴。琴蓋上了鎖，無法靠他們自己的力量打開。

「這裡也有那些『東西』，可是它們也只是在走來走去而已啊。」伊雷文說。

「書上的標題也沒什麼改變。」劫爾說。

白色的「某種東西」依然以滑動般的方式移動，在螺旋階梯上來來去去，和他們此前見到的那些「東西」並無二致。它們也會使用散見於各處的梯子，靈巧地上下移動。

排列在架上的書本，果然也只寫著拿來填滿書脊的單詞而已。該不會要像找到隱藏通道的時候一樣，在這數量龐大的書海當中尋找類似的機關吧？那也未免太麻煩了，劫爾和伊雷文不禁皺起臉來。就在這時……

「它們是在尋找什麼嗎？」利瑟爾說。

「啊？」

利瑟爾伸出手掌承接五彩繽紛的光影，仰頭望著上方。

劫爾不明就裡地問了一聲，循著他的視線看去，看見一個「東西」正緩緩沿著螺旋階梯移動。

「進入隱藏通道之後看見的它們，每一個都在讀書對吧。」

「啊……這麼說來好像是欸。所以那隻是在找它要讀的書喔？」伊雷文問。

「或許我們只要幫它找書就可以了。」

利瑟爾微微一笑，將頭髮撥到耳後，走向附近的書櫃。他伸出指尖瀏覽過幾本之後，緩緩偏了偏頭。

「至今為止書本的排列都沒有特定規則，不過這裡的書排得很整齊，是從A到Z排列。」

「你知道該找哪一本書？」

「只是猜測。」

「啥？在哪知道的啊？」

得知利瑟爾找到了答案，劫爾和伊雷文都不會感到驚訝。

他們在意的是利瑟爾在哪裡找到線索，答案又是什麼？身為冒險者，他們兩人純粹是對於攻略迷宮的方法感到好奇。

在他們兩人面前，利瑟爾打開一隻手掌說：

「隱藏通道裡那些白色的『東西』，你們記得一共有幾個人嗎？」
「咦——我沒有注意欸……八個？」
「差一點，是七個。它們閱讀的書本標題，從第一個人開始分別是……」
利瑟爾伸直的手指一隻一隻往下彎折：
「『Red』（紅）、『Orange』（橙）、『Yellow』（黃）、『Green』（綠）、『Blue』（藍）、『Indigo』（靛）、『Purple』（紫）。」
五根指頭折起之後，又重新豎起了兩根。
利瑟爾為什麼從一無所知的階段開始就一一確認這些細節，又為什麼都記得？凡是對利瑟爾有一定程度瞭解的人都不會多問，雖然還是會納悶就是了。
「它在找的書，是『Rainbow』（彩虹）。」
利瑟爾放下手，露出微笑這麼說，劫爾他們聽了也不禁恍然大悟。
在隱藏通道中一次也沒有遇上魔物就是這個原因吧，本來冒險者恐怕得為了尋找解謎線索，在通道上來回好幾趟才對。
話雖如此，這道關卡的內容也可能隨著進入的冒險者而改變就是了。這次的線索，一般冒險者即使注意到這個機關，也不可能找出正解……記得彩虹顏色的冒險者不知道有幾個？
「啊，原來是這樣。是說彩虹原來是這些顏色喔？」伊雷文說。
「是呀，下次可以仔細看看。」
「呆站在原地看彩虹會被人當作神經病吧。」劫爾說。
「大哥確實是這樣啦。」

「你也是啊。」

在互損的兩個人旁邊，利瑟爾兀自仰望著那整面高達天花板的書牆。頂端遙不可及，不知螺旋階梯要爬上幾圈才能抵達，看得使他心情複雜的某次回憶都要甦醒了。

不過，看這裡的排列法則推斷，R開頭的書本應該位於中段吧。大概在那個位置附近……，利瑟爾正要踏出腳步，卻忽然被劫爾抓住手臂阻止了。

「你在這休息吧。」

「就是說啊。」伊雷文附和。

利瑟爾眨了一下眼睛，接著綻開笑容。

「謝謝你們。」

確認利瑟爾點頭之後，劫爾伸手抓住一旁的梯子。

梯子通往螺旋階梯的上一層，劫爾一腳跨過兩三格，輕輕鬆鬆爬了上去。伊雷文也心滿意足地瞇起眼睛，從第一層階梯開始邁開輕盈的腳步往上爬。

利瑟爾仰頭望著他們各自分頭前往不同方向，在梯子上坐了下來。

他並不覺得特別疲累，不過看來剛才四處走動確實累積了一點疲勞，坐下來之後他才感到雙腿稍微有些沉重。他伸展雙腿，感謝自己的隊友願意讓他用腦力勞動換取休息。

利瑟爾在伸展背脊時抬起視線，看見那個「東西」停留在對面的螺旋階梯上看著書架。

「（書本……直接遞給它就可以了嗎？從先前的反應看不出它們認知得到我們呢。）」

不知何處傳來劫爾他們的鞋底敲擊木製梯子的叩叩聲。

利瑟爾側耳聽著那略帶回音的聲響，漫不經心地想著，這裡真安靜啊。白色的影子馬上又動了起來，利瑟爾的目光也追隨它移動。

就像伊雷文說的一樣，感覺他都要想家了呢。利瑟爾面帶微笑望著滿是書本的壁面，產生看見了老家書庫的幻覺。一旦知道讀不到那些書，為什麼想讀的書反而更多呢？想著這種事的利瑟爾究竟是不是想家，真相不明。

「啊，找到R了！」

忽然聽見伊雷文的聲音，利瑟爾眨眨眼睛，環顧四周。

在螺旋階梯的第三圈，已經來到有相當高度的地方，他找到了那頭搖曳的紅髮。伊雷文緩緩往旁邊走了幾步，彎下腰來拿起一本書，拿在手上確認過封面、封底之後，回頭看向這裡，揮了揮那本書。

找到了嗎？利瑟爾從梯子上站起身來。同時，身邊響起「砰」的一聲，劫爾往他身旁跳了下來。看來他人剛好在正上方，利瑟爾抬頭看了看剛才應該還是他所在處的螺旋階梯。

「那樣跳下來，腳不會痛嗎？」

「完全不會。」

劫爾的雙腳好像連一點麻痺感都沒有。看來真的沒問題，利瑟爾佩服地盯著他的腳看。換作伊雷文那種降落方式感覺比較不痛，利瑟爾才剛這麼想，果然就看見伊雷文從大廳另一側的螺旋階梯上跳下來。他晃著色彩鮮艷的紅髮，無聲無息地著地，姿態柔軟靈活。

真厲害，利瑟爾點點頭，小跑步過來的伊雷文不可思議地看著他。

「隊長，是這本？」

「如果我沒猜錯的話。」

「這種時候你從來沒搞錯過吧。」劫爾說。

「話雖如此，這裡可是迷宮呢。」

面對顛覆常識的迷宮，利瑟爾也無法斬釘截鐵地說一定錯不了。

畢竟就連視野一隅緩緩移動的「某種東西」，也不是他們所知的生物。利瑟爾露出苦笑，朝著那東西一級一級爬上階梯。

正好那「東西」剛爬下一道梯子，它願意下到低處正好，他們也樂得輕鬆。

「那個東西看得見我們嗎？」伊雷文問。

「這就是關鍵了。總之，我想先試著用普通的方式交給它。」

面對一個不明生物，所謂的「普通」到底是什麼方式？劫爾在內心吐槽，利瑟爾和伊雷文則在他身邊這也不對、那也不對地討論起來。

「喂，它停下來了。」劫爾說。

「啊，趁現在，我們走吧。」

螺旋階梯還走不到一圈，他們便追上了那個白色的「某種東西」。

它應該是臉部的那片黑暗向著牆壁，站定不動。利瑟爾邊休息邊觀察它的時候看過這動作好幾次，這是找書的動作，恐怕不是注意到他們接近才停下來的。

三人在那「東西」前方停下腳步，劫爾和伊雷文維持著自然態勢，略微加強了警戒。利瑟爾往他們前面站了一步，遞出了那東西在尋找的書本。

然後，以祈願般的語氣對它開口：

「希望這本就是你喜歡的書。」

那「東西」動也不動，連斗篷當中的那片黑暗也沒有轉向他。

數秒的沉默。該不會是找錯書，或是遞交的方式搞錯了？在他們三人正要開口的時候，垂至地面的斗篷下襬底下，忽然探出一隻宛如由黑暗構成形體的手。

那隻手緩緩伸了過來，利瑟爾維持著遞出書本的動作按兵不動。站在他兩側的劫爾和伊雷文拔出了武器，但那隻長著三隻指頭的手就像沒看見他們一樣，逕自把修長歪扭的手指伸近利瑟爾。

那隻手觸碰書本，而那「東西」仍舊面向著書櫃。

「手的部分不知道切不切得斷欸？」

「不行吧。」

「別說那種話。」

利瑟爾露出苦笑，而那不知名的東西輕輕抽走了他手上的書。

漆黑的手把書本拿到斗篷的正面，然後放開。如同他們剛才見過無數次的狀況一樣，那本書飄浮在半空中，沒多久就自動開始翻頁。

接下來會怎麼樣呢？三人打量著它的反應，而那隻漆黑的手就在他們面前悠悠轉向螺旋階梯的外側。三隻手指當中有兩隻笨拙地彎折起來，它指著那架沐浴在彩繪玻璃光彩當中的管風琴。

利瑟爾他們跟著低頭往那邊看去，這時寂靜的空間當中響起了微小的「喀嚓」一聲。聲響是從管風琴的鎖孔傳來，緊接著遠方又響起木頭的吱嘎聲，管風琴的琴蓋緩緩打開了。

「是要我們彈奏它的意思嗎？」利瑟爾問。

「走近去看一下就知道了吧。」劫爾建議。

利瑟爾他們看著那隻漆黑的手滑溜溜地縮回斗篷底下，確認沒再出現什麼變化之後，一行人便走下螺旋階梯。

三人站到管風琴前方，純白的木製鍵盤在那裡迎接他們，溫柔地吸收著光線。開啟的琴蓋背面設有譜架，一張陳舊的樂譜貼在上頭。

幾列五線譜上，寫著一首僅有四小節那麼短的曲子。

「這啥啊，按下去就會發出聲音喔？」

「是管風琴，你沒見過嗎？」利瑟爾問。

「完全沒欸。」

「在這一帶幾乎沒看過，再往西邊過去還算常見。」劫爾說。

劫爾過去為了追求新的迷宮四處流浪，而伊雷文不一樣，他從來不曾離開這一帶太遠。不過大多數冒險者都只在馬車行駛的範圍內活動，像伊雷文這樣才是普遍情況。

順帶一提，劫爾從前和飛龍搏鬥，也是在西方發生的事。老實說，利瑟爾心裡悄悄猜測，一刀在西方應該已經成為傳說了吧？另一方面，此時此刻劫爾也覺得利瑟爾誇張的貴族技能該克制一下，他們彼此彼此。

「我學過的是鋼琴……但是跟小提琴比起來，也只是稍微接觸過一下而已。」

「鋼琴？」

「是管風琴的親戚。」

在精於音樂的人看來這兩者完全是不同樂器，不過還是簡單說明比較好，因此利瑟爾省略了大半。反正伊雷文領會了他的意思，沒有問題。

「我從來沒有彈過管風琴呢。」

利瑟爾撫過鍵盤，戲耍似地按下其中一個鍵。澄澈又有厚度的琴音在寬廣的空間中迴響，即使手指離開了琴鍵，餘音仍然沒有立刻消散。

「不過只有這一小段的話應該彈得出來，我就彈奏看看吧。」

「這我知道，是樂譜。」伊雷文說。

「答對了。」

利瑟爾有趣地笑著，拉開椅子坐了下來。

接著，他專注地看著眼前的樂譜。雖說只有短短四小節，但既然有兩位聽眾在場，他就不會允許自己只用機械化的方式彈出指定音高。利瑟爾在腦中將曲子推演過幾次，然後端正坐姿，輕輕將手指放上鍵盤。

柔和的光輝從玻璃花窗照耀下來，光點穿過彩色玻璃，染上鮮艷的色彩靜靜飄落。在花窗下方，利瑟爾垂下眉眼，呼出一小口氣，緩緩按下琴鍵。

琴音層層交疊，厚重的樂聲彷彿連書本和書架的縫隙都能填滿，將這沉靜的空間頓時轉變為另一個世界。在利瑟爾的手指離開鍵盤之後，琴聲仍然縈繞不去，搖蕩思緒的樂聲在室內迴響。

接著，寂靜再度降臨，卻與演奏之前的那片靜謐不再相同。看見利瑟爾的手指從鍵盤上移開，劫爾他們才察覺曲子已經結束。

「……這要是變成繪畫，感覺超貴的欸。」

「如果有人把它拿去賣的話。」

聽見身後傳來的對話，利瑟爾露出苦笑，回過頭去。

「咦？」

「啥？」

「啊？」

他們看見地板上孤零零地放著一個剛才沒有的東西。

從花窗照進室內的光，把彩繪玻璃的紋樣投射在地板上，其中有個類似徽章的圓形花紋。就在那花紋中央的位置，出現了一個寶箱。寶箱宛如水晶切削而成，上頭鑲嵌著寶石，閃耀著七彩光芒。

「迷宮好講究哦。」利瑟爾說。

「事到如今你說什麼呢。」劫爾說。

「感覺寶箱本身能賣到比較多錢欸。」伊雷文說。

三人朝那裡走近。雖然不太可能在這種時候出現陷阱，不過他們還是保持著戒心，把寶箱打開。

首先映入眼簾的不是鋪滿寶箱的寶石，不是裝飾過剩的華麗短劍，也不是四散的金幣。利瑟爾拿起放在最上方的那東西，帶著有點複雜的表情開了口：

「這是紀念繪畫的意思嗎？」

「這說法太微妙了吧。」

「喔——我第一次看到自己出現在繪畫裡面欸。」

那幅畫裡，一架管風琴彷彿沉在書海當中，受到彩繪玻璃的光彩環抱。畫中確實描繪了利瑟爾坐在那裡演奏，以及另外兩人望著這幅情景的背影。

「喔，真的欸，上面寫的是顏色。」

「對吧？」

利瑟爾一行人循著來時的隱藏通道折返。

因為在那間大廳裡，他們沒有發現任何通往深處的道路。雖然不知道那真的是死路，或者只是他們三人沒有找到通道，不過反正他們在那裡有所收穫，因此沒什麼不滿。

話雖如此，隱藏通道也有一段距離，要折返也是有點麻煩，三人邊走邊這麼聊著。換作其他冒險者，為了取得的寶物狂喜亂舞都來不及了，肯定一點也不覺得麻煩。

「第五個人，然後那是第六個……」伊雷文說。

「剩下一個了。」劫爾說。

向著書櫃讀書的「某種東西」，與剛才完全沒變。

趁著和第一個人擦身而過的時候，伊雷文確認了書本的標題，心領神會地點著頭。

「是說剛才那個啊，其他冒險者要怎麼解啊，就算注意到隱藏通道也解不開吧？」

「不知道呢，也有可能那個關卡是為我們隊伍準備的。」

不過，也不能排除迷宮為每個隊伍都安排剛才那個關卡的可能性。

利瑟爾他們邊聊邊從去程的第一人，也就是現在的第七個「東西」身邊走過。隱藏通道的出口就近在眼前，利瑟爾卻忽然停下了腳步。

「怎麼了？」劫爾問。

「總覺得有點不一樣……」

利瑟爾抬手示意他們稍等，湊過去打量那個「東西」正在閱讀的書本。內頁仍然全是白紙，不過利瑟爾不以為意，兀自去確認稍微露出的封面。如果書本沒變，上面寫的應該是「Red」（紅）才對。

然而，現在封面上刻著的卻是「Bye-Bye」（再見），利瑟爾有趣地笑了。怎麼了嗎？劫爾他們不明所以，利瑟爾轉告了這件事，接著朝他們兩人走近，準備繼續往前。

他一邊挪動腳步，一邊不經意回過頭去，像在回覆那道隱藏訊息似地輕輕揮了揮手。就在這時……

「啊。」

「咦？」

近在眼前的出口被暗門堵起來了。

沒想到這居然是陷阱？「呃……」三人都感到難以釋懷。不過門立刻重新打開，另一側的光景並不是他們進入隱藏通道之前的那條路，而是通往下一階層的木製階梯。

「獲得了附贈的好處呢。」

「這種好處你從來不會漏拿啊。」劫爾說。

真是幸運，三人邊笑著這麼說邊走了出去。

在他們身後，去程第一位、同時也是回程第七位的「某種東西」腳邊，伸出了三隻扭曲的黑色指頭，緩緩向他們揮著手。

110

冒險者潛入迷宮並不需要經過公會許可。

無論新迷宮還是舊迷宮，無論有多危險，冒險者都會自己潛入。雖然有極少數的例外，不過基本上冒險者總是隨意接取喜歡的委託，隨意潛入迷宮。

話雖如此，剛出現的新迷宮不可能有相關委託，再加上攻略新迷宮以速度決勝，因此大多數人都不會在出發前繞到公會，而是直接前往迷宮。回程他們則每天都會到公會報到，畢竟情報提供獎金先搶先贏，而結果揭曉的時候，冒險者們總是幾家歡樂幾家愁。

不過，現在的阿斯塔尼亞有人例外。

「嗯，明明是一大清早，人卻很少呢。」利瑟爾說。

「幾乎都到新迷宮去了，很正常吧。」劫爾說。

「感覺今天迷宮那邊也會很擠呢。」伊雷文說。

公會裡的職員和冒險者們，表現出警戒心迎接那些例外分子。

昨天利瑟爾一行人造訪過新迷宮的消息已經傳開了，包括他們回程一次也沒有繞進公會，邊說著肚子餓了邊直接回到旅店的事。

眾人之所以抱持警戒，是因為他們三人是最接近通關的隊伍，也是因為大家都覺得他們只花一天就通關也不奇怪，而且，假如今天也要潛入新迷宮，那他們一早根本沒必要繞到公會來。

「咦，怎樣，咦？通關？已經通關了喔？」

「不可能吧……不可能啦，嗯，應該……不可能……」

利瑟爾他們毫不在意周遭的反應，一如往常走近警告黑板。他們三人之所以不在意，背後其實也沒什麼大不了的原因，只是因為昨天在回程的馬車上，也一直聽見類似的竊竊私語罷了。

利瑟爾將頭髮撥到耳後，湊過去往黑板仔細一看。只有國家東側有魔物大量出現的警告，新迷宮周邊暫時沒什麼問題。

接著，他從委託告示板的低階欄位開始依序瀏覽過去。就在這時……

「喂。」

「嗯？」

「後面。」

被劫爾用手肘頂了一下，利瑟爾順著他的敦促回過頭去。

他看見公會職員用強烈的眼神看著這裡，好像有什麼話要說，一如往常的光頭和環在胸前的粗壯手臂充滿壓迫感。一對上他的視線，職員便放下環抱的雙臂，朝他招了招手。

「不知道有什麼事？」

「我倒也不是猜不到啦。」

伊雷文帶著意有所指的笑容這麼說，利瑟爾偏了偏頭。不過既然職員有事找他們，還是過去一趟吧，利瑟爾於是往那邊走去。

職員大叔雙手扠腰，氣勢洶洶地站在櫃檯，不過那副眼神與其說是嚴厲，倒不如說是做好了什麼覺悟。看見利瑟爾他們過來，職員再度環起雙臂。

「請問有什麼事嗎？」

「不，也沒什麼事啦……」

那動作不像是為了增長自己的威嚴，反而像是準備好承受接下來的衝擊。職員屏住呼吸，在其他冒險者的注目當中，下定決心似地開口：

「你們應該有些話要跟公會說吧？」

「咦？啊，先前弄壞了桌子，真的很不好意思。」

「喔，對了，最後對方還是付了全額……不是啦，我是說新迷宮的事啊，你們就沒什麼話要說？一定有吧？」

「那座迷宮呀，我想想……剛發現新迷宮的時候，我覺得還是增派馬車比較好，即使只有早上和傍晚。」

「喔，你說得沒有錯。可是要比現在增加更多馬車，公會的預算和人手實在……不是啦！」

公會職員把最後沒有用到的桌子修理費退還給利瑟爾，視線坐立難安地四處游移，像害怕又像有點期待。

利瑟爾見狀也領會過來。從前艾恩來找他交涉，希望聯手攻略新迷宮的時候，他曾經疑惑冒險者之間是如何得知彼此攻略進度的；後來跟劫爾一問之下才知道，原來是公會透過情報提供等方式掌握了所有人的攻略進度。

畢竟利瑟爾他們隊伍裡還有攻略速度驚人的一刀，職員想必好奇得不得了吧。

「失禮了，你問的是迷宮的攻略狀況吧？」
「是、是啊。」
「我們目前抵達了第十層。」
反正也沒什麼好隱瞞的，利瑟爾微微一笑。
雖然冒險者沒有義務報告攻略進度，不過他也明白公會方面想要掌握各方進度的立場。熱中於工作是好事，利瑟爾於是說出了他們昨天到達的最新階層。
需要出示公會卡為證嗎？利瑟爾邊想邊看向職員，只見對方沙沙摸著下巴上的鬍鬚，露出一言難盡的表情。
「十層……一天就攻略了十層啊……實在是很快……」
很快，那不就好了？在這麼想的三人面前，職員不知為何表現得有一點點失望，周遭的冒險者也在鬆一口氣的同時露出了類似的神情。
「我們是不是辜負了大家的期待呀？」
「蠢貨。」
這樣的話，我們是不是做了件壞事？利瑟爾抬眼窺探劫爾的臉色，只見對方回以一道無奈的視線。
聽見他們的對話，職員假咳了一聲，重振精神似地露出笑容，搖了搖頭。
「沒有啦，不好意思。只是想說你們如果跑來找委託，說不定真的已經通關了。」
「啊，原來如此。我們只是來看看有沒有中意的委託而已。」
利瑟爾有趣地笑著這麼說。看來他沒有因此生氣，職員也放下心來。

知道別人擅自期待，又擅自失望，一定讓人很不高興吧。不過職員居然把一天內通關新迷宮視為可能的選項，可見他也深受眼前這三人影響。

雖然他還是不太懂，為什麼這些人明明擁有搶先通關新迷宮的實力，還會想以委託為優先。職員感慨地這麼想著，而在他面前，利瑟爾若有所思地看向劫爾他們：

「也沒看到什麼適合的委託呢。」

「那就繼續昨天的進度吧。」劫爾說。

「就這麼辦吧！」伊雷文說。

聽見三人這麼討論，職員點點頭，彷彿在告訴他們「去吧」。

「嗯，你們加油啦，要是拿到通關報酬記得讓我看看啊。」

「新迷宮有不少有趣的機關，所以攻略速度一直快不起來呢。」

利瑟爾苦笑著說，職員聽了哈哈大笑，說這才是迷宮的醍醐味啊。伊雷文瞥了職員一眼，瞇細了眼睛，不曉得在打什麼算盤。他往身邊的利瑟爾靠近一步，肩膀靠上他的肩膀。

怎麼了？利瑟爾投以詢問的視線，伊雷文則露出笑容，望進那雙甜美而沉穩的眼眸說：

「隊長，要不要把你在隱藏房間找到的寶石山拿給他看啊？」

非常故意，但不用擔心，伊雷文就是故意說給大家聽的。剛才還面帶笑容的職員僵在原地，顏面抽搐，而原本逐漸回到各自崗位上的冒險者也迅速回過頭來，就是最好的證明。

伊雷文刻意露出一個燦爛笑容，利瑟爾要察覺他發言的意圖也不是什麼難事。他勸解似地撫過伊雷文的紅髮，對方便一臉滿足地移開了碰觸著他的肩膀。伊雷文滿足了就好。

「嗯……不過那也不是迷宮品，都只是普通的寶石而已。」

從前商業國冒險者公會裡萬綠叢中一點紅的蕾菈也說過，提供隱藏房間的情報不需要拿出證據。如果職員說想做為參考資料，利瑟爾願意出示，但這次的戰利品也不是什麼特別稀有的東西。

「現在回想起來，新迷宮的隱藏房間好像特別多呢。」

「還不是因為你一直發現隱藏房間，攻略進度才這麼慢。」劫爾說。

「沒什麼不好嘛，裡面也有些是捷徑啊。」伊雷文說。

三人這麼說著，離開了公會。職員看著他們的背影心想，那三人就是這樣，所以才不能掉以輕心。

他們不造成些騷動，就不會善罷甘休啊。但目送這樣的三人組離去，職員臉上的神情卻顯得有點滿足。

利瑟爾他們乘著比前一天稍微空蕩一點的馬車，抵達了「非人之物的書庫」。說是空蕩，其實也只是過了最擁擠的時間而已，馬車上仍然人擠人。

在新迷宮攻略熱潮的這段時期，果然還是應該增派馬車才對。利瑟爾他們邊閒聊邊穿過迷宮大門，使用魔法陣傳送到了第十層。眼前一樣是整面的書櫃，這光景讓利瑟爾看了非常安心。

不過要是這麼說，隊友們一定會吐槽他不要在迷宮裡感到安心，所以他是不會說出口的。利瑟爾邁開腳步，走在兩側書架夾道的通路上。

「不曉得這裡一共有多少層呢？」

「應該不算特別多，也不特別少吧，大概四十層左右？」伊雷文猜測。
「你怎麼知道的呀？」
「呃……這該怎麼說咧，步調嗎？」
步調？利瑟爾一臉不可思議地複誦，伊雷文則發出沉吟聲，不知該如何解釋。
他身旁的劫爾嘆了口氣，補充說明：
「每前進一層魔物就會變強吧？層數少的迷宮，只要前進一層差別就很明顯，層數多的迷宮就不會。」
「對啦對啦，就是那個！像陷阱之類的，不是也會越來越刁鑽嗎？就是那個迷宮變難的步調啦。」
原來如此，利瑟爾點點頭。
察覺這種差異非常靠感覺，正因為劫爾和伊雷文潛入過許多迷宮，所以才能正確感受到箇中差別吧。對於利瑟爾來說，只覺得一回過神來魔物就比剛開始強了。
「還有，單一階層面積小的話層數會增加，面積大的話會減少。」
「啊，這我就知道了。」
劫爾是按照大致上的所需時間與移動距離這麼說，利瑟爾聽的時候則是回想著至今通關的路徑回答，看來他與感覺派無緣。
雖然沒有必要這麼準確地估算階層，不過還是有個概略瞭解比較好，畢竟會影響到攻略步調，而這對冒險者來說相當重要。
「你沒有直接砍向魔物、承受攻擊，感覺不出來也沒辦法吧。」劫爾說。

「出現的魔物不同，或是魔物做出沒有見過的行動的時候，我倒是能注意到……」

「那就夠啦！」伊雷文說。

這是一般人的狀況，不過利瑟爾絕不會獨自潛入迷宮。

只要劫爾和伊雷文有這種能力就沒問題了，不過如果說這是冒險者必須的能力，利瑟爾還是想學……雖然他從很久以前就一直在努力學習察覺氣息和殺氣，卻到現在還是沒有頭緒。

他們三人就這麼一邊閒聊、一邊與魔物交戰，不斷往迷宮深處推進。這時，他們忽然發現了和此前略有點不同的空間。

「咦，前面沒路了呢。」

「感覺很像書店欸。」

先前他們也在這座迷宮裡見過連接兩條通道的小房間。

每個房間都像是愛書人自己打造的書庫，有些書庫每個角落都打點得整整齊齊，有些地板上則有雜亂的書堆，彷彿展現了書庫主人的性格，利瑟爾覺得非常有意思。

「有隱藏房間嗎？」

「目前看起來好像沒有……啊，牆上掛著繪畫呢。」

「裡面還有個空間。」

「哪裡啊？」

這一次出現在他們眼前的空間，正如伊雷文所說，有一間較為寬敞的書店那麼大。

他們一面避開遮擋視野的書櫃，一面徹底探索各個角落，這時劫爾發現了藏在書櫃後面的一個空間。三人一起往裡面看去，首先映入眼簾的，是一本在浩瀚書海當中仍然綻放異彩的書。

「哇靠，好大喔。」

「遠近感都要錯亂了。」

「感覺很難閱讀呢。」

整個空間中央，有一本異常巨大又厚重的書本橫躺在那裡。

直立起來大約有利瑟爾和伊雷文的身高那麼高，平放在地上厚達他們的膝蓋。來到這邊的路程中也沒看見其他通道，看來這本可疑的書就是前進的關鍵了。

三人圍著那本書，一邊驚嘆於它的尺寸，一邊觀察細節，小心不去觸碰它。

「書名壓金箔，是很高級的書呢。」

「它好像在發光欸。」

平躺的書本封面朝上，因此看得見書名。

即使壓了金箔，書名仍然淡淡散發著金屬以外的光彩，使得這本書看上去更加可疑，就連利瑟爾也不敢貿然亂翻。

「嗯，這個標題……」

利瑟爾忽然眨了眨眼睛。

文字尺寸太大，不易閱讀，不過仔細一看，書名刻著的是他們熟悉的文字。上面寫著《Vampire》，和某位小說家的代表作同名。

確實存在吸血鬼這種魔物，不過這指的應該不是實際的吸血鬼吧。

「劫爾，你那一側有沒有看到作者名？」

「啊？」

也可能像先前架上那些書一樣，只是寫著無意義的單詞，不過……

利瑟爾朝著站在書本另一側的劫爾這麼問。劫爾後退一步，仔細端詳位於腳邊的書脊，從他口中念出的名字確實是他們熟識的那位小說家。

「那麼，這果然就是小說家小姐的作品了呢。」

「啥，什麼意思啊？」

「我想，這只能翻開來看看才知道了。」

利瑟爾這麼說著，繞過巨大書本走向劫爾。

接著，他毫不遲疑地躲到劫爾身後，只探出一張臉來。伊雷文也跟著躲過去，一邊踢著劫爾的後腳跟，催促他動作快點。

「劫爾，可以動手囉。」

「大哥加油——」

下一秒，伊雷文的腳被猛踩了一下，痛得他說不出話。

觸碰可疑物體的時候，最需要注意的就屬陷阱了。所以利瑟爾他們躲在後面，讓劫爾去翻書，這是最快的辦法。

順帶一提，由於這次利瑟爾有一半的確信認為它不是陷阱，因此算是鬧著玩而已。這恐怕是攻略上非突破不可的機關，而迷宮裡並不存在那麼不講理的陷阱，不可能沒有迴避之道。

「要打開囉。」

「封面看起來很重呢。」

「說不定是給石巨人看的書咧。」

「石巨人看的書，不知道寫著什麼樣的文字？」

說得興味盎然，卻連身體也不打算探出去，不愧是利瑟爾。

劫爾無奈地嘆了口氣，將手放上厚重的書封。那一瞬間，原本只寫著標題的封面彷彿墨水暈染似地出現了新的文字。字跡散發著淡淡光輝，寫著：「你必須化身為書中人物。」

接著，封面掀開的縫隙中漏出光芒，有那麼一瞬間，耀眼的光掩蓋了三人的視野。光芒明明如此眩目，不可思議的是眼睛卻不覺得痛。

「劫爾。」

「我在。」

「伊雷文？」

「在喔──」

迷宮當中最應提防的，就是與隊友失散。

他們首先確認彼此平安無事，接著利瑟爾感覺到緊抓著他手臂的人放開了手，他環顧周遭。四周沒見到半本書，他們三人站在一座陌生的村莊裡。

該說是常見的村莊嗎？那是一座平凡無奇的村子，時間是晚上，居民應該都睡了，除了小溪潺潺的水流聲之外聽不見其他聲響，萬籟俱寂。

他們三人似乎位於村莊邊界，流過身邊的小溪又細又淺，晃蕩的水面在月光下反射出粼粼波光。幾步之外，看得見一座石塊堆成的小橋。
「都沒有人欸。」
「也沒有魔物。」
「伊雷文的打扮變了，也很讓人在意呢。」
「啥？……哇靠，我穿得好怪！頭髮也放下來了！」
伊雷文低頭看向自己的裝備，接著驚叫出聲。
沒有任何裝扮改變的預兆或感覺，不看鏡子他確實不會發現自己換上了一身以黑色為基調的貴族服飾。高雅的白襯衫外面披上了凝縮夜色般的黑服，同樣漆黑的披風下襬從他背後往地面延展。
披風在晚風中搖曳，解開繩結的鮮艷紅髮披垂其上。
「你的獠牙是不是也稍微變長了？皮膚好像也偏白……啊，鱗片不見了。」
「真假？啊，真的欸，有點尖。」
「微妙地適合你。」劫爾說。
「你說微妙是什麼意思！」
伊雷文被人戳著失去鱗片的臉頰，把手掌反覆握起又打開。
身體狀況沒有什麼變化，看來改變的只有打扮，但佩在腰間的武器不見了。不只是武器，身上連行李都沒有，就連他暗藏的小刀也不例外。
這狀況實在讓人坐立難安，伊雷文厭惡地皺起臉。利瑟爾見狀苦笑，點了一下頭，說：
「『你必須化身為書中人物』，意思是伊雷文必須扮演吸血鬼囉。」

「吸血鬼？你是說那個斗篷才是本體的……啊，還是那個陰鬱中年美男？」
「那已經完全是不同人了吧。」劫爾說。
「『駁回。』我學得像嗎？」
「啊，很像很像。」
此時此刻，沙德肯定折斷了筆尖。
不過這種事他們無從得知，三人還是講得興高采烈。話雖如此，沙德和吸血鬼相像的部分，也只有那副號稱「我心目中的最強美男」的外表而已，所以模仿沙德講話也沒什麼意義。
「嗯？」
伊雷文停下他維妙維肖的沙德模仿秀，忽然將臉轉向村子，目不轉睛地往小溪上那座小橋的另一端望去。
「好像有人過來了欸，是女人的聲音？」
「可能是跟你演對手戲的女性哦。伊雷文，請努力扮演吸血鬼吧。」
「呃，我怎麼可能會演啦……連線索都沒有喔？」
「畢竟我也沒有讀過那本書呀。」
既然說要化身為書中人物，迷宮應該替他們準備了小說中的女主角吧。眼見利瑟爾把這件事全部丟給他解決，伊雷文急忙湊過去追問線索。
利瑟爾可是人盡皆知的狂熱書痴，雖然他從來不會如此自稱。他跟小說家私底下有所交流，難道連對方的一本作品都沒有讀過嗎？絕非如此。那位小說家的作品以瞄準年輕女性市場的戀愛小說居多，不過偶爾也會嘗試偵探小說等其他類型的作品。

雖然前者利瑟爾也不感興趣，後者他倒是讀過幾本她的作品，也曾經跟小說家本人彼此交換過意見。

但很可惜，她首屈一指的代表作《Vampire》利瑟爾並沒有讀過。那確實是他平常不會翻閱的類別，但現在他深深覺得，早知道就去讀讀那本小說了。

「啊，不過這一幕我有聽說過。嗯……」

「拜託你努力想起來……」

聽見利瑟爾發出沉吟聲思索，伊雷文也懷著抓住救命稻草的心情喃喃這麼說。劫爾望著那副模樣，發自內心慶幸抽中的不是自己，態度完全事不關己。

「先前，團長小姐和小說家小姐討論過類似的段落。」

利瑟爾還連一點腳步聲都聽不見，可見身為登場人物的鄉下姑娘來到這裡之前，應該還有一小段時間，於是他不慌不忙地回想著先前聽見那段「把這部作品改編成舞臺劇應該保留哪一幕」的論戰。

順帶一提，利瑟爾只是像平常一樣走在路上就被她們叫住，徵求他的意見，也可以說他被無端捲入這場紛爭之中。總之那時候，她們兩人曾經談到類似的情景。

月夜籠罩的村落、小溪邊，夜晚在外走動的鄉下姑娘……雖然他也無法斷言書中沒有其他類似的段落。

「這應該是吸血鬼與少女相遇的那一幕。」

「喔——那我要幹嘛？」

「請帶著憂傷的表情說點什麼吧。」

「說點什麼?!」

結果毫無線索的殘酷現實還是沒有改變。

「你喔……」劫爾說。

「沒有，這是團長小姐說的，『女人和吸血鬼在月夜相遇，然後聽到吸血鬼憂傷的呢喃，才讓女人迷戀到無法自拔啊！要是最初這一幕沒有發揮它的威力，那整部戲就全毀啦臭小子！』」

團長和小說家的論戰相當激烈，時不時會偏離重點，利瑟爾就在這種狀況下把她們所說的內容拼湊起來。

劫爾投來欲言又止的視線，利瑟爾試著主張他還記得這一段已經值得誇獎。劫爾敷衍地誇了他兩句。

「所以到底要怎麼辦？」劫爾問。

「即興演出囉。」

「可是魔物有什麼好憂傷的啊？肚子餓了喔？」伊雷文說。

「旅店主人也這麼說喲。」

那正好是團長她們那段彷彿要打起來的磋商之後發生的事。

利瑟爾回到旅店，試著向旅店主人詢問那一幕的詳情。身為魔物的吸血鬼究竟在憂愁什麼呢？雖說那完全是虛構的生物，但利瑟爾還是有一點好奇。

總覺得這種問題問作者本人不太恰當，既然是知名作品的名場面，旅店主人說不定也知道？利瑟爾抱著姑且一試的心情詢問，結果旅店主人當然沒有讀過那本書。不過他似乎聽說過吸血鬼，因此利瑟爾還清楚記得離去時背後傳來的悲痛吶喊：

『一個總而言之超級美型，充滿誘人魅力頭髮又烏黑亮麗，眼睛像血一樣紅又美型又散發出孤高氣息，卻讓人有點放不下心，嗓子好聽又身高腿長又美型，有紳士風度又優雅，還隱約散發出一種反派氣質的美型男有什麼好憂傷的?!拜託他就歡樂風趣地笑著活下去好嗎？難道都不覺得那樣對我很失禮嗎?!要是因為肚子餓了啥的倒是可以原諒啦我也會肚子餓嘛?!』

完全是旅店主人的私怨。

「魔物也會肚子餓喔？」伊雷文問。

「你想想看，這種發言也可能奇蹟般地刺激女主角的母性本能呀。」

「不可能吧。」

話是這麼說，但他們也想不到其他點子。

雖然吸血鬼的原型取自魔物，不過既然有吸血的設定，那他一定也會肚子餓吧。於是臺詞就這麼往表示飢餓的方向定案了。

再想下去也無濟於事，而且他們也有點懶得繼續想下去了。

「喂。」

「啊，來了嗎？」

劫爾忽然喊了他一聲，利瑟爾側耳傾聽，也聽見了細微的腳步聲。

月光逐漸隱藏在雲層之後，加深了幽暗的夜色。對方已經來到理應看見人影的距離，但在這麼暗的環境下，除非來到近在咫尺的距離，否則很難看見對方的形貌。

「我們躲起來吧。」

「嗯。」

利瑟爾和劫爾悄聲說完，雙雙躲進小橋的陰影處蹲了下來，悄悄窺探橋上的情形。

伊雷文佇立原地，夜色襯得紅髮特別鮮明，看起來還滿像一回事的，不愧是迷宮選的角。在利瑟爾邊想邊這麼望著他的時候，伊雷文注意到他的視線，側眼朝這裡瞄過來，指尖比手畫腳地鬧著玩。

利瑟爾看得有趣地笑了。往旁邊一看，農村少女剛踏上小橋，艷紅的唇間有話語流洩而出，聽得出她正為了繼母苛刻的叱責而難過。她強忍著淚水，雙肩顫抖的模樣儘管堅毅，卻同時顯得脆弱縹緲。

那名少女忽然停下了腳步。

「你、是……」

她的雙眼中映出那頭鮮艷的血色髮絲。

感受不到溫度的蒼白肌膚，融入夜色的漆黑禮服。少女移不開目光，所有注意力都被對方奪去，她嚥了口口水。雙腳彷彿被綁在原地般動彈不得，她只能凝視著眼前的存在。

少女的喉頭顫抖，話聲近似於吐息，蘊含敬畏的聲音靜靜落在寂然無聲的夜裡。

「你、不是人嗎？」

沙沙沙，一陣風吹過兩人之間，雲層後的月亮重新露臉。

月光照耀之中，小橋上的兩人默默相望，宛如整個世界只有他們兩人存在。少女不明白自己為什麼這麼做，但仍然在原地安靜等待。

映在少女眼底的那副憂傷神情，忽然添上了妖艷色彩，然後……

「我肚子餓了。」

下一秒，利瑟爾他們回到了原本所在的書庫。

「我就說嘛——！！」

「果然不行呢。」

「她看你的眼神很不得了啊。」劫爾說。

「又不是我的錯！」

伊雷文說出自己肚子餓的瞬間，少女立刻往反方向全速逃離。雖說這結果一如預期，還是難免令人哀傷。

看來迷宮判定他們扮演失敗了。書庫與剛才完全沒變，巨大書本也仍然平放在他們眼前。伊雷文的打扮也恢復原狀，正心滿意足地撥弄著回到腰間的佩劍。

「啊，書本的標題變了。」

「意思是要挑戰幾次都可以喔？」

利瑟爾凝神打量那本大書，發現它的裝幀有些許改變。

正如伊雷文所說，看來可以反覆挑戰。只不過，除非是非常一目瞭然的情境，否則除了實際讀過的書籍之外，要突破這個關卡想必相當困難。

話雖如此，這次的題目《Vampire》在阿斯塔尼亞相當知名，看來迷宮對冒險者也不是那麼不講理，一方面也是因為這只是第十層的關係吧。多挑戰幾次，應該會出現一兩個熟悉的故事才對。

「嗯，這部作品我就讀過了。」

只不過，閱讀量豐富的人比較有利是不爭的事實。

看見利瑟爾微笑點頭，劫爾嘆了口氣想，這傢伙跟這迷宮實在太合拍了。每個冒險者攻略迷宮都有適合不適合的問題，但為什麼利瑟爾的情況就是跟冒險者素質上的「適合」毫不相干呢？

「這是什麼樣的故事啊？」

「是有點奇特的推理小說。故事主角是情報販子，和狗狗搭檔一起在事件發生之前把它圓滿解決，招牌臺詞是：『交給我，不用等到事件發生就能防患未然！』」

多重的伏筆，以及雖然防堵了事件發生，卻絕對找不出兇手、危機四伏的描寫都相當有趣……利瑟爾說著說著，好像就要這麼打開話匣子了，伊雷文於是扯開話題：

「那傢伙為啥不去當憲兵啊？」

「也是呢。」

他搞錯天職了。

利瑟爾當時也邊讀邊這麼想，一旁聽著對話的劫爾也不例外。

「既然你還記得，這次就能成功了吧。」劫爾說。

「雖然我也不記得所有細節。」

三人再度站到巨大書本前方。

利瑟爾和伊雷文依然站在劫爾後方，無論何時都不放鬆警戒，真是冒險者的楷模。

和剛才一樣，一片白光籠罩視野，帶領他們進入故事的世界。以這本書的內容，地點應該是發生事件的洋館嗎，或者是主角當作據點的那間酒館呢？利瑟爾邊想邊緩緩睜開雙眼。

「劫爾？」

「汪！」

映入眼簾的是富麗堂皇的洋館，以及一隻有利瑟爾腰部那麼高的純黑大型犬。

「哇，這真的是大哥喔？沒想到我們要演的居然不是情報販子。」

「我也沒想到。」

「……隊長，你看起來好開心喔。」

聽見伊雷文這麼說，利瑟爾加深了笑意，在變成大狗的劫爾面前蹲下身來。

劫爾沒有避開他伸出的手，於是利瑟爾試著輕輕撫摸牠的身體。稍微偏硬的毛髮摸起來很滑順，毛不算特別長，不過長度已經足以掩蓋手指。

利瑟爾雙手搓揉著牠的頸子，聽見劫爾有點排斥地哼了一聲，不過似乎願意任他擺布。仗著劫爾沒有反抗，利瑟爾揉揉牠的耳朵、又揉揉牠的臉頰，然後摸摸牠的鼻頭，劫爾別開了臉。

「毛茸茸的呢。劫爾，握手。劫——爾。」

「汪！（蠢貨）」

牠的前腳堅決不動。

「太可惜了。」利瑟爾面帶微笑，看起來沒有半點可惜之意地說完，抱住了牠毛茸茸的頸子。畢竟是大型犬，稍微把體重倚上去牠也文風不動，利瑟爾溫柔地撫著牠後頸，臉頰蹭上牠的毛髮。

「讓我想起了我家的寵物呢，希望牠一切都好。」

「喔，隊長有養寵物喔？大哥換手。換手啦……好痛！」

伊雷文硬要拉起劫爾的前腳，下一秒大狗往他手上狠狠一抓，痛到他以為手上被開了個大洞。

「有呀。小時候不是都會想背著父母偷偷養寵物嗎？」

「啊——我也會欸，他們反對你養喔？」

「也沒有，我只是比較想偷偷養而已。」

好像有點本末倒置，不過伊雷文也明白利瑟爾的意思。

該說是小朋友的一種浪漫嗎？小孩子總是想要創造一些只屬於自己的秘密。

「但是我一個人養，實在撥不出時間照顧……」

「會考慮到這種事情，感覺很符合隊長的個性欸。」

「是嗎？所以，當時我就找身邊的護衛商量這個問題。」

「就是你之前說的那個……呃……白軍服？帶頭的那個跟大哥完全相反的？」

「沒錯。」

被問到原本世界的事情，利瑟爾也會照常告訴他們。

在利瑟爾出生的公爵家負責保衛領地的守護者們，也屢次出現在話題當中。其中最常提到的就是現任守護者的總長，正如伊雷文所說，是位眾所周知的爽朗人物。

「啊，說『沒錯』你會生氣哦。」

肩上忽然感受到重量，側眼一看，劫爾正把整個下巴擱在他肩膀上。
利瑟爾依然抱著牠，摸了摸牠沒繫項圈的頸子，便聽見劫爾呼地從鼻子嘆了口氣。
「那時候我並不是找那位總長商量，不過多虧如此，我才成功養了寵物呢。」
「喔，是狗嗎？還是貓？隊長養大隻的感覺也很適合欸。」
伊雷文也同樣蹲下身來，一直試圖對劫爾動手動腳，每一次都被牠強壯的尾巴打屁股。
利瑟爾看著這一幕，懷念地回憶起當時發生的事。
『不可以跟別人講哦。』
『我知道了，這是我們之間的秘密……』
對方聽完幼童秘密的煩惱，靜靜露出微笑這麼說，而且也真的直到最後都替他保守著秘密。
三天之後，輪到那個人再度擔任護衛的時候，他悄悄把一個瓶子交到利瑟爾手上。『是秘密哦。』那個人帶著淺淺的微笑，溫柔地遞出那個瓶子，利瑟爾看了好高興，邊收下瓶子邊迭聲道謝。
然後，往瓶子裡一看……
『這個照顧起來非常輕鬆，也可以偷偷飼養哦……請您好好愛護牠……』
有一顆白色圓形的毛球，輕飄飄地飄浮在瓶子裡。
『這就是幸運雪花球……』
從此以後，利瑟爾的寵物一直都是謎樣的毛球。
「幸運……啥？」

「幸運雪花球，你們沒聽過嗎？後來我調查了一下，發現它好像是傳說中帶來幸運的精靈哦。」

「隊長，你們那邊有精靈喔？」

「沒有，不過也沒有其他解釋了。」

這麼不求甚解沒問題？豈止伊雷文，就連變成大狗的劫爾都投來狐疑的視線，不過利瑟爾並不介意，反正他不曾對自己的寵物感到不滿。

一般來說，碰到這種狀況，難免懷疑對方是不是隨便拿類似的東西打發小孩子，但幼小的利瑟爾知道，守護自己的大哥哥不會那麼做。因此他由衷、歡天喜地地接納了新的夥伴，好好學習了照顧方式，百般珍重地養育牠。

幸運雪花球真的很好照顧，只要把大哥哥一起交給他的粉末放入瓶中餵給牠，一天一次就好。儘管只是飄浮在瓶子裡的不明生物，每天勤奮地照料下來，利瑟爾對牠也產生了深厚的感情。

「把一顆毛球滾來滾去有啥好玩的啊？」

「你太失禮了吧。牠可是會長大的，後來長到這麼大……」

利瑟爾邊說邊比出一個人臉那麼大的尺寸，伊雷文頓時面無表情。

「拜此所賜，最後實在藏不住，還是被父母發現了。」

秘密果然很難瞞過雙親呢，利瑟爾溫煦地笑著這麼說，但劫爾和伊雷文根本沒心思跟他聊這個……該在意的根本就不是這點啊。

老實說，他們兩人原本以為那只是普通毛球，可是居然長大了。該不會真的是精靈之類常出現在幻想中的存在吧？此刻他們感受到的衝擊無以倫比。

「啊，不過牠停止成長之後就開始增加了喲，在我注意到的時候，已經有小毛球飄浮在大毛球周遭了。」

而且還變多了。

「現在一共有三十隻左右吧，養在書庫深處，幾乎不會有其他人進入的地方。牠們的飼料好像不一定要是粉末，也會吃書本上堆積的灰塵，真的幫了大忙呢。」

利瑟爾揉捏著劫爾的耳朵，享受著看牠排斥地避開的樂趣，興高采烈地聊著寵物話題。

「一喊牠們就會聚集過來，變成沙發讓我坐哦。」劫爾心想，不要一邊玩弄我一邊想起這種回憶。牠的鼻頭上多了些許皺摺。

「所以咧，結果那到底是什麼啊？魔物？」

「是幸運雪花球。」

利瑟爾也不太清楚。

「把牠帶來給我的守護者什麼也沒說，假如真的是精靈也不奇怪呢。」

不會吧？伊雷文聽得嘴角抽搐，利瑟爾有趣地瞇細眼睛笑了。

雖然沒說出口，但他心裡覺得那些寵物說是精靈也不算錯。替他保守秘密的那位守護者是個有點不可思議的人，據說，他看得見妖精和精靈。

而且那不是他本人自稱，而是旁人繪聲繪影的傳聞，更增添了可信度。本人對此不曾有任何表示，不過利瑟爾也數度見過光點飄浮在他身邊；周遭有人曾經目擊類似的光景，也有人說拜託他幫忙尋找失物的時候，他的視線就像追隨著什麼東西移動一樣，最後就這麼找到了遺失的東西。

雖然不知道那位守護者看見的是什麼，不過這寵物既然是他帶來的，那肯定不會對自己有害。對於利瑟爾而言，只要知道這點就足夠了。

「諾瓦魯！」

忽然，不知何處傳來一道青年的聲音。

想必是那位情報販子，也就是男主角了，諾瓦魯是他的愛犬搭檔的名字。原來主角的說話聲是這樣的，獲知了曾經讀過的登場人物的珍貴情報，利瑟爾感動地想著，同時站起身來。

「諾瓦魯？」

「是劫爾在這裡的名字。」

劫爾從鼻子哼了一聲，也跟著站起來。

看來整起事件已經有跡可循，接下來他們必須從頭收拾那些可能導致事件發生的徵兆才行。不太可能需要從書本開頭一路演到結尾，因此應該是演到第一次推理結束為止吧。

「聽好囉，劫爾。」

劫爾鑽過利瑟爾的手臂，站到他身邊，利瑟爾輕輕撫摸牠的頭。

「首先要做的是發現第一把凶器。現在主角大概正在解開殺人預告的暗號，所以接下來請你在他四處走動調查時，巧妙把他引到凶器所在的位置。應該放在客廳天花板裡面才對。」

「感覺好犯規喔——」

「能省事就好了呀。」

伊雷文咯咯笑出聲來，利瑟爾朝他微微一笑，接著低頭看向劫爾，一看就知道牠一臉不情願。沒想到狗的表情這麼豐富呢，利瑟爾不禁佩服地想道。

接下來，利瑟爾大致指示過行動之後，便聽見劫爾不滿地叫了一聲，應該是表示牠聽懂了吧。利瑟爾讚許地將手從牠的鼻頭往下滑，撫摸牠的下顎。

利瑟爾的手搭在黑狗的下顎上不動，劫爾抬起灰銀的雙眸看向利瑟爾，像在問他怎麼了。利瑟爾凝神回望，露出惡作劇般的微笑。

「看你被我以外的人馴養一點也不有趣，所以請你早點回來吧。」

劫爾只搖了一下尾巴作為回應。

大狗依偎在他身邊，利瑟爾撫摸牠的身體，像在敦促牠「去吧」，然後目送那身黑色的毛髮靈活地溜出略微打開的門縫。

「結果我都沒摸到欸。」

「劫爾排斥得很露骨呢。」

之後，利瑟爾他們把洋館當自己家一樣放鬆休息，而劫爾在五分鐘後就回來了。牠毫不猶豫地指出凶器的所在位置，迅速解決了這件事。主角完全被牠拋在原地，覺得自己的愛犬相當可疑，不過他們還是完成了迷宮要求的故事梗概。

一離開書本的世界，他們眼前並不是先前的書庫，而是通往下一層的階梯。利瑟爾一行人順利進到了下一個階層。

111

在足以代表帕魯特達爾這個國家的王都「帕魯特達」南方，有一座規模龐大得以「國」為俗稱的大都市。那就是古往今來、東西南北所有商品應有盡有的商業國。

今天這裡的街道也熱鬧非凡，商人們招攬客人的聲音四處可聞。有一名壯年男子行走其間，對於周遭誘人的商品視而不見。他亮麗的頭髮是暗夜的顏色，赤紅的眼瞳散發著深思熟慮的氣質。眼睛底下有著濃濃的黑眼圈，眼神絕對稱不上和善，絕美的相貌卻讓人相信這也是那張臉上完美的配件之一。

這樣一個肯定會招惹注目的人，走在路上卻沒有任何人注意到他。不，看他的人並不是完全沒有，但那些目光都只是不經意地投向與他擦肩而過的人罷了。

「……」

沙德視之為理所當然，推了推戴在鼻梁上的眼鏡。

繁重業務纏身的他，唯一的休閒就是在這個商業國四處視察。大侵襲的時候迫於情勢所逼，他曾在群眾面前公開露面，不過拜這副眼鏡所賜，現在他還能像以前一樣在市井間走動。儘管沒說出口，他仍是心懷感謝。

沙德不時望向街道，一切一如他的規劃，看來沒有違規擺攤的情形。今天走迷宮大街回去好了，結束了公務方面的確認，沙德這麼想道，於是拐進巷子裡。

迷宮大街。在匯集了各式各樣商品的商業國，這裡是主要買賣迷宮品的商店所集中開設的街區。特徵是買家、賣家當中都有許多冒險者，因此必然會導致治安惡化，必須多加注意才行。

「……、……！！」

果不其然，他立刻聽見某處傳來怒吼。

沙德微微蹙起眉頭，轉而朝那個方向走去。他本人沒有必要特地插手干預，但既然碰上了，那去看看情況也好。話雖如此，這條街上就算只是收購議價這種小事，破口大罵的人也所在多有，因此連群眾都不會停下來圍觀，他得假裝是在挑選商品的樣子才能「看看情況」就是了。

是否該增加迷宮大街的憲兵巡邏次數比較好？不過此舉有可能惹來冒險者公會反彈……沙德邊想邊走近喧嚷持續不斷的那間商店，看見店裡擺放著許多繪畫，有個冒險者和商人在店裡爭吵不休。

「商業國只有瞎眼不識貨的商人嗎？啊?!」

看來有一聽的價值。傳入耳中的罵聲和映入眼中的情景使得沙德這麼想道，於是他踏進店內。店員朝這裡瞥了一眼，沙德聽著那聲敷衍的招呼，裝出事不關己的路人樣開始看起他不怎麼感興趣的繪畫來。

艾恩的隊伍，現在聲勢可說是如日中天。

他們年紀輕輕卻相當有力，本來就有人將他們評為「未來可期」的隊伍。不過比起能力，他們的整體評價絕不算高，周遭的冒險者談起箇中理由都說：「因為那些傢伙是笨蛋嘛……」

甚至連先前艾恩他們成功搶先通關那座名叫「智慧之塔」的新迷宮，大家也認為他們是靠著自己特有的氣勢、衝勁和毅力，獲得了奇蹟般的幸運降臨……簡而言之，就是認為他們連續碰上了不必解謎、只要勞動身體就能靠蠻力勉強通過的那種機關。

但現在可不一樣了，冒險者們儘管心有不甘，卻都承認艾恩他們的聲勢不假。

有一定實力的年輕冒險者常使用蠻力戰法，艾恩他們也不例外。但靠著搶先通關時拿到的那些堆積如山的金幣，他們買齊了優質裝備，蠻力戰法也因此成了有效的戰鬥方式。當然，這種方法也只適用到迷宮中層為止，不過他們仍然藉此突破了原本停滯不前的階層。

還有，原本在動腦思考之前總是先動手再說的他們，現在姑且算是懂得先想一想了。雖然有時候思考過後反而得出莫名其妙的結果，而且大多數結論都是直接動手比較快，不過多少還是有點意義。

結果就是，原本有點勉強的委託他們也開始有能力達成，升階自然也就指日可待。現在艾恩他們的隊伍，所有成員都已經升上C階了。

而他們乘上這股如虹氣勢的開端，都要歸功於一位不像冒險者的冒險者。現在回想起來，那場交易引導他們的意圖顯而易見，那個人給了他們交涉的機會，給了他們通關迷宮的智慧，也給過他們莫名其妙的迷宮品。

「畫著利瑟爾大哥的繪畫竟然只值十枚金幣？你瞧不起人是不是啊——！！」

艾恩拿著繪有那位恩人的繪畫，厲聲威嚇店主。

不，在艾恩看來絕不是什麼威嚇，這可是正當的主張，只不過在旁人眼中怎麼看都像在撂狠話。

「哎呀，但是客人你想想看嘛，你沒有聽說過繪畫的一般價碼嗎？最低銅幣一枚，最高到金幣五枚，考量到這幅畫裡有一刀和罕見的蛇族獸人，我可是幫你抬高了一倍的價格耶。」

不曉得商人是不是已經習於應對這種冒險者了，他一臉為難地低頭看著那幅畫。

商人自己也明白眼前這幅畫有它的價值，畢竟畫中清晰描繪了人稱最強冒險者的一刀，還畫了鮮少看見的蛇族獸人，獸人臉上的鱗片還正好朝向觀者。光憑這些要素，那些視價格為唯一價值的有錢人就願意花三十枚金幣買它了，因此進貨價格最好控制在十枚金幣左右。

但是，畫面正中央抬頭看著一刀的那名男子他不認識。隔著畫布也感覺得到他高雅的氣質，畫中的地點應該是迷宮內部沒錯，不是冒險者的人到底在那裡幹嘛？

「哎，畫面確實是很好看，但是做為迷宮繪畫實在是……」

嗯……，商人發出苦惱的沉吟聲。

畫有冒險者的迷宮繪畫，越是形勢緊迫、氣勢逼人的狀況，就能賣到越好的價錢。考量到這點，畫中這位非常沉穩的男子無法增添它作為迷宮繪畫的價值才對。

「這麼一來，即使我只拿十枚金幣跟你收購，也有可能做到賠本生意啊。」

「怎麼可能賠本，你也太外行啦！給我看清楚了！」

艾恩唰地往繪畫一指，手指差點戳到畫布上。萬一毀了這幅畫怎麼辦啊，商人趕緊拉開他的手臂。

「你看他們所有人身上都是濕的對吧，從頭到腳淋了全身的水對吧，一般光是這點就可以再加一倍的價格了好嗎！」

「平常冒險者在迷宮裡被潑到水也只會弄得髒兮兮而已，可是這些人根本性感指數爆表好嗎！」

「要是換做我們！看起來一定滿身泥巴又黏答答的好嗎！」

跟艾恩一起過來的隊友也不能接受，紛紛替艾恩說話。

順道一提，艾恩他們完全無法理解利瑟爾一行人怎麼會被潑水。他們是在「機關迷陣」發現這幅畫的，那座迷宮有如陷阱的寶庫，這大概也是利瑟爾他們和其他人一樣掉進陷阱的情景，但艾恩他們發自內心覺得，利瑟爾大哥他們怎麼可能讓陷阱得逞啊。

「但是！這些人！卻是這樣！！」

劫爾不悅地脫下每一次握持劍柄都擠出水來的手套，把其中一隻叼在嘴裡。伊雷文一臉嫌惡地擰乾貼在皮膚上的衣服，腹肌線條一覽無遺。面帶苦笑的利瑟爾也用手指拉開領口透氣，畫中就連髮梢滴落的水珠和流過肌膚的水痕都仔細描繪，即使是艾恩他們這些男生，也能斷言這三個人看起來有夠性感。

「而且你看！利瑟爾大哥的衣服還有點寬鬆！就連那個人剛睡醒的時候我都沒看過他衣服穿不整齊的樣子，這是超稀有畫面好嗎！光這點就可以再往上加一倍啦！」

「這樣講未免太無理取鬧了……」

身為買賣迷宮畫作的商人，他對於冒險者也相當瞭解，畢竟畫作上描繪的冒險者越知名，價值也會跟著水漲船高，所以在這一行瞭解這些是當然的。

但是，艾恩自信滿滿地誇耀的這位名叫利瑟爾的冒險者，他從來沒有見過。應該是最近時常聽聞的那位酷似貴族的冒險者吧，既然如此，以知名度來說搞不好也有一定的價值。

「不然這樣好了，我用金幣十五枚跟你們買吧。」

「你少瞧不起人啦，一百金幣以下我才不賣咧！這個不識貨的外行人！」

「什……」

艾恩他們也不是為了錢才這樣說……不，他們確實是很想要錢沒錯啦。

但是比起來，商人想廉價收購利瑟爾一行人繪畫的嘴臉更讓他們不爽。不知道對方是抱持什麼樣的想法才會開出十五枚金幣的價錢，但假如他真的認為這幅畫只值十五枚金幣，艾恩他們真想給他一拳說「不識貨也該有個限度」；假如對方知道它原本的價值，還想欺騙他們、廉價收購，那他們還是想揍對方一拳，告訴他「這不是可以讓你這樣糟蹋的東西」。

艾恩他們沒有成熟到看見人家瞧不起自己的恩人還有辦法默不吭聲。

「唉，客人啊，我是好心才跟你這樣講啦，你找遍整個商業國也不可能找到哪家店願意出比我更高的價格，既然這樣你還不如就賣給我……」

那就算了。艾恩毫不掩飾地表露不耐，正打算怒吼回去，這時……

「這種商人，被人罵瞎眼不識貨也沒辦法。」

忽然有人從旁插嘴，艾恩他們和商人都嚇了一跳，猛地看向那裡。

有個男人正摘下眼鏡，把它插在胸前。他看著艾恩手中的繪畫，眼神凌厲敏銳，絕美的相貌散發出壯年特有的成熟色香。

這樣的男人剛才就在旁邊，卻沒有人注意到？所有人錯愕之際，男人──沙德的視線從畫作轉移到商人身上。看見他冰冷銳利的眼神，商人硬生生吞下了被人罵不識貨的怨言。

「我並不打算只招聚優秀人才，但有人損害這城市的名聲還是讓人相當不快。」

那人忿忿說道，伴隨一聲響亮的咋舌。聽見這句話，商人覺得好像哪裡不太對勁。

這位商人沒注意到沙德的身分也相當合理，畢竟大侵襲時沙德露臉的西門是激戰區，所有非戰鬥人員都被疏散到其他地方了。

儘管聽過傳聞中領主的長相，但除非親眼見過，否則做夢也想不到眼前的人物就是統治這座商業國的領主吧。

「喂。」

「怎、怎樣？」

聽見對方忽然叫他，艾恩不服輸地反瞪回去。

沙德毫不介意，逕自從懷中取出一枚卡片。

「我現在身上沒有百枚金幣，我會叫人準備好，你晚點自己過來領。這是通行證。」

對方把那張東西硬塞過來，艾恩他們所有人都湊過去目不轉睛地打量它。

老實說他們完全反應不過來，這個人好像說他真的要用一百枚金幣收購這幅畫，是錯覺嗎？艾恩他們確實認為這幅畫擁有百枚金幣的價值，但到了真的能換到百枚金幣的時候，他們的腦袋就跟不上了。

而且他們無法理解卡片上為什麼寫著「馬凱德領主官邸」。

「我會把錢寄在導覽人員那邊，你們再拿這幅畫去交換，在那之前絕對不准傷到它。真受不了……商人的眼光居然比不上冒險者，像什麼話。」

沙德忿忿地這麼說完，便戴上眼鏡離開，艾恩他們只能愣怔地張著嘴巴目送他走遠。在他們身旁，商人終於察覺真相，正為了見到人人憧憬的商業國領主而興奮，同時又因為自己的失態臉色一陣青一陣紅。

總而言之，艾恩先把手上的繪畫小心翼翼地收起來，然後再度低頭看那張卡片。本來他們不會覺得自己遇到了真正的領主，反而會懷疑遇到詐騙，但只有這一次實在不得不相信。

「看起來很像利瑟爾大哥的熟人啊……」

「那個人認識領主也不奇怪嘛。」

「剛才那傢伙要不是真的領主我反而覺得奇怪……」

艾恩他們就這麼七嘴八舌地說服彼此接受了這個狀況，接著歡天喜地地討論起這一百枚金幣該怎麼揮霍。「找女人！找女人！」但是拿利瑟爾繪畫換來的錢去花天酒地，所有人都感到罪惡，所以最後一致決定拿這些錢去添購裝備了。

同一時間的利瑟爾一行人。

「『夥伴們，咱們上啦！』……啊，被傳送回來了。我應該念得一字不差才對呀……」

「角色分配差得遠了。不過你倒是玩得很開心啊。」

「扮成海盜船長欸，隊長不可能啦。啊，不過衣服意外滿適合你的喔！」

「雖然你們這麼說，這方面憑我也沒辦法做出任何改善呀。」

他們正在「非人之物的書庫」，為了攻略每十層出現一次的巨大書本努力奮鬥。

王都帕魯特達的這間商店，雖然所處位置並不如中心街區那麼高級，但還是位於稍微優良的地段。

道具店的招牌底下掛著個小小的牌子，上頭以缺乏自信的筆跡寫著「本店對鑑定技術有信心」，在微風吹拂下輕輕晃動。剛結束鑑定的幾位冒險者，正帶著滿意的表情走出店門。

賈吉說了聲「謝謝光臨」，目送他們離開，然後放下心來似地呼出一小口氣。他挺起平時略微彎駝的背，使勁伸了個懶腰，專注鑑定之後總是難免肩膀痠痛。

商品的分類、陳列都已經做好了，接下來還有什麼事要忙呢？賈吉邊這麼想邊收拾作業檯面，就在這時，傳來了一陣踹門的砰砰聲。

不，聽起來不像是為了攻擊而踹門。敲門敲得真粗暴，賈吉覺得莫名其妙，軟弱地垂著眉打開門。

「你好啊，我來送回復藥……」

站在門口的是位穿起工作服相當適合的美女。

她的臉頰上沾著不知什麼東西弄的髒污，看上去很有匠人氣質。比一般女性健壯的臂膀扛著裝回復藥的木箱，另一手則握著一疊紙張，應該是配送地點的清單。

原來是因為她兩隻手都拿著東西呀，賈吉稍微放下心來。來人就是素有肉慾系女子稱號的梅狄，她瞪大了眼睛死盯著賈吉看。

「啊，謝謝妳。不過，平常過來的那位大叔，那個……請問……？」

「敬語……單眼眼鏡……鑑定……知性……」

她口中念念有詞，嚇得賈吉猛地抖了一下肩膀。

梅狄目不轉睛地死盯著他交出貨品，賈吉戰戰兢兢地接過那幾瓶回復藥。雖然像門神一樣站在門口的梅狄非常嚇人，但總之得先確認交貨事宜才行，賈吉於是把那些回復藥排列在作業檯上。

他透過瓶子，一一確認過低級和中級的回復藥。回復藥的品質容易波動，這家的品質卻還是一如往常穩定，沒什麼問題。接下來要記得簽收才行，賈吉戒慎恐懼地回過頭，結果看見梅狄雙眼瞪大到不能再大，賈吉的肩膀又抖了一下。

「但是長太高啦！！」

「咦，抱、抱歉……」

「長太高、體格太好都不行，這樣太難推倒了……但是比我矮或是身材太瘦也不行，會搞成像我在欺負弱小一樣……太可惜啦可惡，這麼久沒遇到知性沉穩系男子，還以為終於被我找到了咧！」

梅狄論斤秤兩一樣打量賈吉，像把他從頭到腳舔過一遍。

然後又悔恨地喃喃自語，賈吉已經聽到快哭了，但他忽然眨了眨含淚的眼睛，拚命反芻梅狄意義不明的發言，結果腦海中浮現了某人的形象。

差不多這麼高，賈吉手掌擺在鎖骨附近，回想那個人的身高。知性，他回想起那個人讀書時優美的姿勢。沉穩系，他回想起那雙蘊藏高貴色澤、溫柔甜美的眼睛。他感到一陣戰慄。

「（絕對不能讓這個人見到利瑟爾大哥……！）」

賈吉下定決心。

「難得知性小哥完全正中我好球帶的說……他回來能不能讓我為所欲為一個晚上啊，要我花錢也行……」

他們已經見過了。

「（一個晚上……一、一個晚上……咦，該不會是那種……）」

梅狄的眼神就像個在大海彼端追求浪漫的男人，光明正大地站在店內眺望著不可知的遠方。賈吉的臉色一陣紅一陣青一陣白，視線游移，不知該看哪裡。

聽她的說法，她口中的「知性小哥」肯定是利瑟爾不會錯。儘管他剛才在不知不覺間感到退縮，但這麼一想，賈吉又鼓起幹勁緊盯著梅狄不放。他必須保護利瑟爾才行。

「利、利瑟爾大哥是完全沒有那種世俗慾望的人所以不可以！！」

「喂小哥你講話很驚人欸！」

居然從梅狄口中聽到正常的吐槽，賈吉獲得了一個貴重經驗。

要是利瑟爾他們聽見這番話，應該會各自露出微笑、感到無奈、大聲爆笑吧，但賈吉是發自內心認真這麼說的。說不定他腦袋還有點混亂。

「不過你認識他正好……快告訴我……知性小哥的內褲是什麼顏色……」

「我、我不要……」

梅狄步步進逼，賈吉也跟著步步倒退。

她凶光閃閃的眼睛實在太恐怖，恐怖到賈吉都快因此不敢信任女性了。但忽然間，梅狄露出了想起什麼般的表情，是神智恢復正常了嗎？賈吉的神情閃閃發亮。

「哎呀，我居然忘記問一個重要的問題了……首先要問的是他到底有沒有穿內褲！要是長相那麼清秀的男人裡面其實沒穿內褲，就算是我不愛吃的白米飯，要老娘配幾碗就能配幾碗！你聽好了，衣服這種東西講到最後，就是穿越少越色啦！你說穿多一點比較色？那難道你有辦法天天對寒冷地帶穿得像熊一樣的傢伙發情嗎?!只要符合老娘喜好的傢伙穿得清涼一點，老娘對他們每一個都能發情！這才是真理！！」
「嗚哇——！利瑟爾大哥救救我！！」
梅狄毫不避諱地吶喊出她偏頗的主張，賈吉終於崩潰。
他眼眶含著淚向不在場的人物求助，同時，梅狄彷彿被什麼東西拉扯著趕出了店外。她踉蹌幾步，抬起頭的瞬間，店門就在她眼前關上。
到底發生了什麼事？梅狄愣愣看著門板，接著她想起關於內褲的問題她還沒得到答案，頹喪地癱坐在地。悔恨之下，她忍不住捶打地面，這時忽然注意到配送單掉在她手邊。
「喂，開門啊！那告訴我你的內褲顏色也可……不對，至少要幫我簽收啊！」
「不、不行，不行……！」
雙方隔著門板展開激烈攻防，一直到梅狄吃了工房師傅一記鐵拳，被他拖回去為止。

同一時間的利瑟爾一行人。
「『你必須促成這場貿易談判』……表示這次不是要扮演角色，而是要與登場人物交涉嗎？果然到了深層，要求也越來越嚴格呢。」
「不能只靠蠻力攻略的迷宮本來就不少啦，這裡也算滿刁鑽的，要是之後開始出現委託，報酬感覺會不錯喔！」
「這本書不就是你之前那本《馬凱德興盛史》？我只有不祥的預感。」
「這畢竟是伯爵的爺爺的故事，如果能見到他我會很高興的。」
一進入書本當中，他們真的開始了與商業國上上任領主，也就是沙德祖父的交涉。

談的是與貿易路線相關的權利問題。利瑟爾享受著久違的緊張感，圓滿談成了交易。順帶一提，沙德和上上任領主長得像同一個模子印出來的。

現在，納赫斯正在魔鳥的廄舍當中，接受自己搭檔的療癒。

魔鳥真是太棒了。澄澈的眼睛，光澤亮麗的羽毛，礦石般的嘴喙，銳利的鉤爪，流線型的身體，一切的一切都太美了。棒極了。納赫斯對著搭檔柔軟的胸毛摸了又摸，恍惚地呼出一口氣。

這才是至高無上的幸福啊，他感慨地想著，拿起了銼刀。這不是廄舍預備好的工具，而是他訂製的，看起來相當粗礪，不過若不是特別堅韌的東西，根本無法磨削魔鳥的爪子。

嘿咻，他在稻草上盤腿坐下，觸碰搭檔踏著地面的兇猛腳爪。

「乖喔，腳抬起來我看看……好孩子，保持這樣不要動喔。」

鉤爪是魔鳥的武器之一，但爪子長得太長也可能傷到牠們自己。

牠們這種生物本來在岩地棲息，腳爪在平時活動當中就會自然磨短。騎兵團裡的魔鳥無法這樣磨指甲，必須有人替牠們仔細修剪，騎兵們都會運用空閒時間努力照顧搭檔。

當然，騎兵團裡沒有一個人嫌麻煩。雖然像納赫斯如此明顯的魔鳥狂熱者只占一小部分，不過所有騎兵照顧起魔鳥都是滿面春風。就是因為這樣，其他兵種才會在背地裡說騎兵團是「奴隸性格」、「魔鳥笨蛋的集團」。這可是備受國民憧憬、愛戴的魔鳥騎兵團啊，未免太不客氣了。

「你真是直率的好孩子。啊，抱歉，我這麼說不是把你當成小孩子的意思！你當然是我引以為傲的搭檔呀，是足以讓我交付性命，強大又美麗的魔鳥。」
納赫斯沉醉於一人一鳥的世界裡，不過廄舍裡其實還有照顧員和其他騎兵在，只是完全沒入他的眼而已。
話雖如此，現在是比清晨更早的時間，待在這裡的只有同類，他們也各自和搭檔構築起了愛的空間，根本不在乎周遭其他人在做什麼。除此之外就只有負責照料魔鳥的人員了，他對此已司空見慣，看見魔鳥一邊接受讚美、一邊嗅聞稻草，忍不住笑著心想「好可愛啊」，然後繼續努力打掃。
「因為最近總是跟不聽人說話的傢伙來往，所以我才忍不住講出來了。只有你會站在我這邊，我親愛的搭檔。」
納赫斯恭敬地抬起搭檔的腳爪仔細削磨，邊磨邊陶醉地說道。
他腦海中浮現那三個「不聽人說話的傢伙」的臉孔。自從遇見他們以來，納赫斯的日子總是過得特別忙亂。
比方說，至今為止從來沒有過交集的王族們，曾經問過他利瑟爾一行人的事情。納赫斯也明白那三人在各種意義上都需要有人盯著，就拿亞林姆來說好了，凡是有什麼跟利瑟爾他們相關的事情，他老是會把納赫斯叫來。
『納赫斯，帶我到、老師住的旅店。……其他人？我問過了，他們說、你是負責人。』
什麼負責人？他真想知道事情什麼時候變成那樣了。
而且，這件事也強迫增加了他與冒險者公會的往來。平常國家對於冒險者公會不會加以干涉，事情之所以演變成這樣，是因為納赫斯明知道冒險者歸公會管轄，卻在每次利瑟爾他們做出什麼好事的時候忍不住出言指正。
每一次發生這種情況，事後他總會前往公會解釋，不過從來沒有一次演變成越權問題。公會理應排拒國家的干涉才對，他們卻還曾經對納赫斯致上一點謝意。
『喔，你是說那三個人啊？沒關係、沒關係，那些傢伙就算引發問題，也不會給自己留下把柄，所以公會也沒什麼立場念他們嘛。不過你說話他們還多少會聽啊，不管我講什麼，他們都還是我行我素……』
他每次到公會露面，對方都斷定是跟那三人有關的事情，不曉得為什麼。
確實，他不曾因為除此之外的事情造訪公會……但這都是利瑟爾他們太自由奔放的錯，竟然連公會職員說的話都不聽。
不過，聽說他們只是不聽話而已，並不是不守規矩，職員對他們的印象看來並不壞。這是好事，納赫斯點了幾次頭。
「好了，換另一隻腳讓我看看吧。什麼，美麗的腳爪竟然長了一點倒刺……！磨短之後我會幫你拋光的，沒有早點注意到真對不起。」
納赫斯放下削磨完畢的那隻腳，把手放在牠的另一隻腳上，搭檔便主動把腳抬了起來。
好孩子，你太棒了，納赫斯讚美了搭檔一番，去除勾在牠爪子上的稻草，接著再次開始沙沙沙地替牠磨起腳爪。
「真是的，都是那些傢伙的錯，害我跟王族有了交集，在公會人面變廣了，不知為何騎兵團的評價也變好了，跟你培養感情的時間都變少了，真受不了。當然，我對你的愛是絕對不可能減少的，你放心，我最愛的搭檔！」

在旁邊聽到這段話的照顧員心想，這不是件好事嗎？

照顧員鋪好了空鳥房裡的乾草，正準備接著清掃下一間的時候，一名巡邏兵猛地推開廄舍的門衝了進來。

「魔鳥騎兵團聽令！海上出現海盜船！商船貨物被劫，已經歸港，海盜船在逃當中，拜託你們了！」

納赫斯癡心陶醉的臉瞬間繃緊。

他從地面上跳了起來，以流暢的動作將轡繩繫到自己搭檔身上，接著翻身騎上牠的背。受他的重量一壓，魔鳥猛地低下頭去，卻絲毫不以為苦地沉下軀體。

雙翼唰地大大展開，捲起風壓，鋪在地面的乾草隨之飛舞。

「準備好的人先起飛！」

納赫斯一聲令下，四周響起好幾道勇猛的應答聲。

剛才還在寵愛魔鳥的騎兵們，已經懷著銳利的戰意完成準備，拉起搭檔的轡繩。魔鳥的鳴叫聲中充滿即將飛往天空的激昂感，緊接著，他們就這樣起飛。

騎兵和魔鳥紛紛從敞開的廄舍屋頂飛向戶外，照顧員站在原地，以萬分憧憬的眼光仰望他們。

「和先出發的巡邏組會合之後，立刻準備向敵船發動攻擊！魔鳥騎兵團，出動！」

「「是！！」」

接著，他們迅速飛過天際。

騎乘在魔鳥背上的他們，沒道理追不上那些地面爬的、海裡游的生物。他們輕易趕上了率先追逐海盜船的那些騎兵，會合之後捕捉到了敵船的影子。

他們停留在上空，俯瞰海面，看見海盜們在下方，拿著從商船搶奪的貨品高聲大笑。海盜們也不忙著逃跑，只讓船隻在海上慢慢漂流，或許是認為沒有人追得上他們才如此從容。

那是因為他們無知，不知道襲擊阿斯塔尼亞的商船代表了什麼意義。

「你以為你逃出了誰的掌心？」

納赫斯說出這句話的時候，眼神中已經沒有對魔鳥的溺愛，也沒有面對利瑟爾他們時深厚的包容。他抬起一隻手。

周遭的騎兵一齊舉槍，槍尖瞄準敵船。他們的體魄經過嚴加鍛鍊，即使騎在振翅飛翔的魔鳥背上，背脊依然挺得筆直，沒有半點搖晃歪斜。

接著，魔鳥接連停止了拍翅動作。騎兵在牠們背上感覺到的是一瞬間的飄浮感、內臟浮起的感覺，視野隨之傾斜，從天空轉向大海。心中為此懷著確切的亢奮，他們開始往正下方的敵船俯衝。

所有阿斯塔尼亞居民都認得魔鳥的鳴叫，而那些海盜卻只當作普通的鳥叫聲不以為意，自然也就逃不過騎兵團的攻擊。當他們看見無預警投在船上的影子、仰望天空的時候，一切都已經太遲。

接下來他們將明白，為什麼傷害了阿斯塔尼亞人民的惡徒，從來沒有一個得以全身而退。

同一時間的利瑟爾一行人。

「啊，那邊應該有隱藏通道哦。」利瑟爾說。

「又來了……」劫爾說。

「這種東西太常出現好像就沒有稀有價值了喔。」伊雷文說。

「……那就算了。」

「隊長？……啊，我沒有覺得不想去啊！完全沒有！」

「算了，我們繼續前進吧。」

「喂，不要鬧彆扭了，看這邊。喂。」劫爾說。

「我說算了啦。」

雖然知道他們兩人並不是嫌煩的意思，但利瑟爾還是有一點點嘔氣。在上一條隱藏通道，劫爾和伊雷文明明還興高采烈地跟不曾見過的魔物交戰呢。

當天，夕暮時分。

在人們紛紛踏上歸途的時刻，利瑟爾他們也同樣從新迷宮回來，注意到街上來來往往的人群似乎感染了某種亢奮。他們三人在迷宮裡過了一晚，昨天和今天都忙於推進攻略進度，因此無從得知發生了什麼事。

但是，從人們口中頻繁聽見「騎兵團」和「海盜」兩個單詞，他們大致猜得到情況。利瑟爾不禁在內心說了句「值勤辛苦了」，接著忽然停下腳步。

「我到那邊一趟哦，你們先回去吧。」

這麼說來，信封信紙快用完了，利瑟爾於是指著映入視野的郵務公會這麼說。

「嗯。」

「隊長，之前你不是才叫賈吉的爺爺買了超厲害的信紙嗎？」

「那是寫信給陛下用的，感覺賈吉和史塔德收到各色各樣的信紙會比較開心。而且，因薩伊爺爺那時候也跟我說過『你也寫封信給伯爵吧』……」

另外兩人毫不掩飾地露出「這方面你還真講究」的眼神。利瑟爾和他們分別之後，走進了郵務公會。

除了公會之外也有其他店家販賣信封、信紙，但數量相當稀少。郵務公會一方面也是希望信件更加普及，因此會販售各種不同種類、設計的信紙。

郵務公會內部比冒險者公會狹小許多，不過充滿了人們勤奮工作的活力，職員們身穿獨特的制服，行色匆匆地忙進忙出。

「（是那邊嗎……）」

利瑟爾朝著設置在公會一角的賣場前進。

那裡有兩位女性正在認真挑選花樣留白的美麗印染信封，不曉得是不是要寫情書。利瑟爾就在她們身邊，逐一瀏覽色彩鮮明的信紙。

先前他挑選了角落點綴著月下花壓花的信紙，這一次挑明亮的顏色比較好吧。

「（寫給賈吉和史塔德的信只能裝在同一個信封，那就挑這款雙色設計的信紙，分別用兩種同款不同色的……這樣的話，信封用條紋的比較好……）」

嗯……，利瑟爾邊煩惱邊拿起信封，他在這種地方可不會馬虎。

「（信上看起來他們過得滿好的，感覺也沒遇到什麼問題，太好了。）」

利瑟爾將頭髮撥到耳後，點了個頭。

他並不知道賈吉遭遇肉慾系女子襲擊，各方面大受打擊。

「（至於寫給伯爵的信，不用好一點的信封是不是無法送到他手邊呢……如果拿亞林姆殿下給的信封來用，感覺會造成外交問題……啊，也寫一封信給雷伊子爵吧。）」

利瑟爾拿起刻著雅緻花紋的信封，開始思考給沙德的信上該寫什麼。

要寫在迷宮跟他的祖父進行貿易談判的事嗎？不，感覺沙德讀了會把筆尖折斷。還是要寫自己嘗試使用攤車舉辦拍賣，結果不甚理想的事情呢？不，某種意義上沙德聽到這個也會折斷筆尖。

當時來幫忙的商人少女也不知為何大發雷霆，而沙德位居商人的最高階層，這件事一旦傳入沙德耳中，難保不會觸犯他的逆鱗。

「（雖然不知道他會不會回信，不過假如能收到回信，內容實在非常令人好奇，要不要問他一些問題……啊，比方說最安全的：最近買的最貴的東西是什麼，之類的？）」

利瑟爾並不知道，這問題的答案是繪有他身影的迷宮繪畫，而且那幅畫實在無法掛出來示人，所以沙德把它收著，藏在辦公室的架子上。想必這會是沙德最用力折斷筆尖的問題。

利瑟爾就這麼苦惱了一會兒，買下了自己精挑細選的信紙和信封，然後走出公會。

「啊，來啦。」

「伊雷文。」

聽見聲音，利瑟爾朝那個方向看去。伊雷文百無聊賴地蹲在牆邊，一看見他便站起身，朝這邊走來。利瑟爾對他微微一笑。

「你在等我呀？謝謝你。」

「嗯——」
伊雷文心滿意足地瞇細眼睛笑著回答，兩人並肩邁開步伐。
「伊雷文，你有什麼想去的地方嗎？」
「沒有欸……啊，不過我有點想繞到武器店看看。」
「你是說鎧鮫那家？他們先前說差不多做好了對吧。」
「隊長，不要亂碰危險的東西喔。」
「什麼嘛。」
利瑟爾有趣地笑了，伊雷文也得意地笑了起來。
到了現在，已經沒有必要仔細叮囑他、填補規矩當中的所有漏洞了。因為無論選擇鑽過什麼樣的漏洞，利瑟爾都清楚知道它是否危險，而且連漏洞鑽過去之後會造成什麼樣的效應，他都能預測得一清二楚。
「隊長也來做把什麼武器吧？」
「劫爾好像不願意讓我去做武器。」
「也是啦，我也不願意看到隊長真的拔出武器打鬥。」
兩人就這麼邊走邊閒聊，這時忽然看見前方有個熟面孔朝這裡走近。發現了他們倆，對方也改變了原本會與他們擦肩而過的前進路線，轉而向他們走來。
從這舉動看來，應該不是特地來找他們，只是偶然遇到而已。
「貴客，你們剛從迷宮回來啊？」
「你好，納赫斯先生。聽說你今天大顯了身手呢。」

「你知道這件事啊？」

「只知道你們對付了海盜。」

原來是聽見了傳聞嗎？納赫斯點點頭，接著完全無法理解似地皺起臉來。

「是啊，有商船被海盜盯上。那些海盜一個也逃不掉，全部被我們抓起來了。居然想搶奪別人的東西，真不像話。」

「沒錯沒錯——」

「對吧。」

聽見伊雷文鐵錚錚地表示同意，納赫斯滿意地點頭。

利瑟爾毫不介意地望著那幅光景，對納赫斯說了聲「辛苦了」。不曉得現在是否仍在值勤，他手上拿著東西，看起來像是被奪走的貨物，似乎正為了把東西物歸原主而奔走。

無意間，利瑟爾看見那個皮箱的名牌上寫著郵務公會的名字。雖然不知道遭到襲擊的商船原本打算開往哪裡，但海盜不可能特地去搶信件吧。

「信件被搶了嗎？」

「紙類的東西其實包得很嚴密喔，怕水氣嘛。」

不愧是伊雷文，對這方面瞭若指掌，利瑟爾聽了恍然點點頭。

既然是透過船隻運送，想必包裹得更加慎重。看來就像他原本的世界一樣，這裡的郵務公會也會利用船隻進行遠方的郵務往來。

「沒錯，你知道得真仔細啊。這些信放在船艙深處，好像因此被海盜誤認成高價品了。」

雜魚，伊雷文語帶嘲諷地小聲啐道，利瑟爾聽了露出苦笑。

確實，伊雷文還在那一行活躍的時候，應該不曾犯下那種錯誤吧。倒不如說，他根本不會浪費大把時間和精力把眼前所見的所有貨物都搬走，而是發揮高超的效率，精準奪走高價物品。

「我們運送的時候有注意不要沾濕，不過保險起見還是想找職員確認一下。」

接著，納赫斯不經意看向利瑟爾他們，隨口這麼說：

「你們在王都的時候也受過別人關照吧，偶爾給他們寫封信怎麼樣啊？」

時機真是太不湊巧了，他為什麼有辦法在最差的時間點講出這句話？

伊雷文露出賊笑，利瑟爾則刻意裝出賭氣的樣子說：

「我正好想說要寫呢，你這麼一說我就沒幹勁了。」

「唉呀，他剛剛才好好跑去買了信紙欸，我們隊長好可憐喔——」

「什……抱、抱歉，我錯了……」

納赫斯焦急地道歉，幾秒後才注意到：不對，這種事自己其實沒必要道歉啊。為什麼說了正確的話還要被責怪？真想叫他不要因為這點小事喪失幹勁。

「真是的，你們老愛這樣唱反調！就不能坦率點頭說好嗎！」

正是因為他有辦法像這樣當面對利瑟爾他們訓話，旁人覺得「能對那三個人說教真是太厲害了……」，他才因此成了提升魔鳥騎兵團評價背後的要因，但納赫斯本人並不知情。

這也是因為他眼神裡沒有半點不耐煩或不悅吧。納赫斯對於這樣的時間並不以為苦，這點任誰看來都顯而易見。

112

那是座仰頭望去高得看不見頂的書庫。

就像在隱藏通道見過的那種令人聯想到高塔內部的空間，書架密密扎扎排滿整面牆，大小、色彩、形狀各異的書本連綿排列，不過這裡沒有螺旋階梯。腳邊鋪滿石板，使得空氣感覺起來也冰冷幾分。

明明沒看見光源，整個空間卻明亮得不可思議，但是總覺得有什麼東西屏住氣息悄悄窺伺著這裡，空氣中蘊含著沉重的氛圍。

沒有任何聲音。利瑟爾他們踩著迴盪的足音，踏入這片刺痛耳朵的寂靜。

「什麼也沒有呢。」

沉穩的嗓音在寬敞的空間當中微微迴響。

那道聲音輕易終結了難以打破的寂靜，語調中沒有恐懼，也沒有緊張。

「大哥，你有感覺到什麼東西嗎？」

「沒。」

他們終於來到第四十五層。

第四十五層只有一扇巨大門扉，通往現在這個空間。迷宮最深層除了通往頭目的門以及魔法陣之外通常什麼也沒有，如果前方還有路的話或許還有更深的階層，但到這裡已經沒有通道了。這裡應該就是終點沒錯。

「感覺是有點怪怪的啦。」

伊雷文舔了舔嘴唇，迅速掃視周遭，但環視整座書庫一圈，那雙眼睛還是沒捕捉到任何活物，只能看向天花板。不知高處是不是沒有光源，書庫頂部一片黑暗。

「未知的魔物讓人有點緊張，不過也很期待呢。」

「你還會緊張？」劫爾說。

「會呀。」

這麼說太失禮了吧，利瑟爾說。劫爾倒是覺得，你要是真的會緊張，那就露出緊張的表情來看看啊。

頭目是一座迷宮裡只有一隻的固有種魔物。普通的魔物幾乎都能在其他迷宮、或迷宮之外找到同種魔物棲息，唯有頭目不是如此。而這又是座未曾被攻略的迷宮，換言之，接下來他們要見到的頭目是完全未知的魔物。

先前「人魚公主洞窟」的頭目也一樣，不過那是除了頭目以外，已經長年被人徹底攻略的迷宮。這一次對利瑟爾來說，是他首度從頭開始攻略的無人通關迷宮，或許是這點讓他有點高興吧。

「有時候你的心態真的很像冒險者啊。」

「因為我就是冒險者呀。」

利瑟爾瞇起眼有趣地笑了。這樣也好，劫爾點點頭。

即使心裡多少有點雀躍，利瑟爾也不會失去冷靜。假如因此影響到戰鬥，劫爾會出言提醒他；但既然沒有影響，那利瑟爾玩得開心就好，隨他高興。

「今天如果成功打倒了頭目，我們就是率先通關的隊伍了吧？」利瑟爾問。
「是沒有聽說其他隊伍通關了啦。」伊雷文說。
「假如沒人在我們進迷宮這段時間通關的話，是吧。」
利瑟爾他們緩步前進，在書庫正中央停下腳步。
填滿整面牆的書本相當壯觀，但除此之外什麼也沒有，整個空間十分寬敞。利瑟爾察覺空氣當中蘊含了不像書庫的緊張感，劫爾和伊雷文則感受到某種遭到挑釁的氛圍。
有某種東西在，這點確切無疑。
「是透明的魔物嗎？我們先前也遇過。」
「那我們還沒被攻擊很奇——」
伊雷文說到一半打住，緊接著立刻拔劍朝正上方猛力一揮。
同時他推了利瑟爾肩膀一把，把他往劫爾的方向推去。利瑟爾毫不反抗，順勢倒向劫爾，感受到對方的手臂環住自己的身體，同時操縱魔銃發動攻擊。巨大的黑影無聲朝他們三人落下，在來得及判斷它究竟是什麼之前，利瑟爾先擊發了魔力彈。
劍刃被彈開的聲音，以及魔力霧散的聲響。這兩道聲音幾乎消失在龐然大物降落地面的巨響當中，卻還是確實傳入了退到後方的利瑟爾他們耳中。
「喏。」
「謝謝你。被彈開了呢……」
「腹部也打不穿欸。」
在書庫中央蠢動的，是必須仰頭才能看見全貌的巨大蜘蛛。

牠背上長了兩根巨大的尖刺，像角一樣呈弧形伸向天花板。八隻腳帶有礦石般的光澤，看起來堅不可破，彷彿包裹著細長的盾。

蜘蛛腳的彎曲處高於他們的身高，牠動了動那些腳，漆黑的身體隨之蠢動，體色當中混著鮮艷得彷彿有毒的橙色。牠原地將巨大的身軀反轉過來，露出四顆綻放異樣光彩的大圓眼睛，以及眼睛下方鐵剪般銳利的巨牙。

巨大蜘蛛無聲轉過身來，捕捉到他們三人的身影，倏然停下動作。

「看起來有毒嗎？」利瑟爾問。

「目前沒聞到味道，不過牠嘴巴附近感覺很危險喔。」伊雷文說。

「要來了。」劫爾說。

宛如助跑似地，蜘蛛在原地動著複數的腳，緊接著忽然朝他們三人猛衝過來。堅硬的步足激烈敲擊石板地的聲響，完全破壞了書庫的寂靜。

「劫爾，請你試試看能不能打斷牠一條腿。」

「我沒什麼自信啊。」

蜘蛛在距離三人咫尺之處猛地停下，揮下高舉的前腳，力道之大足以擊碎地面的石板，利瑟爾他們在千鈞一髮之際避開。

唯有劫爾只向後退了一步，還留在牠面前。他朝著面前那隻有成人軀幹那麼粗的腳揮出高舉的大劍，那一擊足以將大多數魔物打倒在地，卻只削下了蜘蛛腳的表面。

「真硬……」

劫爾咋舌一聲，立刻向後躲開。下一秒，剛才他所在的位置就被蜘蛛腳狠狠揮過。

「慢慢削斷感覺很花時間。」
「好像是呢。」
頭目都是如此，幾乎不可能僅憑一擊就造成決定性的傷害。
利瑟爾已經逃到蜘蛛正後方，拉開了一段距離，劫爾並肩站到他身側，並未埋怨利瑟爾的判斷。畢竟利瑟爾明知有困難，仍然懷著一絲希望要他嘗試的原因顯而易見。
「本來希望盡速削弱牠的機動力的。」
巨大蜘蛛喀沙喀沙磨著巨牙，緊接著再度猛衝。
牠朝著正前方衝刺，看也不看站在正後方的利瑟爾他們一眼，以完全不像剛剛才靜止過的速度逼近牆壁，緊接著爬上擺滿書籍的書櫃，毫不減速。
「果然……」
「真假啊？」
「立體移動的傢伙打起來很花時間啊……」
利瑟爾佩服地望著這一幕，伊雷文顏面抽搐，劫爾嫌麻煩似地嘆了口氣。在他們仰望的視線另一端，巨大蜘蛛急遽轉換了前進方向。
原本朝著天花板衝刺的龐然大物轉而朝橫向移動，利用離心力在書庫內迅速移動，接著再度撲向他們三人。這一次牠沒有為了發動攻擊而停下，是打算直接衝過來將他們踩爛吧。
「這樣叫我們怎麼攻擊啊?!」伊雷文說。
「乾脆緊跟在牠腳下吧。」劫爾說。
「那樣我一定躲不過牠的攻擊。」利瑟爾說。

「哇靠危險！」

那些蜘蛛腳踩到哪裡，哪裡就會碎裂，把人撞飛隨便就能造成骨折，這樣的腳有八隻。

蜘蛛腳毫無間隙地敲擊著地面，朝他們襲來，三人勉強避開。

不過牠馬上又會從其他方向攻過來了，必須盡快擬定對策才行。

「劫爾，你不能一把抓住牠的腿，停止牠的動作嗎？」

「蠢貨。」

「隊長，魔法咧？」

「這麼大的魔物，要拖住牠的腳步也很困難。」

利瑟爾的魔力量偏多，但也沒多到超越常人認知的程度。若花點巧思應用，他的魔法在實戰中可以派上用場，不過缺乏強大火力，因此無法打出致命一擊。

「該怎麼辦呢？果然我還是稍微退後一點負責掩護，我們穩紮穩打地……」

「咦！我超討厭這種麻煩的方法欸……」

正如劫爾所說，只要鑽進牠腳下、削弱牠的機動力，至少能阻止牠往四面八方盡情移動，雖然必須不斷避開蜘蛛腳來自上方和側面的無數攻擊就是了。

話雖如此，剛才已經確認過對腳部造成傷害相當困難了。利瑟爾全力施展強化魔法的話破壞起來多少會輕鬆一些，就這麼一點一點造成傷害遲早能打斷牠的腿，不過既然伊雷文不喜歡這個方法，還是留作最後手段吧。

「那還是攻擊弱點吧，我想先瞄準牠的眼睛試試看。」

「看牠那副單眼眼鏡，攻擊絕對會被彈開。」劫爾說。

「也是呢。」

巨大蜘蛛頭上的四隻眼睛當中，位於外側的兩顆眼睛比內側那兩顆稍微小一些。

較靠近中心的那兩隻眼睛上，不知為何戴著單眼眼鏡。牠的眼珠比人頭還大，因此鑲著金邊的鏡片也有一定大小。這總不可能是為了矯正視力，想必是防禦用的吧。

「都兩片排在一起了，不能直接戴眼鏡喔？」伊雷文納悶道。

「應該是因為沒有耳朵可以勾住鏡架吧？雖然單眼眼鏡也不曉得是怎麼戴上去的……」利瑟爾說。

總而言之，只能先瞄準外側裸露的那兩隻眼睛下手了。

順帶一提，雖然沒有人明說，但他們三人看到單眼眼鏡的時候都不約而同想起了賈吉。賈吉若是知道他們把自己跟巨大蜘蛛聯想在一起，肯定會哭出來。

「等牠爬上牆壁我就開始狙擊。」

利瑟爾這麼說著，又喚出了一把魔銃。

帶著飄浮在左右兩側的魔銃，他勉強躲過衝向自己的蜘蛛。巨大的蜘蛛腿從近在咫尺的距離通過，捲起風壓吹動他的頭髮，緊接著又發動連續攻擊，利瑟爾連忙拉開一段距離。

通過他身邊的蜘蛛保持著幾乎撞上書架的勢頭開始往直角方向攀登，確認牠開始繞著書庫爬行、窺伺著他們三人的破綻，劫爾拿出另一柄厚重的劍，高舉過頭。

「我要讓牠停下來了。」

「拜託你了。」

大劍隨著劃破空氣的銳響投擲出去，發出鈍重的聲響刺上蜘蛛眼前的牆面。

突然出現在眼前的東西使得蜘蛛一瞬間停下動作，利瑟爾沒有錯過這一剎那的破綻，同時扣下兩個扳機。砰，兩顆帶著奇異光彩的眼球應聲綻開。

「請你們就這麼衝過去吧。」

利瑟爾說完這句話的同時，劫爾和伊雷文已經朝那蠢動的龐然大物跑了過去。

蜘蛛仍勉強攀附在牆壁上，抬起上半身、舉起前腳，喀嚓喀嚓地磨著牙。就在牠的前腳即將打到插在牆上的大劍時，利瑟爾灌注了比平常高出數倍的魔力，往牠腳邊擊發。

灌注的魔力是火屬性。魔力彈打在書櫃上立刻引爆，狂烈的爆炸風壓硬是將蜘蛛巨大的身軀從書櫃上剝了下來。

「雖然不會真的燒起來，但在書庫點火還是很讓人抗拒呢。」

「隊長幹得好！」

劫爾他們逼近那具因硬直而落下的巨大身軀。

牠的腿以歪扭的角度伸出，搔刮著地板，似乎想立刻站起身來。劫爾朝著牠的關節揮下大劍。

接著，伊雷文也飛身跳上牠傾斜的頭部，雙劍巧妙伸進單眼眼鏡底下，試圖刺瞎牠剩下的眼睛。

「第一隻。」

劫爾的大劍破壞了一條腿。

「哇靠，觸感超奇怪的……」

伊雷文的雙劍剜開牠的眼球，但沒有確實的手感。

兩人並不戀戰，立刻退開。下一秒，蜘蛛像甩開礙事的東西似地猛甩著頭站起身來，其中一隻腳在途中折斷，無力地抽動。

但巨大蜘蛛並沒有再攻擊他們兩人，反而突然轉向後方，接著爬上書櫃朝著天花板快速爬去，消失在黑暗當中。

「那是怎樣，逃走了喔？」

「那就麻煩了。」

劫爾和伊雷文一人擦拭著劍刃、一人旋轉著手中的雙劍，走近仰望著上方的利瑟爾。

「看來必須打斷一側的腳，否則還是會被牠逃走呢。」

「要是牠那麼常摔下來就好啦。」

書庫重新恢復寧靜，利瑟爾他們一同仰望著天花板。

伊雷文說「好像有聽見沙沙沙的聲音欸」，表示蜘蛛確實還在上面吧。要是牠又跳下來該怎麼辦？利瑟爾邊想邊將魔銃對準上方。

「你們覺得可以開槍嗎？」

「別吧，萬一觸發什麼奇怪的反擊也麻煩。」

「好的，我知道了。」

劫爾曾經與眾多頭目交手，聽他的肯定不會錯。

利瑟爾乖乖放下魔銃。但這麼一來就束手無策了，被動等待對方出手並不符合自己的喜好呢，利瑟爾這麼想著，忽然看向伊雷文。

「對了，你剛剛破壞牠眼珠的感覺怎麼樣？」

「沒手感，感覺像砍到比較硬的史萊姆。昆蟲系的魔物很多都不怕毒，很討厭欸。」

最後一瞬間，利瑟爾也看見鏡片底下的眼球確實完好無缺。

是物理攻擊無法奏效，還是眼珠無法破壞呢？如果真是這樣，總覺得那副單眼眼鏡就沒有意義了。

不過，在這充滿謎團的狀況當中，有一項變化是確切無疑的。

「牠的眼睛變紅了呢。」

「生氣了吧。」劫爾說。

「感覺就是生氣啦。」伊雷文說。

原本帶著奇異光彩的蜘蛛眼睛，在離開前一刻染上了鮮紅色。

雖然不知道這代表什麼意思，但表面上一看就覺得牠生氣了；這也難怪，被人剜開眼睛誰都會生氣。又或者，紅眼睛是轉變為現在這個狀態的信號也說不定。

針對眼睛的攻擊，實際上是不是奏效了呢？就在他們談論這件事的時候，伊雷文忽然開口。

「啊，來了。」

「咦？啊，真的呢。」

一開始現身的時候，牠也是這樣下來的吧。

仰頭望去，那隻龐然大物就像一般的蜘蛛那樣，以絲線頭下腳上地垂掛在半空。牠從一片黑暗的天花板悄無聲息地出現，圓圓的大眼珠隱隱發光，畫面令人毛骨悚然。

利瑟爾再度將魔銃對準正上方，但巨大蜘蛛來到一定的高度就不再往下降，停在原地像在紡織絲線一樣動著腳，卻不知為何沒有發動攻擊。
「那啥，是魔法喔？」
「不，感覺不像……朝牠垂吊的絲線開槍試試看好了？」
「不錯啊，要是牠從那高度掉下來，大概能再打斷牠兩條腿。」劫爾說。
那就這麼辦吧。就在利瑟爾準備扣下扳機的那一瞬間……
「隊……大哥！」
伊雷文的聲音從身邊傳來，帶著罕有的強烈焦躁。
下一秒，利瑟爾看見刀鋒朝自己揮來。握著劍柄的是伊雷文。看見伊雷文朝自己揮砍而來的模樣，利瑟爾只是心想，以前也發生過類似的事情呢。僅此而已。
緊接著，他感覺到有人抓住他的手臂，然後響起劍刃相擊的激烈金屬聲。
「你速度變慢了。」
「廢話，又不是我砍的！這感覺超噁的欸，身體被人家操縱感覺超噁的啦！是說我還以為要死掉了！」
「你是說我嗎？」利瑟爾問。
「是我啦！！」
劫爾站在利瑟爾身前，舉劍擋下了伊雷文的攻擊。
伊雷文全力擺出嫌惡的表情，不過還是以靈活輕快的動作和他們倆拉開了距離。利瑟爾從劫爾身後探出臉望著這一幕，接著來回打量著伊雷文和他們頭頂上持續動著腳的蜘蛛。
應該就是這麼回事了吧。利瑟爾這麼想道，總而言之先問了自己最在意的問題：

「伊雷文，你剛才為什麼說到一半就改口了？」
「我想說隊長應該躲不過啊。」
「要是你認真攻擊我確實躲不過，不過現在的話，應該有七成的機率可以千鈞一髮避開哦。」
「這不是有三成機率會死嗎？」
劫爾舉起大劍，無奈地吐槽。
這傢伙有十成十的把握都嫌不夠充分，說這到底是什麼話？話雖如此，不管成功機率是九成、還是九成五，利瑟爾都不會選擇自己行動，而是交給劫爾處理，所以對於伊雷文改口並沒有不滿吧。
最好的證據就是，利瑟爾正看著伊雷文，露出惡作劇般的微笑。
「頭目是蜘蛛，所以應該是用蜘蛛絲操縱人吧……不過沒有看到絲線呢。」
蜘蛛彷彿拉動絲線似地動著腳，而伊雷文儘管意識清楚，身體卻遭到控制。
伊雷文受到操縱這點顯而易見，不過假如絲線從上方掉下來，劫爾和伊雷文不可能沒注意到……如果撇除「迷宮就是這樣」的不講理規矩不談的話。
「喔，我要過去了喔。」
伊雷文沉下上半身。
看見他舉起雙劍，利瑟爾他們也跟著擺好架式，準備迎接下一波攻擊。
「伊雷文，你覺得如何？有絲線綁在身上的感覺嗎？」
「呃……要抵抗的話是有辦法，不過沒什麼意義的感覺？感覺沒有碰到什麼東西，也沒有被什麼東西拉住。」
要抵抗的話可以抵抗。
換言之，剛才的攻擊也是伊雷文全力抵抗的結果吧，所以才會被劫爾嫌慢，動作遲鈍到利瑟爾也有七成機率可以閃過的程度。
不過，現在他似乎沒有認真抵抗。砍向劫爾的動作和平常的伊雷文相當接近，不愧是迷宮。
「哇靠危險！操控方式太外行了很恐怖欸！從我的視角看過去大哥的攻擊超恐怖的啦！」
不，只是利瑟爾擅自以為跟平常差不多而已。
「果然和平常的行動方式不一樣嗎？」利瑟爾問。
「我的動作才不會這麼蠢好嗎？啊，他想從右邊鑽過去衝向隊長，阻止一下吧，拜託極力避免對我造成影響喔。」
既然受到操縱，要察覺接下來的動作也是易如反掌。
一旦感覺到敵方想攻擊利瑟爾，伊雷文會出言提醒，也會使力抵抗。劫爾忍不住想，為什麼攻擊對象是自己的時候他就默不吭聲也不抵抗？說信任倒好聽，不過原因肯定不是這樣。
「你別抱怨啊。」
「會痛我就要抱怨。」
如剛才所言，伊雷文試圖往劫爾後方鑽，而劫爾往他腹部狠狠一踹，成功加以阻止。

結果伊雷文抱怨個沒完，不過劫爾根本不在意，反正他已經按照要求阻止了伊雷文，沒道理遭到埋怨。

「可惡欸，不是叫你控制一下力道嗎？衝擊力道很強欸。」

「控制過啦。」

「咦，伊雷文，你能動了嗎？」

伊雷文原本按著腹部蹲在地上，剛才一面伸出指尖撥開落在地面的頭髮，一面站起身來。看見這熟悉的習慣動作，利瑟爾於是這麼問。

經利瑟爾這麼一說，伊雷文也注意到了。他將持劍的手張開又握緊，隨自己的意願動了動身體，看來已經完全擺脫了頭目的支配。

「啊，真的欸，可以動了。」

「太好了，那我們趁現在……」

話說到一半，利瑟爾猛地打住。

感受到一股不祥的預感，劫爾他們看向利瑟爾，一邊祈求內心的猜測不要成真。

「不好意思。」

利瑟爾臉上浮現沉穩的苦笑，雙腳卻往地面一蹬。

「我本來想趁著沒有任何人被操縱的時候把牠拉下地面的。」

「隊長你怎麼講得這麼冷靜啦，這是怎樣？！你會打肉搏戰喔？！」

「不，完全不會，所以我現在有點開心。」

正如利瑟爾所說，他不知為何帶著高興的表情，朝著伊雷文使出掌底打擊。

當然，這仍然是利瑟爾的身體，所以一點也不難應付。但伊雷文不願隨便抵擋害他受傷，當然也無法反擊，因此束手無策，只能不斷閃躲。利瑟爾的動作比想像中更有架式，乍看之下讓人懷疑他是否練過護身術，但那不是問題所在。

「「（超級不適合他……）」」

「啊，你們是不是產生了什麼失禮的想法？」

在身體受到操縱的同時，利瑟爾往上瞥了巨大蜘蛛一眼。

一開始利瑟爾將槍口對準蜘蛛的時候，牠操縱伊雷文攻擊利瑟爾，成功加以阻止。接著劫爾阻止了牠攻擊利瑟爾，一旦發覺無法匹敵，牠立刻轉而操縱利瑟爾本人。

這或許只是偶然，不過如果牠是刻意為之，那麼將牠巨大的身體拖下地面顯然是最有效的對策。以上的行動策略，已經證明了這對蜘蛛來說是最大的威脅。

「（萬一牠不是用絲線，而是用精神感應之類的方式操控，那麼有人遭到操縱的期間都無法對牠發動攻擊……）」

「隊長的迴旋踢！太珍貴啦！而且太不適合啦！」

「（嗯？如果是精神感應，應該會連意識一起遭到控制吧。這麼想來果然是絲線……假如無視這點直接把蜘蛛打下來，感覺會被牠拖到正下方壓扁呢。）」

「這傢伙明天會肌肉痠痛吧。做出這麼不適合自己的動作，還肌肉痠痛，真慘。」

「（懸吊蜘蛛的那條絲線，只憑一擊一定無法切斷，瞄準牠改變目標的瞬間發動攻擊感覺也來不及。）」

「隊長明明也不是不會運動啊，但這種不協調的感覺！太不協調啦！！」

他的隊友們一直說著很失禮的話。

也沒有那麼不適合吧，利瑟爾試圖抓住劫爾前襟，在對方閃過的同時定睛打量著自己的手。假如在這時候抓住他猛扔出去，感覺會很帥。

以劫爾的實力，一定可以巧妙地在空中翻個一圈吧，能不能拜託他配合一下？

「你一定又有什麼奇怪想法了。」

「怎麼可能呢。不說這個了，劫爾，可以麻煩你阻止我嗎？」

聽見利瑟爾乾脆地這麼說，劫爾一臉無奈地接下了往他顏面逼近的掌底攻擊。

他以不致疼痛的力道牢牢抓住那隻手，利瑟爾伸過來的另一手也被他抓住手腕加以箝制，這麼一來利瑟爾的雙手都無法動彈了。

「啊。」

「啊？」

「哇靠……」

下一秒，利瑟爾的身體抬膝使出襠部攻擊。

劫爾以腳擋下這一擊，極度嫌惡地皺起臉來，伊雷文的臉頰也用力抽搐。利瑟爾露出抱歉的苦笑，雖說是因為身體遭到操縱，但同為男性對此實在無法不感到歉疚。

「……停下來了。」

「對不起嘛。不過這麼一來，下一個被操縱的應該就是劫爾了。」

聽見利瑟爾這麼說，劫爾挑了挑蹙起的眉毛。

蜘蛛一開始為什麼沒有先操縱利瑟爾？這是因為與其操縱利瑟爾、不讓他切斷絲線，牠選擇優先排除這個戰力，讓整個隊伍失去截斷絲線的手段。

操縱伊雷文遭到劫爾妨礙，操縱利瑟爾再度遭到劫爾阻止，既然如此，只要操縱劫爾就好了……事情會這麼發展也是很自然的，魔物的本能實在相當驚人。

「大侵襲的時候，你不是說大哥被操縱是最糟糕的狀況嗎？」

「那時候是因為有可能連意識都被控制呀。不過，這一次只是無法抗衡，但可以加以抵抗，對吧？」

與劫爾為敵是相當不利的賭局，但既然是利瑟爾的提案，那應該不用擔心吧，伊雷文這麼想著輕鬆問道，聽了利瑟爾的答案恍然大悟。

換言之，利瑟爾的意思是叫劫爾把懸在頭頂上隔岸觀火的那傢伙拖下地面。

說得還真理所當然，劫爾好戰地瞇起雙眼。眼見他揚起唇角，利瑟爾也回以一道和緩的微笑。

「請加油吧。」

隨著這道無比沉穩的命令，利瑟爾的手臂忽地放鬆了力道。

下一秒，劫爾憑自己的意志迅速遠離原處，看見伊雷文也同時將利瑟爾帶離。這樣很好，他從肺部深處緩緩呼出一口氣。

劫爾立刻感受到身體被強制操控的感覺。確實很噁心，看見自己的手腕擅自舉起大劍，他如此啐道，然後從劍刃上抬起視線。

「喂。」

另外兩人幾乎站在書庫的另一頭，正以非比尋常的臨戰態勢窺探著這裡。

這是當然的反應。是當然的沒錯，但他們太認真了，根本是打算殺死他。

「你那把是下毒用的吧，不要光明正大把殺手鐧拿出來用啊，毒灌到都要滿出來了。」

「對手是大哥欸，要保護隊長我只能用殺人的打算上了啊！」

那肯定是致死毒沒錯，伊雷文把他平時鮮少使用的訂製小刀毫不吝惜地拿出來見人。

剛才說要劫爾阻止他的時候極力避免造成影響的不知道是哪張嘴。

「你也是，這不是來真的嗎……明明說不想給人看，還全部叫出來……喂，這數量太認真了很嚇人啊。」

「畢竟對手是劫爾，想活下來就算使出全力也不夠呀。」

大侵襲時明明只有六把的魔銃不知為何多了一把，全部顯現在利瑟爾身邊。

這男人傾向隱藏自己的實力，沒想到會做到這個地步。不曉得那些魔銃裡到底灌注了多少魔力，雖然好奇，但劫爾一點也不想知道。

「別擔心，劫爾，這是待會對付掉下來的頭目用的。」

「大哥加油——」

聽過他們剛才的藉口之後，這話半點說服力都沒有。

但說到底，只要劫爾有任何一點被操縱的可能性，利瑟爾就不會選擇採取這種手段。既然如此，他要不是在開玩笑，不然就是以防萬一的警戒而已。儘管明白這點，仍然讓人心裡有點不是滋味就是了。

感受到身體打算走向另外兩人，劫爾使勁將雙腳踩在地面，將準備舉劍的手臂往反方向拉扯，頭頂上的蜘蛛便不自然地晃了一下，原本拉動著什麼似地動個不停的七隻腳霎時間停止動作。

緊接著牠立刻將支撐身體的那條絲線往回捲，打算拉開距離。太慢了，劫爾啐道，抬起手臂往自己頭頂上打橫一揮，一股彷彿推開了大量隱形絲線的感覺從手臂上傳來。

蜘蛛失去了平衡。劫爾趁勢將手臂往旁邊錯開，握住整把絲線，直到這時才終於看得見透明的絲線從蜘蛛腿上延伸到劫爾手中。

「墜落吧。」

他露出嗜虐的笑，將那龐然大物從半空中扯下。

漆黑的巨大蜘蛛往石板地上掉了下來，伴隨著一陣撼動臟腑的衝擊音摔落地面。牠腹部朝天，步足不規則地揮動，顯然受到了不小的損害。

蜘蛛眼中的赤紅色逐漸淡薄，恢復了原本不可思議的光彩。

「耶牠掉下來啦！」

「打爆牠、打爆牠。」

「你那又是在哪學的？」

他們三人一窩蜂跑向巨大蜘蛛，借用利瑟爾的說法就是，毫不留情地把牠打爆了。大獲全勝。

這一次，利瑟爾他們好好跟公會報告了迷宮通關的事。

許多冒險者都以搶先通關為目標，在這種狀況下，他們總不能隱瞞通關消息，袖手旁觀那些冒險者繼續奮力攻略。至於報告通關消息時周遭的反應，公會職員們紛紛望向遠方說

「果然不意外」，冒險者們也哀號著說「果然不意外」，哀嘆自己錯失了搶先通關的榮譽。
不過，冒險者們不僅沒有因此停止前往「非人之物的書庫」，反而保持原本的衝勁繼續挑戰，完全沒有因此喪失動力。
理由之一在於，利瑟爾一行人在眾人眼中已經屬於例外了。就算利瑟爾他們率先通關了這座迷宮，不難想像在他們之後首度突破迷宮的隊伍，仍然會贏得與率先通關同等的名譽。
另一個理由，則是利瑟爾在公會不經意說出口的話。
『至於情報，我就不提供了。那座迷宮當中的許多機關，我都希望大家憑自己的力量去尋找、感受它的樂趣呢。』
因此，這座新迷宮仍然是新迷宮，只差沒了通關報酬。
能夠通關整座迷宮的冒險者本來就只是鳳毛麟角，潛入新迷宮的冒險者，幾乎都是以賺取情報獎金為目的。當然，撇開能否通關的問題不談，人人都是以通關為目標而努力，不過那是兩回事，近在眼前的賺錢機會可不能錯過。
假如利瑟爾是故意跟他們客氣，覺得「拿走太多情報獎金不妥」，恐怕會引發眾多冒險者不滿，不僅嫌棄他是冒險者中的敗類，還會質疑他是不是刻意施捨、自以為了不起，甚至因此展開一場亂鬥……但除了性格特別乖僻的人以外，大多數人絕不會這麼想。
『尤其是中層隱藏房間的機關，成功發現的那一瞬間絕對會非常開心的。還有，隱藏通道的書架……啊，這樣好像透露太多了，萬一減損初見的感動就糟糕了。還有，深層出現的「飛天魔書」好像有一些奇特的習性──』
他一邊面面俱到地顧慮到爆雷問題，同時興高采烈地談論那座迷宮。

利瑟爾由衷希望大家享受破解那些機關的樂趣。看見他臉上那道微笑和讀書時的表情一模一樣的時候，所有人都明白了這點。很多人都見過利瑟爾在公會裡閱讀魔物圖鑑的樣子。

「哎，有新迷宮可以探索，那些傢伙也比較有活力，身為公會職員我應該感謝你啊。」

「情報提供本來就是任意的，沒有必要跟我道謝喲。」

這裡是冒險者公會內部，有時會當成會客室使用的那個隔間。

看見利瑟爾有趣地笑了，公會職員也露出放鬆的笑容。利瑟爾他們宣告通關是剛剛才發生的事，多虧職員先前曾經半開玩笑地說「要是拿到通關報酬記得讓我看看」，利瑟爾想起這件事，職員於是有了瞻仰通關報酬的機會。之前說過那句話真是太好了，職員開心得在內心把自己整個人拋起來慶祝。

說到底，通關報酬也只有搶先通關的冒險者能夠獲得，跟其他冒險者一點關係也沒有，因此職員說要看，利瑟爾也沒有理由拒絕。

「不過，沒想到在那之後也沒過幾天，就聽到你們宣告通關啦……」

「確認通關的日子，我記得是我們初次潛入迷宮之後的隔天才對。」

「那是那個啦……那個啊，公會職員的義務啦。」

什麼意思？利瑟爾一臉不可思議，職員則在他面前自顧自地露出心領神會的表情。

畢竟只是提供情報，利瑟爾和劫爾他們先解散了，室內只有利瑟爾和職員兩個人。假如其他公會職員在場，一定會全力贊同光頭職員的話；假如劫爾和伊雷文在場，也會贊同利瑟爾的話，覺得職員莫名其妙吧。

「然後呢，這就是通關報酬啊？」
「是的。」
一顆漆黑的魔石放置在桌面上，這是通關報酬；其餘還有頭目素材：兩片巨大的單眼眼鏡，以及一束頗具透明感的細絲。
魔石是正圓的球體，呈現完全不透明的黑色。唯有能夠灌入魔力這件事證明了它是魔石，不過灌注魔力之後沒發生什麼變化，利瑟爾也不知道它有什麼用途。
「我認識一位非常優秀的鑑定士，之後打算拿給他鑑定看看。」
「啊……也是，隸屬公會的鑑定士也不太可能知道這是什麼東西。」
不知道要等到什麼時候就是了，利瑟爾面帶微笑這麼說，職員見狀點點頭。
雖然職員個人很想知道這通關報酬到底是什麼，不過既然持有者這麼說，他也只能接受。它不可能只是普通的黑色魔石，假如得到什麼不得了的鑑定結果，真希望利瑟爾一定要告訴他。
在那之後，利瑟爾和職員和睦地聊著使用王宮書庫的相關事宜，也在不致爆雷的範圍內談論新迷宮。職員聊得意猶未盡，不過應該是想起還有工作要辦吧，他在話題告一段落時結束了談話，利瑟爾也並未久留，直接離開公會。
「喔，恭喜通關啊！」
「果然是你們啊，合理合理……」
「謝謝你們。」
剛好在出入口碰見的冒險者看到他，恭喜他們搶先通關了新迷宮。

利瑟爾道了謝，接著踏上夕陽即將西沉的阿斯塔尼亞街道，邁開腳步。

「（晚餐吃什麼好呢……）」

他想先換個衣服，因此會先回旅店一趟。

假如劫爾他們也在旅店，到外面吃飯慶祝通關也不錯吧。利瑟爾邊想邊踏進小巷，這是通往旅店的捷徑。

狹窄的通道在大街的對比之下顯得特別陰暗，不過有意思的是，從房屋的縫隙間看向大街，逐漸昏暗的街道看上去反而相當明亮。

利瑟爾微微一笑，拐過轉角，準備走出短短的小巷。就在這時……

「…………」

一名男子擋在他面前。

利瑟爾停下腳步，不發一語地看著對方。男子裸露的上半身有著柔韌的肌肉，動也不動地站在原地，搭配他黝黑的肌膚，乍看之下就像普通的阿斯塔尼亞居民。不，或許他真的是阿斯塔尼亞人也不一定。

只是，對方的意識筆直朝向利瑟爾，顯然不是想從他身邊通過。那種意識不像敵意那麼強烈，也不像殺意那麼銳利，但絕對談不上友善。

「嗯……」

糟糕。利瑟爾露出苦笑。

他沒有身經百戰的直覺，也不懂得強大的實力從何而來；但若非隱藏得特別巧妙，某種程度上利瑟爾也能判斷眼前的對手是不是強者。

他眼前這名男子，是憑小把戲無法打發的對手。換言之，就是像劫爾和伊雷文那樣，在戰鬥上無論使出什麼奇襲手段都不管用，唯有拿出高過他們的實力才有可能取得勝機的對手。

再加上精銳盜賊沒有露面，這點也使得利瑟爾更加肯定自己的判斷。假如根本敵不過對方，那麼現身也沒有意義。

忽然，那名男子踏出他裸露的腳掌。利瑟爾沒有後退，露出一如往常的沉穩笑容回應：

「我不會反抗，也會盡可能遵照你的要求行動。」

利瑟爾伸出手，像在說「請便」。

「請手下留情。」

那名男子對此有什麼想法，利瑟爾無從得知。

但不可思議的是，隨著男子走近而傳入他耳中的呼吸聲，帶著金屬摩擦般硬質的聲響。

視野被瀏海遮蓋的男人兀自思索。

假如那時候，他衝出去擋在那個人面前，事態會有所改變嗎？不用想也知道，結果不會改變。那人終究是被奪走了。

即使想拖住對方的腳步，對方也對他不屑一顧，只會無視他直接離開；面對這樣的對手，能拖住幾秒鐘就已經不錯了，這麼做根本沒有意義。最後就算自己渾身是血、跪倒在地，那個沉穩又高潔的人一定也不會擔心吧。

那個人一定會帶著同樣的微笑，說出同一句臺詞。

這也無所謂。要是那人擔心他，他反倒會掃興地想「你以為是誰害的」；要是那人對此耿耿於懷，他反而會不快地想「好啦好啦多管閒事真是抱歉」，從此不再跟他扯上關係。

既然如此，還是袖手旁觀、蒐集必要情報，迅速告知無比珍惜利瑟爾的那兩個人來得有意義多了。這件事還是丟給擁有壓倒性實力、根本不必煩惱是否敵得過對方的人物去處理最妥當。

「（啊，不過……）」

暴露在瀏海下方的嘴角差點因笑意而扭曲，他抬起手掌遮住嘴巴。

即使弄得渾身是血、跪倒在地也沒有意義，不過假如那麼做，說不定能看見那雙甜美柔和的眼睛綻出笑意誇獎他的樣子。唯有這點讓人覺得有點可惜。

「……事情就是這樣，途中我被對方甩掉了，所以不清楚貴族小哥實際上被帶到哪去。」

這居然是唯一的遺憾，實在讓人笑不出來。被利瑟爾稱做精銳的男子嘴角抽搐。

這裡是劫爾的房間。房間主人坐在床鋪上，劍保養到一半，手邊的動作停著。他本來就凶神惡煞的相貌由於陷於沉思當中更凶惡了幾分，或許是下意識使力的關係，手中握著的砥石崩下一角，碎塊掉落在地。

精銳盜賊繃緊了踩在窗框上的腳板，以便隨時逃跑。

打從一開始他就沒有把全身探進房裡，有什麼萬一才能立刻撤退。但劫爾要是認真想殺他，他的警戒根本毫無意義，對於精銳盜賊來說這也只是做個心安而已。

正因如此，精銳盜賊說出了能成為他救命繩索的那句話。

「他留了話。——請手下留情。」

要是他猜錯了，這會讓他丟掉小命。

聽見這句話，劫爾才首度瞥了他一眼，精銳盜賊由此確信他沒有猜錯。利瑟爾在那名危險男子面前說的那句話，其實是給劫爾他們的秘密口信：請不要過度責備那些帶回情報的人。

真是個體貼的人，精銳盜賊心懷感謝。話雖如此，這說不定也只是為了防止註定一死的精銳盜賊逃亡，而且也只保證會留他一條命而已。最好的證明就是，隔壁的隔壁房間傳來了破壞人體的聲音和斷斷續續的悲鳴。幸好自己猜拳猜贏了。

「在哪？」

「剛出城的地方。」

這應該是問他在哪裡被甩開的意思，精銳盜賊於是這麼答道。

「哎呀，對方設了陷阱啦。我們自稱是咒術師的人說，那是『陰狠到值得稱讚，井然有序到讓人不忍卒睹，就連握筆方式都要按照範例模仿到分毫不差那麼神經質的魔法』。」

出城之後，追蹤目標逃進了森林裡，像一陣霧一樣消失無蹤。

想必那是預先設下的魔法。精銳盜賊想追，卻受到濃霧阻擋，甚至失去方向感。在這個時間點他已經完全跟丟了，不過比起立刻通知劫爾他們，還是多蒐集一些情報為上，因此他找來了精銳盜賊當中特別擅長魔法的成員進行調查。

那名明明是魔法師卻不愛被人稱作魔法師的男人對那魔法所做出的結論，就是這段不知是誇獎還是批評的敘述。

「據點可能也隱藏起來了，只憑我們感覺很難找到，所以搜查到一個段落就來報告。」

利瑟爾以自保為上，想必他也不會冒著生命危險留下什麼記號。

精銳盜賊蒙混什麼似地想道。冷汗滑落他側頸，他仰起頭試圖風乾汗水，但即使仰望黑暗的天空也難以分散注意力。

他感受不到殺氣或怒氣，倒不如說劫爾比想像中更冷靜地思索著；但面對這樣的劫爾，精銳盜賊卻亟欲立刻離開現場，就算理解利瑟爾給他的免死保障不會遭到侵犯也一樣。這或許就是所謂的生存本能吧。

「那就先這樣了。」

精銳盜賊從窗邊站起身來。該說的都說完了，還是迅速離開為上。

「如果找到什麼線索我會再過來的。」

打從剛才那一瞥之後，對方沒再看他一眼。精銳盜賊對此沒什麼感覺，只是兀自起身踏上屋頂。在這個空中有監視耳目的國家，他們行動起來不太方便，不過一旦天色暗下來，要甩開夜視能力不佳的魔鳥是輕而易舉。

隱約傳來的悲鳴已經終止，不過那傢伙應該還活著。話說回來，至今沒聽見伊雷文發出半點聲音實在太可怕了。

「該從哪裡找起啊……要是貴族小哥在的話，就會給我們下達精確指示了說。」

精銳盜賊喃喃說著這種本末倒置的話，身影消融在阿斯塔尼亞月黑風高的夜晚當中。

『不論事態再怎麼惡化，沒有情報還是無法擬定對策。不要著急，先等一下吧。』

說得沒錯。劫爾回想起曾幾何時利瑟爾說過的話，蹙起眉頭將頭髮往上撥。然而一旦自己成了當事人，這句話實踐起來卻相當困難，他深深吐出一口氣，試圖平復內心的躁動。

控制自己的情緒對利瑟爾來說輕而易舉，即使他敬愛的國王遭人綁架，要做到這點對他來說一定也很簡單吧。當然，那只是因為他切換了思考模式，至於是否對此沒有任何感覺，那想必完全是另一回事。

「全都是些沒用的雜魚，煩死了……」

伊雷文一面咋舌，一面來到劫爾房間。

這傢伙倒是連掩飾的意思都沒有。伊雷文渾身散發出任誰都看得出不愉快的氛圍，瞇細雙眼凝視著坐在床上的劫爾，看不順眼似地說：

「你看起來倒是一派輕鬆嘛。」

「如果看起來是那樣，你眼力還真差。」

劫爾一邊把玩著那塊缺角的大馬士革砥石一邊看向他。伊雷文撇撇嘴表示他明白，接著身體往關上的門板一靠，撫著腰際的雙劍，漫無目的地看向虛空。

他沒有思慮不周到直接衝出門的地步，但遭人奪走的東西太過重大，他也無法在原地茫然等待。

劫爾取出香菸，叼在嘴邊。伊雷文慵懶地看著他點火，然後開口：

「隊長之前沒說什麼喔？」

「沒，那傢伙應該也沒料到這件事吧，雖然不曉得是不是完全在他預料之外。」

這種時候，利瑟爾總會事先擬定對策。

即使安分被對方帶走比較符合我方利益，利瑟爾也知道劫爾他們不會允許這種事發生。基本上利瑟爾不會擅作主張，即使真的擅作主張，也會在事前做好交代。

從精銳盜賊的報告聽來，利瑟爾被帶走的時候完全沒有反抗，那就表示他至少認為沒有立刻遭到對方殺害的危險。即使戰力上無法與對方匹敵，一旦遇上生命危險，利瑟爾也會賭賭運氣。

「躲到森林裡很麻煩欸……動用所有人去找感覺也要花上三、四天。」

「逃進森林，也不代表人就在森林裡吧。」

「森林裡我負責找。不過那些壞傢伙容易躲藏的地方，我幾乎都知道了啊……」

喀沙，伊雷文的指甲摳進背後的門板。

被刮下的一些木片掉到地板上，同時也刺進指甲縫，但他已經感覺不到疼痛。儘管裝出一副冷靜的樣子，但他怎麼可能冷靜，那雙帶著諷刺笑意的眼睛空洞無物，只蘊藏著幽深的黑暗。

劫爾不悅地瞥了他一眼。四目相對的瞬間，伊雷文假惺惺地對他粲然一笑，看來這是個無論如何都想隱藏真心的男人，簡直到了令人無奈的地步。

「跟我媽說一聲的話森族應該也會協助。」

「別吧。動作太大被對方察覺也麻煩。」

「我想也是喔。」

伊雷文滿不在乎地點點頭。

說到底，他們擁有利瑟爾構築的人脈，假如想大陣仗搜索利瑟爾，方法要多少有多少。但畢竟不知道對方的真實身分和目的，他們可不想輕舉妄動刺激對方，導致利瑟爾遭到危害。

這種事情是利瑟爾比較在行啊，他們兩人像某精銳一樣這麼想道，同時做出同樣的結論：除非找到對方的據點、或者對方有所動作，否則他們無法做出關鍵行動。

「要是三天之後還沒有動作，我們就改變方針。這樣可以吧。」

「……………嗯，也只能這樣吧。」

「動作」，指的不只是發現綁架犯的據點而已。

這是利瑟爾採取某些對策，驅策對方行動、或是呼喚劫爾他們的期間。劫爾他們從不覺得自己跟從的是個一旦落單就束手無策的傢伙，假如利瑟爾身處於某種程度上能夠行動的環境，他們猜測他會在三天內自力採取對策。

假如被關在周遭空無一人、也空無一物的地方，那利瑟爾確實無從採取行動，不過這種狀況不太可能發生吧。都綁走了利瑟爾，總不可能用那麼糟蹋的方式使用這個人，劫爾和伊雷文如此確信。

「他沒事吧……」

伊雷文忽然喃喃開口。

看似慵懶的赤紅眼瞳映照著劫爾的房間，卻空洞失焦。

「不會餓吧，不會冷吧，不會被關在奇怪的地方吧……」

他的表情當中沒有任何情緒。

但指尖仍然不斷摳進門板，彷彿只有加深的爪痕表現了他的情緒。空氣一瞬間緊繃。

「不會有人弄痛他吧……」

霎時間，攀爬過肌膚般令人毛骨悚然的殺氣，以伊雷文為中心擴散開來。

被他握住的門板吱嘎作響，牢牢釘在門上的固定木發出嚇人的啪喀一聲，被捏爛了。

聽見那聲音，伊雷文忽地鬆開手。不曉得剛才那是不是下意識的舉動，不過當他揮揮手甩開碎木片的時候，已經恢復了平常的神態。

「哎呀糟糕，要被隊長罵了。」

他看了看門板，事不關己地喃喃說道，然後就這麼走出房間。

劫爾呼出一口煙霧，看向關上的門板。劫爾和伊雷文對於彼此如何行動都不感興趣，也沒有討論綁架犯真實身分的必要。

這是因為他們知道彼此都不是會讓利瑟爾身陷險境的笨蛋，而且無論幕後主使者是誰，他們都不會寬恕，該做的事也不會改變。

「（發什麼脾氣啊。）」

劫爾在內心低語，指尖夾著啣在口中的菸，站起身來。

他走到稍微有段距離的桌邊，將手中的菸往桌上的菸灰缸裡按。一股細細的煙霧隨之升起，他低頭一看，被咬爛的濾嘴不經意映入眼簾。

看來他也沒資格說別人。劫爾煩躁地咋舌一聲，也跟著走出房間。

利瑟爾在黑暗無光的視野當中兀自思索。

他被人蒙住眼睛，挾在腋下移動了一陣子，現在似乎抵達了某個目的地，但他完全不知道這是哪裡。從移動時間看來，感覺並不算太遠才對。

最後他們好像爬下了一道長長的梯子，所以這裡應該位於地下。總覺得赤腳踩在地面的聲響聽起來也略帶回音，不曉得帶他來的人是不是不愛穿鞋子。緊緊陷進腹部的手臂讓人很不舒服，利瑟爾雖然這麼想，不過還是沒有反抗，任憑對方擺布。

然後，抱著利瑟爾的男子停下了腳步。

「人帶過來了？」

從利瑟爾他們的行進方向，傳來多人的腳步聲，以及一道陌生的男性嗓音。

「不過，要是你連這點程度的事情也做不到，我會很困擾的。」

聲音聽起來相當傲慢，他就是主謀嗎？

利瑟爾注意到抱著他的手臂放鬆了，他於是慎重地踏上地面，小心不被摔下來。儘管站直了身體，他仍然被蒙著眼睛，因此只能概略推測出聲音主人的方向，將臉轉向那裡。

一人份的腳步聲朝這裡接近，在他眼前停下。

「一個這麼輕易就能擄走的男人，居然……」

對方的聲音飽含憎惡。自己曾經做過招惹這種深仇大恨的事情嗎？利瑟爾追溯自己的記憶。好像確實是做過幾次。

「拿下他的蒙眼布。」

聽見這道指示，把利瑟爾帶來的男子有了動作。

雙手並未遭到拘束，他可以自己解開……就在利瑟爾這麼想的時候，已經感受到綁在後腦的結被撕扯開來，布條鬆開，滑過他鼻尖落下。

利瑟爾緩緩抬起由於些許目眩感而垂下的眼簾。

「……原來如此，怪不得在冒險者裡頭怎麼找都找不到。」

這空間看上去就像個仔細整備過的洞窟。

上下左右都整齊鋪上了石板，地面也打理得相當平整。沒有任何窗戶，看來這裡果然位於地下沒錯，等間隔設置的油燈是這裡唯一的光源。

確認過環境，利瑟爾才將視線轉向眼前的男人。如同他的聲音一樣，男人的眼神裡也滿是傲慢，正以打量實驗品般的眼光觀察著利瑟爾。

「也不枉費我去哄騙那個愚蠢的復仇者了。」

利瑟爾眨了一下眼睛，悠然露出微笑。

「告訴他佛剋燙盜賊團首領所在地的，原來就是各位呀。」

「看來你還算有點頭腦嘛。」

男人滿意地哼笑一聲，就像在說一切都逃不過他的計策。

沒有惹他不高興真是太好了，利瑟爾維持著笑容，在心裡點頭。無論如何，遭人綁架時應該以自身安全為優先，可以的話還是盡可能討好對方為上。

不過……，他暗自思索。伊雷文盜賊時代的情報應該沒有那麼容易走漏才對。

「居然說我們隊伍裡的伊雷文是盜賊，還真虧那個人會相信呢。」

「他就是個傻子，明明只是因為他滿口說著要找什麼紅髮男，囉嗦得要命，所以我們才稍微利用他一下而已。」

果然如此，利瑟爾恍然想道。

也就是說，先前那名復仇者之所以找到真正的佛剋燙首領，只是因為奇蹟般的巧合。說到底，一旦有人想刺探利瑟爾一行人的情報，精銳盜賊們一定會有所警覺。如今對方不僅逃過了精銳的耳目，還成功綁走利瑟爾，看來那名復仇者成了相當優秀的代罪羔羊。

這個場所也好、利用復仇者蒐集情報也罷，看來對方擬定了相當縝密的計畫。雖然不清楚他們的目的為何，不過光憑這點，也足以將對方的真實身分限縮到一定範圍了。正當利瑟爾這麼想的時候，男人忽然朝他伸手。

「哼，我看你很優閒嘛？」

那隻手一把抓起利瑟爾的瀏海。這動作伴隨著痛楚，但利瑟爾的表情並未因此出現半點波動，只是露出苦笑。

「怎麼會，我非常慌亂呢。」

「真好笑。」

假如對方要他露出懼色，利瑟爾會二話不說照做，滿足對方的征服慾。

假如對方要他乞求原諒，利瑟爾會把對方奉為主人般乞求，讓對方稱心如意。

只不過，眼前這男人要的想必不是這些。男人表現得游刃有餘，姿態散發出知性氣息，從他露出牙齒的笑容就看得出他想追求什麼。

「陷害了吾等師尊的男人，要是因為這點程度的小事驚慌失措，那可就傷腦筋了。」

聽見這句話，利瑟爾導出了他們的真實身分。

利瑟爾加深了笑意，那隻抓著他頭髮的手便鬆開了。他緩緩撫著疼痛的髮際，思索接下來該如何是好。

說是復仇，但他從眼前這些人身上儘管感受到憎惡，卻感受不到殺意。既然如此，就表示自己還有某些利用價值吧，不曉得是知識，或是充當吸引劫爾他們過來的誘餌；不過總而言之，看來他暫時只會被限制自由而已。

「喂，把那個拿來。」

男人從站在身後的同夥手中接過了某樣東西。

一看就知道那是副手銬，但和普通的手銬似乎有所不同：扣在手腕上的部分刻著某種魔法式，還鑲嵌著魔石。兩個金屬釦中間以一條短鍊相連，鍊子上看來沒有特殊機關。

從現在的狀況看來，那應該是封鎖魔力之類的機關吧。有辦法準備這種東西，真不愧是他們，利瑟爾在內心點頭。

「銬起來之前，先把他的外套給我脫了。」

「脫外套這種小事，我可以自己來。」

「我看起來像是會給你機會動手腳的傻子嗎？」

對方譏嘲道。看來還是老實聽話比較好，利瑟爾順從地放下手。

伊雷文的裝備底下確實藏有各式各樣的攻擊手段，作勢脫下裝備、重新把武器藏好對他來說應該也輕而易舉。不對，就算面臨對方動手脫他裝備的狀況，感覺伊雷文也能游刃有餘地重新藏好武器。

「（真羨慕那種技術……）」

究竟怎麼樣才能學會呢？

在利瑟爾感慨萬千地這麼想的時候，採取行動的果然還是那名綁架他的男子。男子從剛才開始一句話也沒說，利瑟爾看向他，只見他刃灰色的眼睛緩緩朝利瑟爾的衣服看去。

利瑟爾把身體轉向男子，方便對方動作，有那麼一瞬間對上了男子的視線。但那視線立刻又回到利瑟爾的外套上，那雙手朝他伸來，握住利瑟爾的領口。

「這是最上級的裝備，我想應該扯不破哦。」

「…………」

「對吧？」

男子試圖撕開胸口的皮帶，把它扯得吱嘎作響。

但這是使用最上級素材、以相應手法打造的裝備，沒有半點被他撕裂或拉長的跡象。利瑟爾於是向對方解釋，要先解開這裡，然後這樣脫……

「動作快點！交代你一件事情都做不好嗎？這個『奴隸』就是這樣不中用……！」

聽見這句怒吼，男子雙手抖了一下，繼續笨拙地脫下利瑟爾的衣服。

利瑟爾看著男子毫不反駁、默默動手脫著他的外套，略微偏了偏頭。

「（奴隸……奴隸？）」

男子看上去確實像個奴隸沒錯。

刃灰色的頭髮、刃灰色的眼睛，融入阿斯塔尼亞人群當中的褐色肌膚，野獸般柔韌而經過鍛鍊的肢體，渾身只穿著下半身一件破破爛爛的白色長褲。打著赤膊的上半身紋著刺青，墨色是與他頭髮和眼瞳同樣的刃灰色，唯有這點裝飾不太符合奴隸給人的印象。

沒錯，只是「印象」。奴隸是不太可能親眼見到的。

「（在我原本的世界，也有極少數地區還殘存著儀禮上的奴隸文化，在這邊也一樣嗎……？但這些人絕對不屬於那些文化圈，那應該連持有奴隸的想法也不可能出現才對……）」

奴隸已經是僅存於故事當中的存在了。

對於熟知歷史的人們來說，那是曾經存在於遙遠過去的制度；無論如何，奴隸在這裡應該就像利瑟爾原本的世界一樣，是不可能出現的。

那麼，眼前的男子為什麼被人稱作奴隸、任意使喚？

「沒錯，接著脫下袖子……」

真令人好奇。利瑟爾邊想邊抽出手臂，幫助對方脫下自己的外套。

雖然肌膚並未因為脫下外套而暴露在外，單薄的衣著仍然使他感覺到涼意。再怎麼薄也是最上級素材打造的裝備，多少有點保暖效果才對，不愧是地下的溫度，利瑟爾露出苦笑。

「腰間的東西也全部沒收。」

這是理所當然的警戒吧，利瑟爾看著自己被沒收的腰包。

接下來究竟會被關在什麼樣的環境呢？視狀況而定，他只希望對方讓他把書留下，但對方實在不太可能答應這種要求，所以他沒說出口。

接著，那個傲慢的男人終於為他銬上手銬，利瑟爾的雙手被併攏起來，拘束在身前。多虧了魔石等等的機關，他並不覺得痛，不過手銬戴起來有點重。

「這麼一來你就無法使用魔法了，真是狼狽。」

「非常像是各位會說的話呢。」

「這是事實吧？」

男人理所當然地笑著說道，瞠大的雙眼中沒有半點陰霾。

他心知肚明，也深信不疑，唯有自己敬愛的師尊所說的箴言才是真實，師尊的思想才是世界的真理，師尊是行為的指南，常識乃是師尊所傳播的知識，對師尊懷抱的感情除了尊敬以外不被容忍。他堅定不移地如此確信。

「吾等師尊，吾等之父，吾等之世界。如此崇高偉大，使人心生忌諱不敢直呼其名，而人們給予師尊的異名正是『Variant=Ruler（異形支配者）』。」

男人道出那個名諱，態度像引以為傲，又像奉上虔誠的祈禱。

然後，那雙眼睛轉向利瑟爾。他瞠大的雙眼映不出利瑟爾的身影，只是一味描繪著唯一一位敬愛師尊的樣貌。狂信者，是最適合他的名號。

「你無法使用魔法，淪落成一個與師尊完全相反、不被容忍的存在。這除了狼狽以外還能如何形容……」

聽見男人飽含憐憫的語調，利瑟爾垂下眉眼，看著手上的鐐銬。鎖鏈發出細小的鳴響。

「（沒想到牢房還滿整潔的。）」

然後到了現在，利瑟爾身在牢房當中，稀奇地打量著周遭。

牢房裡鋪著石板，一點塵土都沒有。牢裡只放了一張床，果然沒有窗戶；既然這裡位居地下，應該有通風孔才對，不過在牢房當中當然找不到任何類似的孔隙。

牢房結構堅固，並非一朝一夕得以建成，怎麼想都不像是那些狂信者自行打造的。假如這裡位於森林當中，或許是森族棄置的居所；假如並非如此，那或許是類似商業國地下通道的那種設施吧。

目前也推論不出更多情報了，利瑟爾試著躺到床上。床板好硬。

「（手銬……憑我自己的力量不可能解開，也無法使用傳送魔術。）」

利瑟爾維持橫躺的姿勢，凝視著眼前的那副手銬。

他轉動雙手、變換著各種角度窺視過手銬內側，它的功用恐怕是讓人無法將魔力釋放出體外。換言之就是陷入劫爾狀態了，他只有放棄一途。

利瑟爾正打算起身，其中一手便感受到手銬的拉扯。看來得再花點時間才能習慣了，他改以雙手撐著床板，重新坐起身。

「（他們應該很擔心吧……）」

可是他無法運用魔力，周遭又都是石造建築，他難以脫身。

而且，更麻煩的事還在後頭。

『我們還有事要忙，把他給我丟進牢房裡關好。』

這是狂信者們把利瑟爾關進牢房時所說的話。

雖然不知道他們抓走自己想做什麼，但人一抓來就立刻把他丟在一邊，應該有相應的理由吧。為了完全隱蔽這個據點，他們恐怕正在施行什麼魔法，利瑟爾被帶到這裡的途中，也感受到了某種魔力。

既然如此，從外側要搜索到這裡想必是難如登天。劫爾和伊雷文都不算是特別有耐性的人，真的沒問題嗎？利瑟爾邊想邊離開床鋪，站起身來。

「（到了這個地步，沒有內賊幫助是很難自行脫身的。）」

沒有的話，自己培養一個就行了。他會繼續思考其他脫身手段，不過方法越多越好。

「（而且這人各方面都很令人好奇。）」

於是，利瑟爾朝著那名背向欄杆、盤腿坐在牢房外的男子走近。

狂信者交代這名被喚作奴隸的男子監視利瑟爾，男子卻看也沒看他，視線茫然投向一旁。利瑟爾走近，隔著一小段距離，也同樣在石板地上坐了下來。

男子刃灰色的眼睛轉向這裡。

「你不無聊嗎？」

「……」

一小段沉默之後，男子搖搖頭。

男子目不轉睛地盯著他看，利瑟爾稍微審視了一下對方的眼神，判斷男子並未感到不快，於是露出沉穩的微笑。

「但我有一點無聊。你可以陪我說話嗎？」

利瑟爾緩緩說道。又是幾秒的沉默，接著男人撐起了身體。

然後，他就這麼將身體轉向側面，儘管並未完全正對著利瑟爾，不過已經不妨礙談話了。利瑟爾判斷這是肯定的答覆，也跟著稍微坐近了些。

「這裡有點冷呢，你穿這樣還好嗎？」

男子微微點頭。真令人稱羨，利瑟爾看著男子裸露的上半身。

他身上的刺青呈現出相當美麗的圖騰，完全不像隨便刺上去的。比起藝術上的美，這更接近野性之美，非常適合他。

這類刺青大多都是所屬民族的證明，男子身上的刺青也一樣嗎？假如在他的民族當中，古代的奴隸制度保留著儀禮上的意義流傳至今，那好像就說得通了。

「你身上的刺青，非常漂亮呢。」

聞言，男子眨了眨眼睛。

他張開嘴，然後又閉上。同樣動作重複了幾次，利瑟爾看出男子並不是啞巴，也不催促，只是靜靜等待他發話。

然後，那雙嘴唇終於發出聲音。嗓音靜悄，彷彿刻意壓抑著音量。

「野蠻，適合。」

男子的嗓音當中蘊藏著不可思議的聲響。正因這裡是安靜無聲的牢房，利瑟爾才得以察覺這微小的異樣感。

那聲響像金屬之間彼此摩擦，又像玉石在鈴鐺當中緩緩滾動，彷彿經過反覆磨礪一樣明澈，並不刺耳，略微參雜在他斷斷續續吐露的單詞裡。

利瑟爾偏了偏頭，溫柔地要他繼續說下去。男子終於表露出些許情緒，微微蹙起眉頭，接著再度張開雙唇：

「刺青，野蠻，他們說。因為，奴隸。」

他們說這野蠻的刺青正適合奴隸，是這個意思嗎？

既然狂信者們這麼說，表示不是他們特地替男子刺上去的。說到底，在王都和撒路思、阿斯塔尼亞，紋身的習慣都相當少見。

這麼一來，表示這刺青是在男子被稱為奴隸之前就紋在他身上了，雖然確切的時間點無從得知。

「只要它對你來說很重要，我想那就足夠了。」

「？」

「我在看刺青的時候，你也完全不打算遮掩，對吧？」

即使平時再怎麼遭人嘲弄為野蠻的印記，他也絕不會羞於讓人看見這刺青，也不會加以隱藏。

既然如此，表示這對他而言是重要的事物，或是引以為傲的印記吧。男子聽了睜大雙眼，小心翼翼地點了頭，利瑟爾見狀也粲然露出微笑。

擁有自豪的事物是好事。雖然想拉攏眼前的男子，但利瑟爾並未刻意討好，這是他的真心話。

「在你出生的地方，所有人身上都有這種刺青嗎？」

「……出生……」

男子的聲音戛然而止，接著他搖了搖頭。
男子至今仍保留著遠古習俗的故鄉令利瑟爾深感興趣，因此他才這麼問，但看來男子並不記得，代表那對他來說是相當久遠的記憶了吧。但是，把男子當作奴隸使喚的是那些狂信者，無論是他們還是位居其上的人物，感覺都不可能對養育小孩有半點興趣。
「他們稱你為奴隸，對吧？」
從剛才的說法，這對男子而言應該不是什麼特別忌諱的話題才對。
利瑟爾拿捏著距離這麼問。一如他的猜測，男子毫不介意地點了頭，看來被人稱作奴隸、粗暴對待，對他來說都是理所當然，事到如今並沒有什麼感觸。
「他們一直都這樣稱呼你嗎？」
利瑟爾實在不認為男子真的是作為奴隸身分被買賣的人，這太脫離現實了。那些狂信者也一樣對「奴隸」這種制度完全陌生才對，他們這麼稱呼男子一定存在某些理由。男子緩緩開口，回答了他的疑問：
「他們，總是說，我，奴隸。除了戰鬥，沒有用，『戰鬥奴隸』。」
利瑟爾微微瞠大雙眼，接著尋思似地將手抵在嘴邊。
男子目不轉睛地打量他的神色，就在男子面前，利瑟爾忍不住輕輕笑出聲來。男子一臉不可思議，利瑟爾恍然大悟似地凝神回望他，說：
「原來如此……看來你的主人非常厭惡文字遊戲呢。」
蘊含笑意的嗓音確實傳入了眼前的獄卒耳中，但男子只是眨著眼睛，彷彿不明白他的意思。

114

堅硬的床板和寒意讓人輾轉難眠。

一方面也是昨晚早睡的緣故，利瑟爾在天邊染著美麗朝霞的時間醒了過來。當然，這裡沒有看得見朝霞的窗戶，利瑟爾在牢籠當中也無從得知當下的時間就是了。

利瑟爾裹在薄毛毯裡，睡眼惺忪地看著拘束雙手的手銬。抬起一隻手，鎖鏈便發出沙沙的摩擦聲響。這還是自己第一次戴手銬呢，利瑟爾在剛睡醒還迷迷糊糊的腦袋裡這麼想著，將雙手按在冰涼的床單上，緩緩撐起身體。

毛毯從肩上滑落。再怎麼薄還是比沒蓋來得好，利瑟爾於是將毛毯重新拉上肩頭，坐在床上仰頭朝天花板望去。

「呼……」

他深深吸入一口氣，冰冷的空氣灌滿肺部，身體隨之打了個寒顫。

雖說是黎明時分，但在這氣候溫暖的阿斯塔尼亞居然冷到這個地步，這裡肯定位於地下沒錯。得小心不要著涼才行，利瑟爾將雙腳放下床，穿上長靴。大腿的皮帶很難繫上。

他站起身，不經意往牢房外面一看。那名男子就像昨天一樣，背朝這裡，坐在鐵欄杆的另一側。

畢竟是被喚作奴隸虐待的人，坐著睡覺對他來說似乎也習以為常，利瑟爾看著男子低垂著臉的背影這麼想。雖說利瑟爾昨晚睡在床上，但床板硬得讓他身體有點疼痛，他實在很納悶男子為什麼能保持這姿勢熟睡。

「（還真缺乏戒心……）」

假如現在利瑟爾能夠使用魔法，往他後背施放法術是輕而易舉。

假如身上藏著小刀，要朝他背後刺去也很簡單吧，雖然利瑟爾不會這麼做。

不過男子缺乏戒心也是當然的，利瑟爾點點頭。這名自稱為「戰鬥奴隸」的男子假如真是利瑟爾所知的那種存在，那麼無論動用什麼手段都不可能傷得到他。

『魔力，沒有。身體，結實。所以，奴隸。』

『魔力會對你產生影響嗎？』

『？……不。』

男子搖搖頭，刃灰色的頭髮隨著動作反射出刀刃般鈍重的光。他對於自己究竟瞭解多少？正因為不瞭解，所以男子才會心甘情願接受現在的狀況吧。

利瑟爾這麼想著，來到奴隸男子所坐的欄杆旁邊，靜靜蹲下身來。

「（啊，站起來的時候身體一定很痛。）」

其實，現在利瑟爾正在經歷人生初次的肌肉痠痛。

作為冒險者大肆活躍，並依賴頭目的輔助盡情謳歌肉搏戰的美好之後，他得付出相當慘痛的代價。再加上堅硬床板，效果加乘，他全身痠痛得要命，痛到足以讓他把遭人監禁的事實拋到腦後。大腿內側和上臂都好痛，手腳也無法自由抬起。

「（劫爾說多活動會好得比較快……）」

他相信劫爾的建議，所以從剛才開始就靜靜地、慢慢地活動著身體。

可是有件事讓人有點在意：劫爾為什麼會知道舒緩肌肉痠痛的方式？他肯定沒有肌肉痠痛的經驗吧。

「（肚子也餓了。）」

應該是從昨晚到現在什麼也沒吃的關係，剛脫離起床狀態的胃發出了小小的咕嚕聲。

利瑟爾看著倚在鐵牢上的褐色後背，一邊想著不知道他能不能快點起來，一邊低頭看向鋪著石板的地面。石板缺損之處，有些僅有幾公釐大的小碎片散落在地，利瑟爾拈起幾塊收集在掌心。

接著，他開始把那些小石塊往眼前的背影丟過去。即使被丟中也只會感受到些微異樣、或是有點搔癢而已，不過這樣應該就夠了。

「…………？」

忽然間，男子動了動身體。

原本低垂的臉龐抬了起來，男子環顧周遭一圈之後，回頭朝這裡看了過來。

「早安。」

利瑟爾撥掉手掌上的小石塊，彷彿什麼也沒發生似地露出微笑。

男子盯著利瑟爾看了幾秒，帶著納悶的神情點了一下頭，便重新轉回前方去了。利瑟爾蹲在地上，仰頭看著男子以靈活的動作準備站起身來。

然後，利瑟爾張開雙唇問：

「你不回答我嗎？」

說出這話的嘴唇描繪出淺淺笑弧，男子一聽，停下了準備起身的動作。

利瑟爾的嗓音比起疑問，更像帶著敦促色彩，極為自然地催使旁人聽從他的話行動，心裡甚至不會產生半點懷疑。男子不明白這是為什麼，不過還是慢慢把正打算抬起的臀部坐回原位。

看見男子一邊重新坐下、一邊回頭朝這裡望過來，利瑟爾悠然瞇起雙眼。接著他微微偏著頭，再次向男子打了招呼：

「早安。」

「……早、安？」

男子窺探著他的臉色，也回了一句早晨的招呼。利瑟爾誇獎似地瞇細眼睛笑了。

男子看著他，眨巴著眼睛，而利瑟爾在凝神打量男子之後，也點了個頭，站起身來。全身上下的肌肉都隨著動作發疼，實在相當難受，劫爾和伊雷文一定和肌肉痠痛這種事無緣吧。利瑟爾回想著他們兩人的身影，低頭看向那雙仰望著自己的刃灰色眼瞳。

「耽擱到你了吧，不好意思。」

聽他這麼說，男子無意間緊繃的肩膀放鬆下來。不用這麼緊張呀，利瑟爾見狀露出苦笑。

「我肚子餓了，不知道有沒有東西吃呢？」

「我去問。」

聽見利瑟爾這麼問，男子簡短回答他之後便離開了。

應該是打算去問那些信徒吧。剛才也是，男子一醒來便立刻打算到其他地方去，或許信徒交代他看到自己醒來要通知他們也不一定。

如果是這樣的話正好，利瑟爾目送那道背影離開，在床鋪上坐下。

「（他太聽話了……）」

嗯……，利瑟爾像在思索什麼似地，撫摸手腕上的鐐銬。

歸根究柢，假如男子不受魔力影響，那魔法也不會對他構成任何威脅才對。如果真是這樣，把他當作奴隸使喚的狂信者，甚至他們奉為師尊的異形支配者，對他來說都不足為懼。

根據利瑟爾的猜測，男子不可能生來就是奴隸；既然如此，他對於現狀並無不滿，背後一定有什麼原因。

「（也有可能是洗腦嗎……那方面我不太熟悉，所以無法斷定……）」

每個魔物使都各有讓魔物聽令的術法。

這些術法五花八門，有的適合自己，有的則是順應目的而產生；在利瑟爾原本的世界，也有魔物使採用以洗腦為主軸的方式。對魔物使來說，這似乎是主流做法之一，因此位居魔物使巔峰的「異形支配者」不可能不諳此道。

使用魔力洗腦的效果比較好，不過聽說不動用魔力也有辦法進行。只要讓人遺忘自己的出身、失去自己的根源，就更容易加以灌輸新的立場。

「（指定人聽從特定對象的命令感覺相當困難，對我也這麼順從是很合理的……啊，不過應該有優先順位的差別吧。）」

比起利瑟爾，男子會優先聽從那些狂信者的命令，這是當然的。

不過說是洗腦，這或許更接近印痕效應：面對長期嚴格帶領著自己的人物，更加忠心地服從並不是什麼奇怪的事。

喪失了出身，也會連帶使得記憶中的語言模糊不清嗎？回想起男子斷斷續續的說話方式，利瑟爾兀自恍然想道。就在這時，鞋底敲擊石板地的叩叩聲朝這裡接近。
利瑟爾坐著朝鐵牢外一看，是昨晚跟他說過話的那名傲慢信徒。
「起得真早。你不滿意那張床嗎？」
「假如我這麼說，各位願意為我準備其他床鋪嗎？」
「失禮了……看來我問了多餘的問題。」
狂信者這麼說道，笑意扭曲了他的嘴角。
與昨晚不同的是，沒看見他原本帶在身後的那幾個人。雖然這麼說，但他們的關係似乎沒有上下之分，該說是同志才對吧。或許其他人還在睡。
狂信者在監牢前停下腳步，將視線轉向這裡。沒看見剛才去叫他的那名奴隸男子，是在為自己準備早餐嗎？利瑟爾想著，也跟著回望狂信者。
「這牢籠不錯吧？」
狂信者的眼神宛如愛撫，緩緩掃過粗重又堅固的鐵欄杆。
「原本這裡只有粗糙鄙陋的欄杆，是我施加了魔法處理。光是把一根指頭伸進縫隙之間就會感受到劇烈疼痛，直接碰到鐵條更是不在話下……對吧？」
狂信者彷彿沉浸在自己的世界當中，自賣自誇起來，利瑟爾切實體認到人家說「有其師必有其徒」的道理。不過老實說，根據利瑟爾的猜測，應該只是狂信者擅自把異形支配者奉為老師，而支配者本人並沒有特別教導他們什麼，只把他們當成打雜的而已。
儘管如此，能待在有國家作後盾的支配者身邊，這些人肯定也是優秀的魔法師吧。關住自己的這座牢籠看來也是他相當自豪的作品，利瑟爾微微一笑，把滑落肩膀的毛毯往上拉。

「我就想應該是這麼回事，所以一次也沒有觸碰欄杆，原來施加了這麼厲害的魔法呀。」

被關在牢裡的人一定會碰觸欄杆——狂信者剛才的話以此為前提，這下一瞬間啞口無言。一般人肯定會先去觸摸看看，狂信者並沒有錯，錯在他遇上了不一般的對手。

「（光是一般的鐵柵欄，就足以讓我出不去了……）」

這些人在奇怪的地方還真講究，利瑟爾從容不迫地由上到下將鐵牢打量了一遍。

剛才已經確認過小石塊可以通過縫隙，因此有可能是感應到魔力才會發動的機制。

「……貶低吾等師尊的人物，有這點能耐也是當然。」

狂信者立刻露出扭曲的笑容，接著忽然朝柵欄伸出手。

那隻手在即將觸碰到鐵牢之前停下。看來魔法會無差別發動，凡是通過欄杆縫隙的人，無論身在內側還是外側都會遭遇劇痛襲擊。

那麼在解除魔法之前是不可能逃脫了，利瑟爾點了個頭。他也不喜歡挨痛。

「貶低什麼的，這麼說容易引人誤會吧。」

利瑟爾沒有洩露心裡的任何想法，只是面帶苦笑這麼說。

狂信者動不動就做出測試利瑟爾價值的發言，毫無疑問是為了自己的老師。異形支配者對他來說等同於全世界，這樣的人怎麼能被不三不四的雜兵打倒？因此，既然瓦解了他敬愛的師尊的計畫，那利瑟爾就不能是個毫無價值的人。

看來對方判他合格，真是太好了。利瑟爾笑了笑，不經意地開口：

「像他這麼優秀的人才，國家也不可能隨便處罰他。既然如此，我實在不認為他現在的處境會惡劣到足以說他遭到『貶低』的地步。」

說到底，異形支配者與大侵襲有所牽連這件事本來就應該保密。

異形支配者位居魔法師的巔峰，甚至擁有狂信者，足以代表國家；若是公然發表他的罪狀，國家也會跟著名譽掃地，而且撒路思想必也不希望失去這位過於優秀的魔物使。換作是利瑟爾也會這麼做。

「那些愚鈍的凡人無法理解吾等師尊崇高的作為，因此幽禁了師尊，持續監視他的研究，讓師尊蒙受屈辱。」

聽見利瑟爾對異形支配者的評價，狂信者顯得相當滿意，似乎覺得他多少也明白師尊有多偉大。接著，狂信者陶醉地仰望天花板，雙手啪地遮住臉龐，臉上滿溢著歡喜的笑容：

「但師尊的姿態是如此泰然！！師尊說餵養鬣狗也是握有力量之人的義務，還說這點程度的小事不足掛懷！師尊進行研究的態度和以往完全沒變，在在彰顯了師尊是絕對的存在——」

伴隨著高聲大笑，狂信者連珠炮似地讚美他的師尊，利瑟爾一面點頭一面暗自思索。

撒路思的處理方式並沒有可疑之處，能夠將異形支配者留在手邊，又能獨占他的魔法技術，這再好不過了。從狂信者的描述聽來，異形支配者自己似乎也不介意這樣的待遇。

「（隸屬於國家的魔法師本來就差不多是這樣，與先前的情況沒有差別就好……雖然感覺伯爵聽了會生氣。）」

根據他從雷伊那裡偷偷聽來的情報，由於異形支配者的處分僅止於此，撒路思也付出代價，在交易上蒙受了莫大的制裁。帕魯特達爾的交易主軸是商業國，背後的意思顯而易見。

「（不過，如果他能保持原來的水準繼續研究，感覺也有點危險就是了。）」

從今以後，撒路思想必也會加強對異形支配者的監視吧。

問題在於，負責監視的人有辦法完成職責到什麼地步。再怎麼墮落，對方好歹也是魔法大國首屈一指的天才，若無法完全掌握他的研究內容，難保不會發生什麼萬一。

「（唉，算了。）」

只要不要反過來遭到對方怨恨，這也不是利瑟爾特別關心的事。

利瑟爾呼出一口氣，姑且中斷了思緒，將注意力轉移到仍在讚美師尊的男性狂信者身上。

「而這樣的師尊所提到的人，就是你。」

正好，原本仰頭望天的狂信者也在這時回過頭來，看向利瑟爾。

看來話題終於跟自己扯上關係了，利瑟爾坐在床舖上，仰望對方。

「師尊說，居然有粗野無禮之輩，想篡奪他所打造的、至高無上的魔法……」

「這還是第一次有人說我粗野無禮呢。」

利瑟爾有趣地瞇細眼睛笑道，狂信者極度混濁的雙眼隨之扭曲。

「所以，我把你抓了起來。」

狂信者突然猛地抓住鐵欄杆。

欄杆哐啷一搖，同時激烈的爆炸聲響徹整間牢房。狂信者的雙手炸出白光，一看就知道伴隨著劇痛，他卻像感受不到疼痛似地，將柵欄握得更緊。

利瑟爾只是露出沉靜的微笑看著這一幕，狂信者的雙唇扯開愉悅的笑。

「凡是關於你，再怎麼瑣碎的小事我都跟師尊報告了。只要是我能獻給師尊的東西，無論什麼我都願意奉獻。在我所有的報告當中，師尊只有聽見與你相關的事情，才會停下那雙進行研究的崇高雙手。」
狂信者的嗓音彷彿誦讀講稿一般毫無滯礙，又彷彿宣洩出什麼似地飽含情緒。
鐵牢帶來迸裂般的劇痛，使他的雙手無力地顫抖。但狂信者似乎連這也沒注意到，只是一味吐露出言語，伴隨著一股連他自己也不明白的衝動，不知是歡喜、嫉妒、憤怒，還是憐憫。
「當時，當我跟師尊報告你到了阿斯塔尼亞，你知道師尊說什麼嗎……師尊居然說，他感到很不愉快！！」
哐啷，狂信者將額頭撞上欄杆。
「這個國家的！那些魔物使讓他很不愉快！還說他以前就感到不快了！！」
噼啪一聲，白光在他額頭的位置炸開，反作用力把狂信者整個身體往後彈去。
狂信者踉踉蹌蹌地後退幾步，後背撞上石壁。他垂著頭，雙手乏力地垂在身側，彷彿要喚醒自己神智似地甩了甩頭。
接著，不知是說給利瑟爾聽，還是說給他自己聽，狂信者喃喃開口：
「那些人讓吾等師尊感到不快，而我在此之前居然沒有注意到，實在不可原諒……不，師尊以外的使役魔法全都是愚弄吾等師尊的花招，全都不可原諒……啊，如果師尊願意早點告訴我，我就會立刻採取行動了……」
狂信者緩緩抬起臉，瞪大了發紅混濁的雙眼，緊盯著利瑟爾不放。
「所以我必須毀滅它。」
「毀滅什麼？」
「魔鳥騎兵團。」

在那道澄澈高潔的嗓音敦促之下，狂信者毫不猶豫地回答。

那雙紫水晶般的眼睛蘊含高貴色彩，筆直望著他，狂信者發覺自己的雙唇自然而然因笑意扭曲。他感受到的毫無疑問是歡喜，是確信眼前這名男人擁有超乎想像的價值而感受到的狂喜。

「我會證明吾等師尊的魔法是至高無上、獨一無二的。到時候，要是你這個曾經擾亂師尊魔法的傢伙在場就太礙事了。」

他知道自己的魔法不可能比得上異形支配者。

所以利瑟爾才顯得礙事。支配者是他崇拜的師尊，師尊的魔法至高無上；而既然利瑟爾曾經篡奪師尊的魔法，必然也有辦法妨礙他接下來要執行的「魔鳥騎兵團肅清行動」。

「所以，你就閉嘴在這邊默默看著吧。」

狂信者臉上仍然帶著歪曲的笑容，一手擺在胸前，另一手緩緩抬起，擺出刻意誇大的歡迎姿勢。

「肅清結束之後，吾等會招待你到撒路思一趟。」

這將是獻給敬愛的師尊最上等的貢品。

狂信者懷著喜悅高聲大笑，接著背向監牢，離開了當場。

利瑟爾坐在鐵欄杆前，撕著麵包，若無其事地說：

「是個情緒不穩定的人呢，情緒起伏這麼激烈不會累嗎？」

總而言之，利瑟爾已經知道自己不會立即遭到殺害。

知道沒有生命危險，心情也因此放鬆不少。利瑟爾目送狂信者說完想說的話就逕自離開，正想著「總覺得肚子更餓了」，奴隸男子就為他帶來了餐點。他毫不客氣地吃了起來。餐點內容並不至於讓人覺得遭到虐待，麵包柔軟美味，還附有簡單的水果，雖然簡樸，但都是能入口的普通食物。

想來也合理，為了人質和奴隸特地準備劣質的食物只是徒增麻煩而已。

「這些食材都是去阿斯塔尼亞採買的嗎？」

「？」

奴隸男子偏了偏頭，刃灰色的頭髮隨著動作晃動。看來他果然什麼也不知情。

真可惜，利瑟爾邊想邊將撕下的麵包放入口中。他的食量雖然不像伊雷文那麼驚人，但老實說只吃這些不太足夠；不過，有得吃就不錯了吧。

假如那些信眾吃的顯然比他們好，那自然另當別論。不過學者性格的他們對於食物並不執著，只要能果腹就好，所以吃的也是同樣的餐點。

「很好吃呢。」

奴隸男子兩三口就吃光了自己分到的麵包。

他只有麵包，沒有水果。畢竟是重要的貢品，自己多少還是受到了一點優待嗎？利瑟爾這麼想著，遞出了盛裝水果的盤子。

「你也拿一塊吧？」

盤中的水果切成四等分，是一種帶著些微甜味、果肉扎實的果實。

果實外側包覆著硬皮，因此相對容易保存，放置在涼冷的地下想必也不會凍傷。利瑟爾從盤子裡拿起一塊，咬了一口。

聽見利瑟爾的問句，男子肩膀抖了一下，目不轉睛地看著水果。利瑟爾一邊動著嘴巴咀嚼，一邊敦促似地再次遞出盤子，男子便緩緩將手伸了過來。

那隻手從欄杆縫隙間伸了進來，指尖碰觸到水果，又不知所措地退開了一瞬間，不過最後還是戰戰兢兢地拿起一塊，然後將手臂收回欄杆外側。

「果然沒有影響呢。」

「影響？」

「沒錯，影響。你穿過欄杆的時候，沒有刺痛的感覺吧？」

剛才男子拿著裝有餐點的托盤，直接從監牢門口進來的時候也一樣。

當時還可能是因為以正規手段打開牢門的關係，但現在顯然並非如此。男子手臂穿過欄杆的動作，也沒有觸發狂信者自豪的魔法。

儘管剛才拿取的動作顯得慎重，男子卻一口吃下那塊水果，一邊咀嚼一邊點點頭。

「沒有……」

「大概是因為你沒有魔力的關係吧。」

換言之，能越過這道鐵牢的，就只有眼前這名男子一個人。

如此強力的魔法，也沒辦法輕易解除、重新設置吧。根據狂信者的說法，利瑟爾在被帶到撒路思之前都會被關在這裡。他無法自行逃出，但重要的是狂信者他們也一樣無法進來。

利瑟爾一邊這麼想，一邊撕著麵包吃。男子看著他，不可思議地戳了戳鐵牢。

「魔力，沒有……因為，是奴隸？」

「這和那沒有關係哦。」
利瑟爾吃下最後一口，以春風化雨般沉穩的聲音這麼說。
看來，男子似乎覺得沒有魔力就等同於奴隸。雖然沒有魔力確實相當特殊，但這絕不表示他低人一等。生活在魔法至上主義者圍繞的環境當中，總是聽他們像常識一樣講述這些，也難怪會產生這種想法。
「要是這麼說的話，劫爾也要變成奴隸了。」
既然不能使用，那就等於沒有魔力一樣，利瑟爾露出溫煦的笑容。
劫爾本人要是聽見他這麼說，感覺會露出極度不悅的表情，不過反正他不在，利瑟爾說起話來也就不客氣了。
「誰？」
「嗯……這個嘛……」
利瑟爾以拴著手銬的雙手拿起水瓶，一邊心想真希望有個玻璃杯，一邊將瓶口直接湊上嘴邊。
清涼水流通過喉嚨的感覺使他瞇細雙眼，接著他緩緩將雙唇從瓶口移開，輕輕呼出一口氣。該怎麼說比較好懂呢？利瑟爾看向一旁想著，撫過自己濡濕的嘴唇。
「是擁有最強稱號的冒險者。」
「最、強……」
忽然間，男子嗓音中蘊藏的金屬摩擦聲增強了。
男子低下頭，凝神看著自己的雙手。他的指甲陷入自己沒有刺青的手背，皮膚卻毫髮無傷，看著這一幕的雙眼閃爍著動搖，彷彿在吶喊事情不該是這樣。

利瑟爾在一旁悄悄看著那副模樣，然後溫柔地喊他，像要喚回他的意識：

「怎麼了嗎？」

「啊……」

男子猛地抬起臉，一瞬間回過神來。

他反覆眨著眼睛，神情中已經沒有了剛才的心不在焉。眼見男子搖搖頭表示沒事，利瑟爾也微微一笑說，那就好。

然後，男子目不轉睛地望著他，像在說能不能問他一個問題。利瑟爾點頭表示：「儘管問，不用客氣。」

「冒險者，是什麼？」

「是一種憑著自己的力氣開拓道路，充滿自由與浪漫的職業。很有趣哦。」

「力氣……」

男子定睛打量利瑟爾。

視線從帶著沉穩笑容的臉龐，來到不致脆弱、卻依然相當纖細的脖頸，再掃過脫下裝備、衣著單薄的肩膀和腰部，然後描摹過拴著手銬的手腕。既然說有趣，代表利瑟爾也是冒險者嗎？耳朵聽見的情報和視覺情報有所矛盾，使得男子腦中有點混亂。

「你這傢伙，冒險者？」

「你。」

「？」

「應該說，『你』。」

不明白利瑟爾的意思，男子偏了偏頭。

「你這傢伙，冒……」

「你。」

由於不明白，男子原想繼續說下去，利瑟爾卻打斷了他，不允許他這麼做。男子不知該如何是好，目光不知所措地游移。

平時無論別人怎麼喊他，利瑟爾都不會在意。要怎麼稱呼是對方的自由，那是對方從眾多選項當中挑選的稱呼方式，同時也是衡量對方如何看待自己的指標。

不過，既然這名男子被訓練得順從聽話，利瑟爾也很好奇男子會聽從自己的指示到什麼地步。因此，他才在狂信者們知道了也不成問題的範圍內，挑選了自己不太介意的稱呼方式實驗看看。

「……你，冒險者？」

「是的，沒有錯喲。」

結果男子非常聽話。利瑟爾露出微笑褒獎，男子見狀也倏地抬起臉來，好像鬆了一口氣。

只不過，不知道男子如此順從是出於本性，還是洗腦的結果。正當利瑟爾思考這件事的時候，奴隸男子坐在他正前方，對於冒險者的定義感到更加迷惘……不過利瑟爾無從得知。

後來男子聽利瑟爾聊起冒險者的話題，最終也忘了這層困惑，所以也沒什麼問題吧。

待在沒有窗口的牢房當中，難以確知經過了多少時間，因此利瑟爾也沒有確切的證據；

不過目前看來，狂信者們似乎每兩個小時就會過來巡邏一次。

一旦察覺他們接近，奴隸男子便會像昨晚監視他的時候一樣，靠著鐵牢坐好。這是因為他和利瑟爾開始交談之後，被最先過來巡視的狂信者看見了，狂信者拿著原本要回收的托盤打他，還對他破口大罵。

對於奴隸男子來說，被這麼打根本不痛不癢，但既然被罵，就表示這是做不得的事情吧。男子如此判斷，因此聽從命令閉上嘴巴。「我們私底下聊，別被他們發現就好。」不用說，後來利瑟爾當然成功勸說男子繼續談話了。

昨晚遭到綁架的第一天，男子剝下他全身家當的時候，利瑟爾所看見的信徒包括那名傲慢男子在內，一共有三個人。

但從那些巡邏的人員看來，信徒的人數不僅如此，當中有男有女。考量到他們的目的，為了取得食材、整頓設備，在這裡的肯定也有十人以上。所有人的穿著打扮都一模一樣，因此遠看難以區別。

利瑟爾總不能向奴隸男子打聽這些。男子或許會乾脆地告訴他，但也可能在信徒詢問的時候，把和利瑟爾談話的內容一五一十說出去。

傲慢男子看來果然是信徒當中的代表，或者是提議綁架利瑟爾的人。來巡邏的信徒當中，有人表露出赤裸的嫉妒，有人瞥了他一眼便離開，有人毫不掩飾嘲諷的神色；照這樣看來，把利瑟爾帶到撒路思一事，或許也不是所有信徒都贊成。

「（換言之，這件事並不是出於異形支配者的指示。）」

假如是支配者的命令，他們肯定不負狂信者之名，會展現出有條不紊的紀律和團結力達成目的。
利瑟爾低頭看著懷裡的書本，漫不經心地這麼想著。吃過午餐，不知該做什麼打發時間的時候，他抱著姑且一試的心態拜託正好來巡邏的傲慢信徒準備書本，沒想到對方真的答應了。
但這實在是……利瑟爾低頭打量著那些書本。利瑟爾把毛毯鋪在地上坐著，奴隸男子同樣盤腿坐在地板上，隔著鐵牢好奇地湊過來往他手邊看，想知道有什麼書。
「什麼，寫？」
「你是說，書上寫什麼嗎？」
男子點了個頭，應該是不識字吧。利瑟爾的視線重新落在書本上頭。
接著，他把信徒給他的七本書擺在毛毯上，將其中四本分成一疊，剩下三本則一一排開。
「這四本是異形支配者所寫的研究書籍。」
他指向那四本疊在一起的書籍，其中兩本利瑟爾也讀過。
信徒們明明不可能粗暴對待這些書本，書上卻留有反覆翻閱的破損痕跡，讓利瑟爾相當好奇，到底要讀得多滾瓜爛熟才會把書翻成這個樣子？
「剩下的就不是異形支配者所寫的書了，不過……」
利瑟爾往剩下那三本書一一指過去：
「分別是《名為異形支配者之人》、《魔物使的巔峰》、《異形支配者研究書籍考察》。」
「？」
特色相當強烈。
「作者該不會就是那些信徒吧？」

利瑟爾啪沙啪沙翻動書頁，大略確認了書本內容。

那三本書當中，前兩冊都在讚揚異形支配者的豐功偉業，主觀色彩太過強烈，讀起來反而很有趣。作者是信徒的說法越來越可信了。

感覺最有趣的是最後一本，《異形支配者研究書籍考察》。每一句都經過批改、批改、再批改，紅色墨水畫在黑色墨水上，對於考察內容接連提出指摘。

這本肯定是與支配者沒有直接關聯的人所寫的書籍。利瑟爾一面期待閱讀這本書，一面闔上書本。其他書也是有比沒有好。

「你要一起讀嗎？」

「讀，不會。」

「如果不介意的話，我可以念給你聽哦。」

奴隸男子看看書本，又看看利瑟爾，來回看了幾次之後，他挪了挪身體，朝鐵牢旁邊靠了過來。

利瑟爾見狀微微一笑，拿起《魔物使的巔峰》。這看起來是異形支配者的傳記類作品，既然男子長期被他們當作奴隸對待，書中說不定也會提到男子有印象的事件。

假如書中有誇大之處，一定要請男子指出來。利瑟爾這麼想著，翻開了書本。由於利瑟爾所坐的位置與欄杆稍微有段距離，男子側著身避開欄杆，探出身體湊近。

緊接著，才翻開第一頁就出現異形支配者的肖像畫，看得利瑟爾噴笑出來，把男子嚇得肩膀一跳。

牢房中，監禁生活第一天的午後時光，就這麼在不相稱的和諧氣氛當中一點一滴流逝。

115

清晨，旅店主人獨自在旅店餐廳裡深思。

「居然沒有一個人在這是怎麼回事？」

他坐在椅子上，手肘撐著桌面，雙手交疊，神情嚴肅地喃喃自語。

不回來是沒差……不，有差，應該先跟他說一聲，不然不知道餐點要怎麼準備很讓人困擾。但多出來的食材只要留到下一餐使用就好，所以還是沒什麼差。

問題在於，利瑟爾從前天晚上開始就沒回旅店。精確來說，旅店主人最後一次見到他是在前天早上送他們出發前往迷宮的時候；不過他們預計回來的時間大約是當天晚上，因此說是從前天晚上開始也沒錯吧。

「………晚上在外遊蕩的貴族客人。」

旅店主人喃喃自語，下一秒就把額頭砰地撞在桌面上。這句話只是自言自語說出來，就給人強烈的罪惡感啊。

如果換作劫爾和伊雷文，旅店主人並不會感到疑惑；他們倆曾經數度不回旅店過夜，雖然希望他們至少先講一聲，不過只要跟利瑟爾打聽一下，大致都能得知他們的行蹤。

『今天另外兩個人需要晚餐嗎？要不要我幫他們做個消夜？』

『放著別管他們就好囉。』

大致上是這種感覺。可以放著不管的話他樂得照做，畢竟那兩個人有點恐怖嘛。

即使如此他還是會向利瑟爾確認一下，同時也是為了設下防線；那兩人只聽利瑟爾的話，就算他們晚歸、質問他為什麼沒飯吃，旅店主人只要說是利瑟爾的指示就不會有什麼差錯。雖然他們不曾真的這樣抱怨過，只是預防萬一啦。

利瑟爾明白他這膽小鬼的意圖，無論他問了多少次同樣的問題，還是帶著一貫的微笑溫柔回應，旅店主人實在感激得想五體投地。他邊想邊抬起剛才撞在桌上的額頭。

「貴族客人不在的時候，另外兩個人不在也算是微妙的幸運吧……」

利瑟爾不在的時候，劫爾他們有一點可怕嘛。

那不就沒問題了？不，問題可大了。

因為利瑟爾晚上要是不回來，事前一定會告訴他一聲。有時候是親自帶著好看的微笑告訴他「今天晚上我會出門哦」，有時候是透過劫爾或伊雷文語帶敷衍地告知一下。但昨晚旅店主人沒有接到任何消息。

順帶一提，旅店主人並不知道他晚上都去了哪裡；儘管相當好奇，但他從來不曾細問。劫爾他們看起來並不介意利瑟爾出去，因此想必不是去做什麼危險的事。聽說他在之前的國家也會在這時間外出，所以應該是去夜間散步之類的吧？旅店主人擅自這麼猜測，也希望實情真是如此。

「但連續兩個晚上沒消沒息，以前從來沒發生過啊，而且又沒留話……難道這就是叛逆期……?!」

明明連老婆都還沒娶，他沒想過自己竟然有被客人的叛逆期耍得團團轉的一天。

跟那個自從遇見利瑟爾一行人之後，不知為何開始做出媽媽發言的朋友告狀一下吧？不過那朋友到底是發生什麼事才變成那樣呢，以前他確實就很會照顧人，但沒有嚴重到這個地步啊。

不對，我要冷靜，旅店主人甩甩頭。那個利瑟爾怎麼可能出現什麼叛逆期？劫爾他們也不在，這間旅店住膩了，所以三人一起搬到其他旅店去了還比較有可能咧。想著想著他都想哭了。

「（可是齁……總覺得……）」

旅店主人頹喪地把額頭擱到交疊的雙手上，盯著桌板上的木紋。

打從前天晚上利瑟爾沒回來那天，伊雷文就消失了蹤影。不，旅店主人完全不知道他是什麼時候出去的，不過早上爬不太起來的伊雷文隔天早上人不在房裡，多半是晚上就出門了沒錯。

旅店主人唯一看見的，就只有昨天清晨離開旅店的劫爾而已。

擦肩而過的瞬間，旅店主人原想打個招呼，但豈止發不出聲音，他甚至全身僵在原地動彈不得。人要是處於脖子以下全部埋在地底下的狀態，遇見擁有最強稱號的龍族，一定就是這種感覺吧。劫爾走出旅店的時候就是留給旅店主人這種次元的恐懼，根本超越了「可怕」的定義，嚇得他稍微失去了意識。

雖然由此推論稍嫌武斷，但這應該表示他們外出後並沒有和利瑟爾一起行動吧。這是旅店主人的直覺。

「總覺得不太對勁啊～～～～！」

從前，他曾說那兩人待在利瑟爾身邊的時候，像是「兇暴的魔物繫上了鎖鏈，所以可以靠近到一定距離」。沿用同樣的比喻，現在這種感覺正是失去鎖鏈的狀態吧。與其說他們獲得釋放、恢復自由，不如說比較像是鎖鏈另一端繫著的東西消失不見了。

魔物主動向無意制伏自己的人物遞出鎖鏈，一旦那個人消失，會發生什麼事？魔物會怎麼做？恐怕會變得比自由自在的時候更加駭人吧。幸好他們不是無差別吞噬一切的那種人，旅店主人感慨地想。

假如不只是消失不見，而是遭人搶奪，劫爾他們大概會毀掉一、兩個國家吧？絕對會。想到這裡，旅店主人猛然抬起臉來。

「萬一是被綁架了怎麼辦！！！……好像不可能喔，貴族客人哪會那麼容易被人擄走，而且他周圍的人那麼恐怖。」

他們是吵架了嗎？旅店主人喃喃說著，站起身來。好了，今天也精神抖擻地來曬床單吧，他邊想邊離開餐廳。

位於阿斯塔尼亞某處的地下酒館當中，伊雷文兀自思考。

「我們先以森族遺棄的聚落之類方便使用的地方為中心搜尋過了，沒有找到人。不過森林裡確實有什麼蹊蹺沒錯，那個自稱咒術師的人說啦，『如果用了隱蔽魔法，這是單人做不到的等級』，所以對方應該有好幾個人。」

伊雷文看也沒看說話的人一眼，只是聽著對方帶來的情報。

長瀏海的男人站在門口，絕對不往這裡靠近一步，行雲流水般講完這些情報就離開了。剛才帶來其他消息的傢伙也沒走近，隨便怎樣都好。

「（都沒中啊……）」

他翹起椅子，腳跟叩上桌板，在桌子上蹺起兩條腿。

他拿著厚厚一疊紙張，啪沙啪沙地翻動。這是阿斯塔尼亞步兵團負責管理的入國審查紀錄，簡單整理了這一個月之間出入人士的姓名（或是團體名稱與人數）、職業、目的。

伊雷文透過某些管道將這份名單弄到手，雖然不是正本，不過資訊無誤，所以沒什麼問題。他瀏覽過清單，在意的人物都派遣利瑟爾稱作精銳的那些傢伙去打探過了，但全都一無所獲。

但這並不是完全白費工夫。伊雷文將珍貴的資料扔到一旁，一把抓起玻璃杯。

「（表示我們要找的人不在那些壞胚子之中。）」

恢復常溫的水通過喉嚨的感覺令人不快，他小聲咋舌。

伊雷文派遣精銳盜賊去調查的那些對象，確實都與利瑟爾沒有任何關聯；不過那些入國者也不是什麼善男信女，而是像走私貨品的商團那類的，全都做了些虧心事。所以伊雷文才盯上了他們。

若說他也是同類所以才認得出來實在令人不快，不過要辨別那些人對伊雷文來說確實是小菜一碟。他們經手的都是高價品，卻無法聘僱正規的護衛，是很好對付的肥羊，因此伊雷文在盜賊時代常拿這類人下手。

名單當中這類顯而易見的對象他應該全都調查過了，就像一一刪去的可能選項一樣。他原本就料到這一頭多半會落空，結果利瑟爾果然不在那些人手上。

「…………」

然而，伊雷文卻略微鬆了一口氣。他下意識啃咬著玻璃杯的邊緣。

這次一無所獲，就代表對方綁架利瑟爾並不是出自於對伊雷文的怨恨。他從沒後悔當上盜賊，畢竟正是因為當上盜賊他才遇見了利瑟爾，後悔沒有意義。即使有人來尋仇也一樣。

說到底，利瑟爾不可能沒考慮過自己因為遭人怨恨而遇襲的可能性。既然如此，就表示這點程度的小事對利瑟爾來說不值一提，而且他理所當然地相信伊雷文會在那些怨恨造成實際危害之前防患於未然。僅此而已。

利瑟爾本人都說無所謂了，伊雷文根本沒有任何自尋煩惱的必要，擔心這些也只是煩人而已。伊雷文面對這樣的人，會理所當然地說：「都知道自己造成別人困擾啦，那你為啥還在這裡？」所以他一點也不會介意。

「（就算這樣，我還是笑不出來啦。）」

被他啃咬的玻璃杯發出啪喀啪喀的聲音裂了開來。

現在已經地毯式刪去了眾多可能性，剩下的選擇並不多；但即使鎖定了擄走利瑟爾的兇手，在釐清對方的目的之前還是無法採取決定性的行動。

「（在情報不足的時候行動，反而害隊長陷入危險就糟了。）」

想擄走利瑟爾的人多到數不清吧，不過那是在他原本的世界。

從對話當中透露的訊息可知，利瑟爾原本所屬的國家相當強大，擁有眾多臣屬國家，是長期君臨世界、猶如王者的國度。他的國王在那個國度當中坐擁史上最崇高王者的封號，而利瑟爾年輕優秀、又是站在國王最近處的宰相，想必有很多人無論如何都想把這樣的人弄到手吧。

可是，現在的利瑟爾只是個奇怪的冒險者罷了。無論他氣質多高潔、舉止多優雅、多像個貴族，都無法改變他是冒險者的事實。既然如此，這次的綁架案不太可能是為了利益，而是與忌恨、怨仇有關。

「（目前對方也沒找上我們，要找的就是隊長吧。隊長也說不上沒跟人結仇，但會造成損害的他都會先設法處理……無故招惹了怨恨比較有可能。）」

他從龜裂的玻璃杯當中滿不在乎地喝光了水，把杯子隨手一扔。玻璃杯掉落地面、散成碎片的刺耳聲響，現在也傳不進伊雷文耳中。

坐在傾斜的椅子上，伊雷文向後仰，將全身的體重靠在椅背上，仰望天花板。飢餓的雙眼渴求著唯一一人的身影，他抬起雙手，自欺欺人似地遮住那雙眼睛，緩緩呼出一口氣。

「居然為了這麼無聊的理由對他出手……」

這句自言自語從不帶笑的唇間流淌而出，孤零零落在酒館裡，沒有任何人聽見。

在利瑟爾消失的那條巷子裡，劫爾靠在牆邊，抽著菸獨自思索。

這裡是小巷深處，早晨朝氣蓬勃的喧囂聲顯得有些遙遠。往巷子外看去，巷口彷彿把一段街道截取了下來，人群從左右兩側出現，又消失在另一端。

這條巷子並不算那麼深幽，聲音和整個世界卻都顯得遙不可及，利瑟爾在遭人擄走的前一刻，也感受到了同樣的氣氛嗎？小巷內部有如遺世獨立的空間，有些人寧可快速通過，但利瑟爾想必是邊走邊悠哉地享受這種感覺吧。

劫爾抬手掩住嘴，將香菸夾在指縫間深吸了一口氣。說過還滿喜歡這香味的男人，現在究竟身在何處，又在做些什麼？

「（沒感到不快就不錯了吧。）」

劫爾呼出一口煙霧心想。

他想知道利瑟爾人在哪裡，卻沒有採取行動，是因為這麼做沒有意義。既然伊雷文動用了所有可能的手段搜索利瑟爾的行蹤，這裡就沒有劫爾出場的餘地，而且他行動起來也太引人注目了。

雖然這裡沒有監視他的耳目，目前還是只能靜觀其變。

「打擾一下喔。」

在所有聲響都顯得遙遠的小巷當中，忽然落下一道鮮明的嗓音。

聲音主人不曉得躲在哪個轉角，沒看見人影，不過那嗓音和前來告知他利瑟爾遭人綁架的聲音一模一樣。劫爾沒回話，只是將視線投向聲音的方向。

那男人自言自語似地把目前所知的情報說過一遍，在話聲終止的同時，男人的氣息也隨之消失不見，又不知跑到哪裡去了。劫爾沒有目送那男人離開，只是兀自在腦中反芻剛才對方以流利口條捎來的那些情報。

「（對方有好幾個人……）」

而且那好幾個人，還能夠施展足以騙過魔法師同業的強大隱蔽魔法。

說到底，稱得上優秀的魔法師絕不算多；再加上他們一同聚在這裡，又有盯上利瑟爾的理由……綁架犯的真實身分也不難想像了。

基本上，利瑟爾是個不會招惹怨恨的男人。但對他來說無所謂正義，假如覺得招惹對方

無傷大雅，那他偶爾也會開點玩笑；假如這麼做能換得更大的益處，那他也會毫不猶豫地得罪對方。

這種時候他會做好萬全顧慮，不會給自己留下把柄，因此這次的綁架恐怕是無故遭人怨恨所致吧。劫爾和伊雷文做出了同樣結論，狠狠咬下叼在口中的香菸。

假如是出於怨恨，利瑟爾的人身安全就無法保證了。

「…………」

些微苦味在口腔內擴散開來，劫爾不悅地蹙起眉頭。

接著，他深深呼出一口氣要自己冷靜，立刻否決了自己的想法。

「（……沒有人會用那傢伙來發洩怨氣，這麼用他太浪費了。）」

而且，只要沒被不由分說地殺掉，利瑟爾一定會全力設法自保；既然對方沒有當場殺掉他，而是把人擄走，那麼利瑟爾應該也有餘裕自行想點辦法才對。

劫爾並不覺得他遭到綁架還能樂在其中，畢竟目前還沒有確實獲救的手段。所以，至少利瑟爾別感到不快就好了。若事實並非如此，那他會很困擾的。

注意到自己即將失去冷靜的思緒，劫爾將後腦靠上他倚著的牆壁。真的就像所有認識利瑟爾、又知道現狀的人一樣，他忍不住想：假如有利瑟爾在，那該有多輕鬆啊。

「（有那傢伙在總是很方便……雖然綁架他不可能是為了這種目的。）」

只是方便而已，利瑟爾本身並沒有辦法做出什麼驚人之舉。

他的魔力量也只是偏多而已，沒有多到異常的地步；和理所當然需要隊友保護的魔法師相比，利瑟爾在戰鬥中算是行動自如，不過體能也完全比不上揮劍奮戰的普通冒險者。現在的他，也沒有在原本世界所坐擁的地位。
利瑟爾真正的價值，唯有在獲得供他差使的左右手之後才能發揮出來；左右手越是優秀，越能將他的價值發揮得淋漓盡致。這項特質，足以讓人認同他不愧是立於眾人之上的貴族。
「（假如綁架那傢伙是想成為他的棋子……那反而很嚇人啊。）」
雖然不可能，想像起來總覺得很恐怖。
既然如此，對方是為了什麼而擄走利瑟爾？沒聽說有可疑人物離開阿斯塔尼亞，只是把利瑟爾持續關在這裡有什麼意義嗎？
不，或許這麼做本來就不具意義。劫爾不會說利瑟爾與對方的目的毫無關係，不過也可能對方真正的企圖並不在於利瑟爾本身。無論如何，還真敢為了無聊的理由對那傢伙出手。
從獲知的情報看來，伊雷文也會改變搜索方向吧。他不想勞師動眾進行大規模搜索，如果能早點找到人就好了。
「……不然的話……」
劫爾將燒短的香菸移開唇邊，在掌心裡捏碎。
他將說到一半的話嚥了回去，中斷的語句沒有後續。
能夠越過鐵牢的只有一個人，所以利瑟爾的用餐時間總是和他一起度過。
「我想大概過三天左右，劫爾他們就會行動了。」
「行動？」

「意思是說，在各式各樣的人們協助之下，主動尋找我的下落。」

利瑟爾依然坐在與鐵牢稍微有段距離的位置，把毛毯不會接觸到身體的那一面朝下鋪在地上。面前羅列的粗獷鐵條沉默無聲，利瑟爾坐在毛毯上，和鐵牢另一側、面向這裡的奴隸男子交談。

男子盤腿坐著，手中拿著剩下的一小塊麵包，那塊麵包也立刻被他拋入口中吃光了。只吃這點東西就能維持那一身柔韌的肌肉，真令人羨慕，利瑟爾邊想邊撕下手上的麵包。

「但是，我希望盡可能避免這種情況發生。」

「…………得救，不想？」

「不是不想得救喲。」

利瑟爾吃下一口麵包，空下來的那隻手把盛裝水果的碟子往前方遞過去。

男子低下頭，目不轉睛地盯著碟子看，直到利瑟爾伸出手掌說了聲「請用」，他才終於伸手去拿。換作唯人會感受到劇烈疼痛才對，男子卻輕易將手臂探進欄杆縫隙，拿走一小塊水果。

「因為，感覺會被罵嘛。」

那位擅長照顧別人、個性有點愛擔心的某副隊長，就是隸屬於進行搜索時多半會率先受到派遣的魔鳥騎兵團。利瑟爾絕對會被他訓斥一頓。

畢竟有一次，納赫斯還曾經提醒過他：「天色變暗之後不要走小路，很危險的。」利瑟爾心想，這人對冒險者說什麼呢，倒不如說納赫斯是不是根本沒把他當成冒險者看待？但實際上真的發生了這種事，他無話可說。

「不過以你的實力，就算在大街上也能把我擄走，這是不可抗力吧。」
「可以擄走。」
男子不知為何得意地點頭。利瑟爾見狀笑著又撕下一塊麵包，束縛雙手的手銬隨著動作搖晃。
利瑟爾和奴隸男子之間的對話，只會聊到傳入狂信者們耳中也無妨的話題。現在也一樣，因為被人知道過了三天劫爾他們就會行動也沒有問題，所以利瑟爾才會說起這件事。倒不如說，如果狂信者們聽了覺得能藉此獲得有益的情報，因而默許自己跟奴隸男子對話就太好了。
畢竟利瑟爾被關在牢房裡無法行動，只要對方沒有動作他就束手無策，無論對方的「動作」是好的方面、還是壞的方面。不過，利瑟爾也不會特別交代他把這件事告訴信徒，奴隸男子只會說出自己被問到的內容，從他口中轉達給那些狂信者的機率是一半一半吧。
「（沒有轉達也無所謂。）」
利瑟爾只是採取所有可能的對策，是否見效是其次，反正他也沒有其他事情可做。
「吃水果會不會有助於改善肌肉痠痛呢？」
「肌肉痠痛？」
「就是做了平常不做的運動，造成身體感到痠痛。你沒有這種經驗嗎？」
「沒有。」
和利瑟爾猜的一樣，男子乾脆地搖搖頭。
真令人羨慕，利瑟爾全身的痠痛到現在還沒有消退呢。他昨天幾乎沒有活動身體，但不知為何總覺得肌肉更痛了。

「你這……你，肌肉痠痛？」

「是呀，全身都好痛哦。這應該也不只是肌肉痠痛就是了。」

利瑟爾面露苦笑這麼說。不曉得是出於擔心還是感興趣的關係，奴隸男子湊過來打量他，刃灰色的頭髮隨著動作輕晃。

想必是因為他本身與利瑟爾無冤無仇的關係，雖然男子對於擄走利瑟爾一事並沒有罪惡感，但同時他也對利瑟爾沒有疑心。儘管態度相當順從，但時常看到男子坦率表現出內心的感受。

所以，開始對利瑟爾表現出興趣，也是出於男子的真心吧。利瑟爾以溫柔的微笑回應他的視線，將碟子上剩下的最後一片水果放入口中。

「………嗯，我吃飽了。」

他把空托盤推到鐵牢邊。

雖說奴隸男子不受魔法影響，能自由出入這座牢房，不過他並沒有自由開關鐵牢的權力。利瑟爾看著男子將手伸進欄杆、把托盤回收到外側，忍耐著渾身痠痛站起身來。

由於雙手戴著手銬不方便活動，他簡單拍了拍毛毯，將內側那一面裹在肩上。男子一邊把大大小小的盤子往托盤上疊，一邊抬頭望過來，利瑟爾於是指了指床鋪：

「昨天讀到了讓人有點在意的段落，所以我繼續讀書囉。」

「書……」

利瑟爾微微一笑，奴隸男子目送他的背影走向床鋪。

接著，男子勤快地收好托盤，在平常的固定位置再度盤腿坐下。男子在命令與辱罵當中生活至今，書本原是與他無緣的東西；實際上，利瑟爾朗讀的那些文章，他時常也聽得一知半解。

但柔和嗓音交織而成的那些語句，時不時投來的問題，以及每一次他回答了問題之後總會得到的、褒獎般的眼神……這段愜意的時間總是帶給他許多前所未見的事物，他很喜歡。

「……？」

可是，平常總會靠近欄杆坐下的利瑟爾，卻坐在床鋪上沒再起身。

看見利瑟爾把攤開的書本擱在腿上翻閱，男子偏了偏頭，因為利瑟爾明明開始讀書了，那雙嘴唇卻沒有動作。

「昨天，一起……」

「我想好好思考，所以想一個人讀。」

「……書，要讀。」

「不可以。」

即使男子投以全神貫注的視線，利瑟爾也完全不予回應。

這也不奇怪，他想讀的是研究書，並不是能夠朗讀出來的內容。奴隸男子就這麼目不轉睛地看著利瑟爾專心閱讀的模樣，看了一會兒，而後他忽然注意到什麼似地將臉轉向一旁。

他視線的方向是通往這座牢房唯一的通道，男子往那邊看了一陣，接著把身體轉了過去。注意到他的動作，利瑟爾也跟著往欄杆外看了一眼，然後又什麼事也沒發生似地開始繼續讀書。

沒過多久，一道腳步聲逐漸接近這座籠罩在寂靜當中的牢房。

「讀了師尊的著作，你也稍微領略到自己的罪孽了吧？」

腳步聲在鐵牢前停下。看來對方不願意閉上嘴默默離開，利瑟爾抬起臉來。

「破壞了偉大的師尊神聖不可侵犯的造物，十惡不赦的大罪。」

這類型的信徒意外地還不少，利瑟爾邊想邊闔上書本。

是沒見過的生面孔。巡邏的信徒當中，只瞥一眼就離開的屬於少數，大部分的人非得留下一些怨言才願意走開。眼前這位信徒也屬於後者，他悶悶不樂地開始抱怨起來。

信徒似乎不是輪流過來巡邏，有些人利瑟爾只見過一次，也有些人已經來了好幾次。這樣難以掌握全體人數呢，利瑟爾邊想邊點頭回應那位信徒。若是視而不見，他們反而會念得更久，還是不要引起他們反感最好。

「我們的使命唯有一項，那就是除去讓師尊不快的眼中釘……排除這個國家那些再三冒瀆師尊魔法的愚鈍之輩，就是我們的使命。」

破壞了技術的多樣性，感覺會大幅拖累魔法技術的發展……雖然這麼想，不過利瑟爾沒說出口。

對於他們這些信眾而言，只要異形支配者位居頂點、是唯一的權威就好。正因為狂信者們抱持著這樣的想法，所以也不難想像他們實際排除魔鳥騎兵團的時候會採取什麼樣的手段。

簡而言之，只要能證明他們敬愛的師尊的魔法優於騎兵團就行了。利瑟爾的手掌撫過腿上那本異形支配者的研究書籍。

「你聽好，別誤會了，只是因為你會妨礙我們達成使命，所以我們才『順便』處理你，對於師尊來說你一點價值也沒有。明知如此，為什麼還要把你獻給師尊，讓你享有這種榮譽……我實在難以理解。」

這時，利瑟爾忽然開口。

「各位總是以我會出手妨礙為前提呢。」

這句話與他沉穩的笑容顯得不搭調。

狂信者那雙原本不斷吐露嫉妒與恨意的嘴唇不禁停了下來。這也是當然的，畢竟利瑟爾這句話就像在說，無論信徒們做了什麼他都不會干涉，假如沒被綁架過來，他根本不會有所牽連。

「你……」

「本來就是這樣吧？」

利瑟爾偏著頭說道，打斷了狂信者的話：

「魔鳥騎兵團可是國家的象徵呢。他們的問題就是國家的問題，除非國家主動要求協助，否則這本來就不是區區一個冒險者有權插嘴的事情。」

「……你說什麼……」

「畢竟我也不想被公會罵呀。」

利瑟爾從床舖上站起身來，按住差點滑落的毛毯，緩緩朝狂信者走近。

狂信者的眼神默默追隨著那道身影，卻一句話也說不出口。事到如今他才注意到，對方看著這裡的眼瞳當中，沒有半點遭到不當拘禁的人該有的恐懼和焦躁。

然後，利瑟爾在他眼前站定，狂信者無比鮮明地看見那雙看透一切的眼瞳緩緩瞇細，鮮明得彷彿連幾絡細髮掃過頰邊的聲音都能聽見。

「所以，你說得對。」

聽見這句話，狂信者下意識想往後退的雙腳停在原地。

他的思維在魔法領域當中應屬十分優秀，直到這一刻卻仍然動搖不定，只能被動聽著眼前這名沉穩男子繼續說下去。

「我跟這件事毫不相干，贊成把我抓起來的人，一定沒有理解你所說的使命吧。這就表示他們也不瞭解異形支配者。」

「所以我才反對他們這樣做！！」

「沒錯。所以說，你是對的。」

利瑟爾拿起手中的研究書，粲然一笑。

「你才是最瞭解支配者的人呀。」

那當然，少愚弄人了——換做平時的他，一定會嗤之以鼻地這麼說吧，說不定還會嘲笑對方事到如今還想求饒。

然而現在，狂信者的腦海中沒有浮現半點類似的想法。雖然至今為止從來不曾去比較，但事實是，只有自己是最瞭解師尊的人——這種壓倒性的優越感使得他渾身發顫，無暇顧及其他。

「因為你是最瞭解支配者的人，我有事情想請教你。」

利瑟爾拿起研究書，手指敲了敲那本書的封面，那聲響喚回了狂信者沉醉於優越感之中的意識。

「有一些地方我不太瞭解，希望可以請你指點一下。只憑我自己實在無法掌握異形支配者的意向……可以嗎？」

「……我也是很忙的。」

狂信者的視線落在打開的書本上，笑意扭曲了他的嘴唇。

這可是他反覆閱讀過無數次的書，就連第幾頁的哪一行寫著什麼都已經背得滾瓜爛熟。竟然讀不懂，果然只是個違逆師尊的膚淺之輩；雖然這麼想，不過對方是因為他能夠理解師尊的意圖所以才來請教，這感覺倒還不壞。

他沒有發現，這份攀上背脊的優越感不僅是因為自己對於師尊的理解受到肯定，同時也是因為自己被眼前的高貴人物選中了。

「沒想到你被關在監牢裡想要的居然是書本解說……考量到這本著作有多麼博大精深，這也難怪。為了讓你好好體認師尊的偉大，撥出一點時間也無妨吧。」

「不好意思，提出這麼無理的要求。非常謝謝你。」

眼見那雙紫水晶般的眼眸流露出笑意，狂信者懷著強烈的自滿哼笑了一聲。

接著，他低頭看向對方拿到欄杆近處的、那本敬愛師尊的著作，以陰鬱的聲音開始講解支配者隱藏在字裡行間的真正意圖，而這些都只有他一個人知曉。

狂信者持續講解了二十分鐘左右，不過他應該是真的有事要忙吧。

二十分鐘之後他就離開了，毫不掩飾那副還說得不夠盡興的神情。無論如何，這種類型的信徒總會在這裡花費同樣的時間吐露怨言才肯離開，那還不如聽他們聊書好得多。
「他談得非常深入，就連異形支配者絕對沒想那麼多的部分都講解了呢，有點有趣。」
目送狂信者消失在陰暗通道彼端之後，利瑟爾站在原地，邊說邊翻閱手中的書本。這時，視野一角的刃灰色頭髮動了動。
剛才一直坐在角落發呆的奴隸男子，回過頭朝這裡看了過來。
「好厲害。」
「那都只是鬼扯而已，受到稱讚實在太難為情了。」
聽見利瑟爾面露苦笑這麼說，男子眨了眨眼睛。
奴隸男子知道，那些過來巡邏的信徒當中，凡是剛才那種待在這裡抱怨個沒完的人，利瑟爾都一個不漏地把他們引導到書本的話題上去了。
當然，每一個人的對話內容都不一樣，必要時利瑟爾也會配合對方改變立場，居高臨下或放低姿態進攻，不過最後總能把對話引導到同樣的結果，只能說真的太厲害了。
「話說回來，支配者還真受歡迎呢。」
「？」
不出所料，這些信徒是以支配者為軸心凝聚在一起，不過信徒之間似乎沒有同伴意識。即使能夠強化個別信徒對周遭其他人的反感，恐怕還是無法指望因此造成他們內部分裂吧。如果能把他們原本就微弱的團結力削弱得更加不堪一擊，那就已經很不錯了。挑撥起來應該很有成就感，利瑟爾這麼想著，點了個頭。
被關在牢房裡，他能做到的相當有限；但劫爾和伊雷文想必也在努力尋找他的行蹤，他還是得盡己所能才行。

「（話是這麼說，但找不到突破口呀……時間不足或許是最大的瓶頸。）」

從他由各個信徒口中不著痕跡問出的情報看來，計畫的準備已經幾乎完成了。

雖然表面上對狂信者這麼說，但他們搭著魔鳥騎兵團的便車來到這個國家，還欠騎兵團一份恩情；再加上利瑟爾這次遭到綁架，已經堂堂成了這件事的當事人。原本他還心想，如果能在狂信者們採取行動、排除騎兵團之前脫身，他就要跟騎兵團打個小報告……但目前看來也來不及。

「（一旦信徒們開始動身離開阿斯塔尼亞，伊雷文他們一定會注意到，這應該是最早脫身的方法了。）」

還是越快得救越好，利瑟爾邊想邊闔上手中的書本。

他裹著毛毯走近床邊，將手中的研究書擱在其他書本上，然後回過頭去。一雙飽含期待的眼睛正目不轉睛地看著這裡。

「你想看書嗎？」

「想。」

男子立刻點頭。利瑟爾微微一笑，拿起了那本《名為異形支配者之人》。

焦急也於事無補。既然如此，不如隨自己高興去過日子吧，這也是劫爾他們所希望的。

利瑟爾將毛毯鋪在鐵牢前方，緩緩坐了下來。

116

納赫斯仰望萬里無雲的青空，快步走在訓練場上。

這座訓練場在王宮當中也算得上數一數二寬敞的，場地上沒有任何障礙物，非常適合活動。聽說以前還長著草皮，在魔鳥的腳爪反覆翻動、踩踏之下已經看不見了，唯有角落處還殘留點點綠意。

納赫斯一如往常地踩過留有魔鳥醒目爪痕的地面，尋找自己搭檔的身影。他把搭檔從廄舍帶到這裡，原本是想讓牠自己在王宮上空自由飛一飛、透透氣，但正要送搭檔飛上天際的時候，他卻被其他騎兵叫住了。

訓練場上總是有其他騎兵在。放魔鳥獨自在這裡散步沒有任何問題，不過飛行必須要有人監督，因此他總不能叫搭檔自己先去兜風。

「嗯？」

每隻魔鳥的色澤各不相同，旁人難以看出這種微妙的區別，但魔鳥騎兵們是不可能認錯搭檔的。納赫斯也不例外，在還有其他魔鳥四處走動的訓練場上，他遠遠就找到了心愛魔鳥的身影。

「肚子餓了嗎……」

納赫斯的魔鳥正喀沙喀沙地刨挖著地面。

訓練場上還長著美麗草皮的時候，納赫斯都還沒出生。時至今日他不可能還感到不捨，在找蚯蚓嗎？真是可愛的傢伙，納赫斯笑著走近。

魔鳥以牠銳利堅固的爪子不停刨挖著同一處土壤，挖到爪痕深度足以輕易容納成年人一隻手掌的時候才停下動作。接著，牠後退一步，把嘴喙猛地伸進洞裡，又立刻拔出。

魔鳥偏著頭往爪痕的縫隙間看去，然後再度把嘴喙伸進去搗弄了幾下、拔出來，又偏了偏頭。納赫斯笑著看這動作重複了幾次之後，喊了魔鳥一聲：

「怎麼啦，沒找到獵物嗎？」

「嘎。」

「改天我幫你買點食籽蟲過來。你很喜歡吧？」

納赫斯說著，手掌順著羽毛撫過魔鳥頸邊。

他將轡繩微調到不會勒住魔鳥的位置，然後來回撫摸牠全身上下唯一柔軟的胸毛。或許是被摸得很舒服的關係，魔鳥投桃報李似地咬著納赫斯耳邊的頭髮。「會痛耶。」嘴上這麼說，但他還是放任魔鳥為所欲為。

魔鳥這種玩鬧的模樣只在自己的搭檔面前展現，這裡沒有任何人會加以拒絕。本來魔物絕不可能親近人類，但即使魔鳥展現的親暱態度是魔法作用下的結果，牠們對搭檔的好感仍然千真萬確。

「好啦，抱歉讓你等這麼久。等一下還要巡邏，不過值勤之前你就自由地飛一飛吧。」

納赫斯拍拍牠的嘴喙這麼說。魔鳥微微偏了偏頭，接著猛地垂下頭部，大大展開雙翼，在振翅的同時把身體帶離地面，飛向藍天。

搭檔翱翔的美麗姿態百看不厭，納赫斯仰頭看了一會兒，而後看向在訓練場上練跑的騎兵們。雖然放魔鳥飛行必須盡監督責任，不過並不是一秒都不得移開視線。自己也不能怠忽訓練，因此他決定加入其他騎兵一起鍛鍊。

搭檔的鳴叫聲響徹雲霄，納赫斯陶醉地聽著這聲音邁開腳步。

今天早上好慌亂啊，奴隸男子背靠著鐵牢茫然想道。

準備已完成，各就定位，魔力怎樣、騎兵團又怎樣……信徒們口中這麼說著，不曉得跑到哪裡去了。還有幾個人留在這裡，沒聽說他們在做什麼，不過看起來像在打包行李。

男子也不太清楚他們為什麼會來到這個國家，但看樣子好像差不多要離開了。他把雙腿換了個方向盤起，驀地回頭往鐵牢內部看去。

在他視線另一端，利瑟爾坐在床舖上讀書，逐漸習慣了手銬的那雙手正靈巧地將披在肩上的毛毯拉近。男子目不轉睛地看著他的動作。

『肅清結束之後，吾等會招待你到撒路思一趟。』

從前有誰這麼說過。

既然如此，離開這個地方也不代表必須和利瑟爾分別吧，回到撒路思之後說不定也能和他待在一起。這是值得高興的事，男子點了個頭。

遇見利瑟爾以來也只過了整整兩天再多一點，不過兩人不僅從早到晚待在一起，就連睡覺也在同一個空間，醒著的時候大部分時間也在交談中度過，因此他知道對方是什麼樣的人。

『這麼說來，沒有人用名字稱呼你呢。』

『奴隸。』
『原來如此。假如沒有其他同樣身分的人，確實不會造成不便。』
『？』
比方說，利瑟爾是個會問他各種問題的人。
『那些信徒都是魔法師對吧，好像偏重於研究方面。』
『魔法師？』
『你說我嗎？我是呀。』
『研究，也會？』
『不，魔法相關的研究太專精了，我做不來。聽人家解釋我還算能理解，所以頂多只能把理論稍微應用到其他方面而已。』
比方說，利瑟爾是個允許自己提出各種問題的人。
『麵包給你吧。』
『？』
『我沒有食欲，請你拿去吃吧，不過水果我會好好吃下去的。』
『我要吃。』
今天早上也把麵包全部給了他，是個溫柔的人。
對於男子來說，這就夠了。至今為止他一直在辱罵、拳打腳踢當中度過，一下被當作魔法的肉靶、一下被逼著做雜務、一下被當作引誘魔物的誘餌，任由信徒們差遣使喚，但對男子而言，這沒什麼好悲觀的。

因為即使被人拳打腳踢、當作施放魔法的靶子，那些攻擊都對他無效，也不會痛。聽見信徒們氣勢凌人地破口大罵確實令人畏縮，但他能理所當然地接受那些辱罵內容，並不會因此感到受傷。既然如此，挨打挨罵的時間和呆站在原地沒有差別，沒接到命令的時候，他也只要發呆就好。有人交辦雜事的時候，他會因為有機會活動身體而開心；被當作魔物誘餌的時候，內心也會產生一股不可思議的亢奮感。

換言之，看在旁人眼中可憐又悽慘的奴隸待遇，對男子來說不僅沒有痛苦，還附贈三餐，這種日子他毫無不滿。當然，過著這種生活並非他本人自願，不過多虧利瑟爾所說的洗腦成果，他對此也沒有疑問。

該說是這個原因嗎？假如有人同情男子、說他可憐，他只會皺起眉頭嫌對方失禮；假如有人說要放他自由，他也無法明白背後的理由，只會對對方感到厭惡。

所以，利瑟爾是個溫柔的人。利瑟爾會跟他說話，把他原本只是茫然等待時間流逝的空檔變得舒適愜意；利瑟爾知道各式各樣的知識，還會把食物分給他吃，可以吃這麼多東西很開心。

「（撒路思，一起……很好。）」

男子想著，點了一下頭。

注意到他的動作，利瑟爾原先看著書本的視線朝他轉了過來，微微一笑，像在問他怎麼了。男子看著那雙手將攤開的書本闔上。

「想事情，結束了？」

「是呀，大致上。」

「想，什麼？」

「我在思考那些信徒們使用的魔法。」

聽見「魔法」這個詞，男子也只是一知半解。

不曉得是因為他沒有任何魔力，還是完全不受魔力影響的關係。被人當作魔法箭靶的時候，他也不曾注意過魔法是什麼樣的東西，他對魔法的印象只有「會冒出火焰」這種程度而已。

「已經知道他們的目的，也猜得到他們準備使用什麼方法，所以我從異形支配者的研究書當中找出他們有可能使用的魔法，試著詢問來巡邏的那些人……」

利瑟爾與信徒們談論書本的時候，奴隸男子總是聽不懂他們在說什麼。

「從他們的說法和理解深度，可以稍微縮小可能範圍。可是，究竟會以什麼樣的組合、如何使用，就離不開臆測的範疇了……接下來在看到正確解答之前，我也很難妄下評論。」

「？」

「只是消磨時間的娛樂而已喲。」

看見利瑟爾露出微笑，男子點點頭。他果然還是聽得一知半解，不過利瑟爾想事情應該想到一個段落了吧。

那麼，利瑟爾獨自閱讀的時間也結束了。昨天晚上，利瑟爾笑著說起他們先前的冒險故事：「在充滿斜坡道的迷宮裡，有顆足以堵住通道的巨大岩石往這邊滾落下來，這時候其中一位夥伴輕易擋下了岩石，其他隊友趁隙溜到後方，剩下擋著石頭的那一個人無法放開手，岩石又無法破壞，搞得一行人手足無措……」男子很想知道這故事的後續。

今天能繼續聽下去嗎？男子偏過身體，避開視野中隔開這一側與那一側的鐵欄杆，打量利瑟爾的臉色。刃灰色的髮絲落到臉頰上，男子嫌煩地甩了甩頭。

「你的頭髮看起來很硬呢。」

刺到眼睛感覺很痛，利瑟爾有趣地笑著這麼說。男子聽了點點頭，頭髮扎進眼睛的時候真的會刺痛。

「你，柔軟？」

「我的嗎？算普通吧。」

男子的目光追著利瑟爾的手指，沿著後頸梳過髮絲，那勻稱的指尖和男子聽說的冒險者形象完全連結不起來。繞在他指頭上的頭髮怎麼看都非常柔軟，男子漫不經心地想，好想摸摸看啊。

然後，他突然注意到一件事——利瑟爾坐在鐵欄杆附近的時候，總是隔著一段他伸出手也碰不到的距離。

「…………」

男子一隻手抓住鐵欄杆，試著往前、往後搖晃。

又推又拉了一陣，無論他使出多大的力氣，鐵牢仍然文風不動。男子定睛打量著欄杆。

「怎麼了？會被信徒們罵哦。」

「！」

他不喜歡被罵，雖然信徒們說的話不會讓他受傷，但這是兩回事。

因為男子必須服從信徒們的命令。這是無須思考、理所當然的道理，而惹他們生氣，就和沒有好好服從命令是同樣的意思。這是他絕對必須避免的事情。

男子瞭然放開手，然後不經意看見了利瑟爾。那雙清澈的紫水晶在牢房中略微加深了色調，筆直望著這裡，男子卻感到一股無以名狀的罪惡感，窺探對方臉色似地垂下頭去。

不過利瑟爾立刻朝他微微一笑，男子見狀驀地抬起臉。

「生氣，沒有？」

「為什麼我要生氣呀？」

那就好。聽見利瑟爾溫柔的嗓音這麼說，男子仍舊維持著盤腿的坐姿，挺直了背脊。

無論如何，既然利瑟爾沒有生氣，那他就能聽到昨天那個故事的後續了吧。利瑟爾除了正在讀書的時候以外，一次也沒有拒絕過他談話的請求。

男子正要開口，卻忽地停止了動作，閉上微微張開的雙唇，視線轉向從牢房向外延伸的陰暗通道深處。

「巡邏來得有點早呢。」

從他的動作，利瑟爾似乎也察覺信徒即將前來，男子聞言對他點點頭。

看來沒辦法繼續聽故事了，男子背向牢房，將褐色肌膚與刺青裸露在外的後背靠上冰冷的鐵牢。沒有人看見他微微蹙著眉頭，那是他下意識露出的表情。

由於舒適愜意的時光遭人打擾，這是第一次，他對於使喚自己的信徒們感到不滿。這是連他本人都沒有注意到的，細微到幾不可見的裂痕。

傲慢的男人現身，站在牢房前。

「按照你的計策，明天……不，今天晚上會有人來救你是吧？可惜啊，吾等的使命在那之前就會達成了。」

果然傳到信徒耳中了，利瑟爾面帶微笑這麼想。

利瑟爾和奴隸男子和和氣氣聊天的事情，從以前就已被信徒們知道了，信徒們當然也會問出對話內容吧。利瑟爾早就明白男子沒有理由刻意隱瞞，一定會坦白回答。

假如能因此讓信徒們在搜索規模擴大之前行動，多少提早他們實行計畫的時間，那就很好了。這是利瑟爾得救最快、也是最確實的方法。

「歸根究柢，你的人根本不可能過來。沒有人能夠識破吾等多重施展的隱蔽魔法。」

信徒露出充滿自信的笑容，居高臨下地看著坐在床上的利瑟爾。

他確實是個優秀的魔法師，其他信徒也一樣。

正因為這些優秀的魔法師使出渾身解數隱藏起這個據點，才會連精銳盜賊都找不到利瑟爾的所在地。信徒如此自信滿滿也相當合理，利瑟爾這麼想著，甚至感到佩服。對此他完全沒有任何危機感。

如此森嚴的隱蔽魔法，不可能在移動途中仍然保持運作。既然如此，就算信徒們以其他魔法隱藏行蹤，伊雷文他們還是找得到他。那些孩子很擅長挑出別人的缺失嘛，利瑟爾邊想邊撫過拴在自己手腕上的手銬。

「鐵欄杆上的魔法會解除吧？」

「雖然硬是把你拖出來，欣賞你在劇痛之下慘叫的嘴臉也是不錯的娛樂……」

男人瞥了奴隸一眼，然後不悅地皺起臉，又將視線轉回利瑟爾身上。言下之意是，假如不解除魔法，負責動手的就是奴隸男子了吧。這是當然，除了他以外沒有人能夠通過這道鐵牢。

即使聽見他這麼說，利瑟爾也並未露出半點懼色。這才是夠資格獻給師尊的貢品，信徒見狀挑起嘴角，接著動作誇張地聳了聳肩膀表示惋惜：

「但可惜，為了完成使命，我必須離開這裡。真無趣。」

自己無法親眼見證就沒有意義，還真是嗜虐。利瑟爾露出苦笑這麼想，完全沒考慮到自己的隊友是否跟人家半斤八兩。

「然後呢，離開牢房之後，我只要聽話跟著你們走就行了吧？」

「你很懂事嘛。」

雖然知道信徒們最終要把他帶到撒路思，但首先會以哪裡為目的地呢？

就算他問了，對方想必也不會回答，於是利瑟爾面不改色地這麼說，卻換來信徒刺探般的眼神。

利瑟爾的服從並無他意，只是因為這是最有利於自保的做法而已。

假如信徒預期他別有用心，那肯定是因為他無畏地認為利瑟爾假如只有這點程度就太令人失望了吧。既然如此，就滿足對方的期待吧。在寒意當中，利瑟爾將毛毯拉到胸前，回望對方：

「只要能離開這裡，在尋找我下落的那兩個人絕對會找到我的。」

「依靠別人的力量啊……這也太讓人掃興了。」

「你居然這麼說嗎？異形支配者儘管沒有親自下令，但他還是仰賴別人守護自己魔法的威信，一樣是依靠外力呀。」

信徒挑起了一邊眉毛。利瑟爾加深了笑意，繼續說下去：

「你一定會說『這麼做都是我們自願的』，對吧。」

「……那又如何？」

「不如何，只是我那兩位隊友也是同樣的道理罷了。」

信徒的臉色顯得更加險惡。

「你居然敢把自己與師尊相提並論！難道要說你們這些傢伙的關係，足以比擬師尊與吾等……！」

「怎麼會呢，我們完全不同。」

利瑟爾溫柔地表示否定，安撫即將發怒的信徒。

這說法確實相當傲慢，這就代表支配者並沒有要求他們這麼做，信徒卻擅自為了他四處行動；對於這些信徒而言，這就是他們想要的。

但利瑟爾不一樣。若說傲慢，他還比信徒們更加傲慢。

「我們三個人，都只是隨自己的意思、做自己想做的事而已。」

利瑟爾知道劫爾和伊雷文想救自己脫身，也知道這不是為了幫助自己，而是他們自身的願望。

「我們從來不是為誰著想而行動。」

無論何時，劫爾他們永遠憑著自己的意志做出選擇、憑著自己的意志行動。

他們憑著自己的意志，思考符合彼此利益的做法，也憑著自己的意志找尋利瑟爾。其中不存在信徒們的那種盲目信仰、犧牲奉獻，只有強烈的自我罷了。

即使如此，他們採取的行動卻總是如此溫柔，利瑟爾對此總是心懷感謝。不過在他們倆心目中，這是自己做出的決定、不需要回報，所以聽到利瑟爾道謝他們會很不高興就是了。

「當然，我由衷感謝他們設法救我出去，不過老實說，我的意願對劫爾他們來說也不太重要。」

「什麼意思……」

利瑟爾面露苦笑，帶著憐愛的語氣說：

「也就是說，即使我到撒路思去比較好、即使我不去撒路思就會有危險，他們也一定會來把我搶回去。」

不過假如面臨同樣的狀況，我也一樣會這麼做就是了，利瑟爾神態自若地說道。聞言，信徒露出扭曲的笑容。這是多麼自我中心又醜惡的關係啊，相較之下，自己和師尊之間的關係顯得如此神聖而尊貴。

這些人不懂得將自身奉獻給他人的幸福，信徒不屑地嗤笑著想。拋棄一己之欲，將師尊的願望視為自己唯一的願望，實現這願望的欲求才是真正崇高的渴望——對於自己的信念，他也不打算讓步。

「真想早點看到你親眼見證師尊真正的威光，懾服到五體投地的樣子。」

「我想應該沒有機會吧。」

「不必擔心……到撒路思的路上還有時間，我會好好教導你為師尊效命的喜悅。」

為誰效命的喜悅，他早就體會過了。

利瑟爾沒說出口，只是默默垂下眉眼。不知是將這動作視為理解還是反抗，信徒露出心滿意足的神情，接著冷不防低頭看向手邊。他手腕上戴著手銬，不愧是在魔法大國擁有一定成就的魔法師，看來握有相當的資金。不過那些資金，幾乎都用在他敬愛的師尊身上了吧。

「時間快到了。雖然無法讓你親眼見證師尊的魔法蹂躪其他使役魔法的情景，實在相當遺憾……」

他們完成使命的瞬間近了。

男人板起臉恢復嚴肅的神情，放下了觀看錶面時抬起的手臂。利瑟爾察覺自己也差不多該動身了，於是鬆開自己披在肩上的毛毯。信徒們總不可能同意讓他裹著這條毛毯移動吧。能不能至少把外套還給他呢……利瑟爾邊想邊抬起臉，這時，男性信徒忽然訝異地皺起眉頭。

「那是……魔石？」

利瑟爾臉上的微笑沒有半點動搖。

「你說耳環嗎？是呀，兩邊都是。」

「以防萬一，那東西也交出來吧。放到這傢伙手上。」

「現在它也沒有任何反應呢。」

「我說了，以防萬一。」

信徒真的只是無意間注意到它而已。

信徒自己也知道，拜那副手銬所賜，現在魔石完全無法發揮功能，他對利瑟爾下達指令的語調也只是公事公辦，並無他意。

利瑟爾維持著笑容，握著毛毯的手微微繃緊。他不能再反抗了，假如他說不想交出耳環，對方反倒會更加懷疑那副耳環藏有玄機，動用蠻力把它搶走。正解應該是暫且把耳環交出去，反正信徒們不太可能把它丟掉，事後得救的時候再取回就好。

奴隸男子站起身來，回頭看向這裡，將紋著刺青的褐色手臂伸進鐵牢。

「萬一把它弄壞了，這裡有可能會變成魔力聚積地哦。」

「讓這傢伙握著就沒問題了。動作快點，戴著手銬不方便嗎？」

給了他這對耳環的國王，恐怕也會叫他乖乖交出去吧。

假如耳環會被破壞，那他無論如何都會拒絕；但事情並非如此，就連他猶豫是否要交出耳環的苦惱，他的王想必都會付之一笑。

利瑟爾抬起繫著手銬的雙手，緩緩將頭髮撥到耳後，耳環隨之顯露出來。但指尖一撫過耳環後方的耳釦，他的手指就再也動不了分毫。

「我不要。」

利瑟爾臉上困擾的笑容無比高潔，帶有某種縹緲的氣質，任誰看了都難以對他下手。信徒見狀狂喜，他瞪大雙眼，帶著滿臉嗜虐的笑容立刻大喊：

「給我搶過來！！」

信徒拿出身上那串鑰匙，以其中一支大大打開了牢門。

聽見命令，奴隸男子有了動作。初次見到利瑟爾露出這種表情，他也不明白自己為何感到如此狼狽，但仍然聽令衝進牢房，宛如野獸發動襲擊般朝著坐在床上的利瑟爾撲去。

「！」

男子雙手按住利瑟爾肩膀，把他整個人牢牢壓在床上。
利瑟爾仰望著覆在他身上、俯視著他的奴隸男子，情急之下伸出被拘束的雙手往他胸口推，試圖推開對方。鎖鏈在兩人之間晃得哐啷作響。
但姿勢上的不利自然不必說，雙方的力氣也相差太遠了。即使利瑟爾用指甲去抓也傷不到男子分毫，掐緊眼前的褐色脖頸想必也沒有意義。他挪動雙腿想脫身，卻輕易被壓回床上，動彈不得。
「那個，給我！」
「、不行——」
「給我……快點，給我！！」
奴隸男子曾經說過。
說他去綁架利瑟爾的時候，那些信徒指示過他，多少動用暴力、造成疼痛也沒有關係。想必那個命令現在仍有效力，從正下方看去，男子的神情染滿了焦躁。
利瑟爾按著男子胸口的雙手感覺得到激烈的心跳，男子的呼吸短而淺，喘息的模樣痛苦得反而教人憐憫。看來男子已經親近他到不願意傷害他的地步，若是男子真打算不由分說地搶走耳環，早就弄傷他的耳朵、直接搶走了。
「（時間不夠……）」
利瑟爾細細喘著氣這麼想。
理想的情況是把奴隸男子完全拉攏到他這一邊，讓男子幫助他脫逃，但只有短短兩、三天果然不可能辦到。對男子下令的，畢竟是奴役了他幾年、甚至十幾年，訓練他把無條件的服從視為義務的人啊。

現在說服男子收手是不可能的，按在他肩膀上的那雙手力道正在逐漸加大。

「、……！」

肩膀好痛。使勁繃緊的全身都好痛，彷彿受到奴隸男子牽動似的，利瑟爾的呼吸也跟著加快。

試圖推開對方胸膛的手在顫抖，信徒蘸染愉悅的笑聲在牢房裡迴響。思緒雜亂無章，頭好痛。偏偏在這種時候……，利瑟爾不甘心地往手上使力。

男子的手朝耳朵伸來，利瑟爾只能微微偏過臉避開；褐色的手掌按住他嘴巴，固定住他的頭部，就連這微不足道的反抗也不被允許。利瑟爾無力的雙手從男子胸口滑落。

「嗯、唔……」

明明已經沒有力氣，利瑟爾還是伸手過去觸碰男子的手。

那動作彷彿在祈求什麼似的。那明明是他重要的東西，奴隸男子咬緊了牙關。奴隸男子一無所有，他自己視之為理所當然；不可思議的是，唯有身上的刺青遭人貶低的時候，他會感到不高興。那應該是重要的東西，是他的自我唯一的證明，而利瑟爾露出微笑，肯定了這個證明——現在，他卻要奪走利瑟爾同樣重要的東西。

但是，除此之外奴隸男子沒有其他辦法。有人命令他，他就得聽命照做，這是他世界裡的全部。

「對、不起……」

男子從喉間擠出細小的聲音說道，然後觸碰利瑟爾的耳朵。

陌生的情緒把他腦中翻攪得支離破碎，但他仍然伸手去拆下耳環。按著嘴巴的那隻手感受到利瑟爾指尖灼熱的溫度，感受到利瑟爾的指甲掐進他手背，當他透過掌心感受到利瑟爾蠕動嘴唇，似乎喃喃說了什麼的瞬間——

『你以為你在對誰的人出手？』

男子看見了猙獰無畏的笑，蘊藏著難以抑遏的怒火。

足以搖撼整個國家的魔力奔流轟然炸開，劫爾和伊雷文身處於不同地方，卻同時受到觸發似地邁開腳步奔跑起來。

他們不清楚剛才究竟是真的發生了震動，或者只是錯覺，只知道有股勢不可擋的強大魔力，像衝擊波一樣撼動了空氣。那種魔力超越了純粹的恐懼，讓人懷抱敬畏之意；那不是常人的魔力，也不如妖精的魔力那麼異質。那是屬於人類，卻足以使人匍匐在地的魔力。

他們兩人並未感受過同樣的魔力，但知道誰有可能散發出這種魔力——他們確信這魔力屬於那個國王，他們所追求的唯一一人宣誓了絕對忠誠的王者。

發生了什麼事？他們焦急地想，同時又在心裡懇求他別把利瑟爾帶走。現在必須快點見到那人才行，兩人硬是壓抑下紊亂的思緒，蹬向地面。

在龐大的魔力衝擊之下，本應不受任何影響的奴隸男子觸電般一躍而起，身體不聽使喚地顫抖。剛才那一瞬間看見的，彷彿猛力掐住他心臟般的那道笑容已經無影無蹤。

這是當然的，這裡只有三個人才對，但銘刻在他腦中的畏懼，卻不容許他視之為錯覺。

「什、什麼……剛才的魔力是怎麼回事！！不可能，怎麼可能有、有那種魔力……！」

鐵牢的另一側，男性信徒大叫道。

那魔力是如此高壓，足以支配萬物，教人相信它能夠憑著絕對的力量掃蕩一切。信徒剛才也被那魔力彈開，猛力撞上牆壁，此刻正靠著牆站起身來。

他知道，不只是設置在鐵欄杆上不可侵犯的魔法、以及隱藏這條地下通道入口的隱蔽魔法，所有魔法都已經在那股強大無比的魔力衝擊之下灰飛煙滅。常人不可能辦得到這種事。

平時的他會傲慢地笑著說自己的師尊厲害得多，此刻他卻驚慌失措，甚至忘記了敬愛師尊的存在。

「啊……」

在牢房當中，信徒發瘋般狂吼的聲音聽起來莫名遙遠。

奴隸男子茫然俯視著身下的利瑟爾。男子渾身因恐懼而顫抖，淺淺喘著氣，那雙眼睛彷佛攀住浮木似地，持續映照出利瑟爾躺在床上的身影。

狹小的視野因內心動搖而游移不定，男子彷徨的視線從裸露的喉頭，掃過散在床單上的細髮，途經碰觸的那一瞬間似乎發出了光芒的耳環，再看向利瑟爾緊閉的雙眼，和鑲在他眼周色素淡薄的睫毛。

「嗚、嗚……」

喉嚨深處漏出痛苦的呻吟，男子將雙手支在利瑟爾的臉龐兩側。

在他緊緊抓住床單的同時，闔上的紫晶色雙瞳緩緩睜開。有那麼一瞬間，那雙眼睛彷彿在尋找什麼似地凝望虛空，然後立刻看向他。男子帶著泫然欲泣的神情垂下臉。

拴著手銬的雙手伸了過來，觸碰男子的臉。男子驚得肩膀一跳，那雙手撫慰似地溫柔裹住他的臉頰。

「即使你除此之外不知道其他方法，我也不會原諒你剛才的所作所為。」

利瑟爾笑了，那雙勾勒出笑弧的嘴唇宣判了他的罪。

奴隸男子用力閉上眼睛，宛如承受著他許久未曾感受到的痛楚。不原諒他，這是當然的，利瑟爾都那麼抗拒了，他還想用蠻力搶奪他的東西。他不得不這麼做。為什麼？亂成一團的情緒不由分說地被掃蕩一空，現在的他已經什麼也不明白。

但唯有一件事他很清楚。男子緩緩垂下頭，將額頭按在利瑟爾胸口，輕蹭的動作像乞求、像祈禱又像懇願，他將唯一的願望說出口：

「原諒，不要。」

不要原諒我，不需要再對我這麼溫柔——他發自內心的想法僅此而已。

利瑟爾都說不原諒他了，他沒必要特地再提；但男子還是想把這句話說出口，因為這是他被人稱作奴隸之後，第一次憑藉自己的意志所做出的選擇。

吐露出這個願望之後，現在的他已經一無所有。他無法恢復原樣，留給他的只有在這一無所知的狀態下逐漸凋朽的命運。

「是嗎？」

利瑟爾的嗓音只應了這麼一句，語句冷酷無情，聲音卻如此溫柔。

觸碰男子臉頰的手掌緩緩梳過他的頭髮，慈愛地撫摸他的頭，男子放任自己享受這種感覺，緊綳的身體也逐漸放鬆下來。利瑟爾的撫觸彷彿為他除去了所有多餘的東西，感覺就像陷入永久的安眠。

「喂，你在做什麼，快把那傢伙給我帶過來！剛才的魔力是怎麼回事！！」

信徒的命令已經無法傳入男子耳中。

剛才那股龐大的魔力將絕對的王者刻印在他腦海，成為為他指明方向的指針，就連長年牢牢銘刻的慣性都煙消雲散。現在的他已經認知到那個至高無上的存在，服從於支配者與那些信徒顯得毫無意義。

「這個沒用的戰鬥奴隸……！」

喀嚓喀嚓，信徒開始設法打開剛才關上的牢門。

信徒在混亂、焦躁與氣憤之中慌了手腳，不僅無法從一大串鑰匙裡選出正確的那一把，手指還因為剛才魔力的衝擊而顫抖。他鞭策著不聽使喚的指頭，一支接著一支把鑰匙粗暴地插進鑰匙孔，鐵與鐵相撞，響起令人不快的聲音。

「你順從的態度不像是因為奴隸身分，比較像你天生的個性吧。」

在那陣聲響當中，利瑟爾的嗓音喃喃這麼說，奴隸男子聽了微微睜開緊閉的雙眼。

不知為何，只有利瑟爾的聲音聽起來格外清晰。那嗓音透過貼著利瑟爾的額頭傳來，聽起來好舒服，他還想再聽一會兒。男子往他身上挨近。

「我本來希望你自行選擇站到我這一邊的，但是時間不夠。」

利瑟爾撫摸他頭髮的手滑到他耳邊，像在敦促他抬起頭來。

男子依從對方的引導，一面捨不得這種彷彿可以永遠沉醉於半夢半醒之間的感覺被打斷，一面抬起頭。他挺起身體，再度看向利瑟爾，身下那張臉龐依舊帶著一貫的微笑。

嘈雜的喀嚓喀嚓聲從背後傳來。

「如果你已經一無所有，那現在這一刻就好，請你成為屬於我的奴隸吧。」

既然你不想被原諒的話。聽見利瑟爾在他耳邊輕聲這麼說，男子求之不得似地點頭。

從以往的經驗，男子知道奴隸是被主人疏遠的下人。成為奴隸，也就代表他不會獲得利瑟爾的原諒。

他的願望實現了。男子的背脊因喜悅而顫抖，手掌激動得抓緊了床單。他幸福得止不住笑，只得帶著這副表情俯視利瑟爾，看見那人也悠然瞇細雙眼笑了。

「不過，我不想變得跟異形支配者一樣。」

灼熱的指尖撫過男子眼周。

那雙眼睛和頭髮一樣呈現刃灰色，宛如刀刃般犀利，就這麼映照著利瑟爾紫水晶般的瞳眸。

「『該民族在戰事中發揮其真正價值，據傳各國君王爭相求取，希求該民族十名戰士更勝千軍萬馬。』」

利瑟爾微啟雙唇所念出的這段文字，男子也有印象。

那是他記憶的起點，不知什麼人居高臨下地看著他，朗讀著不知名的書本，語帶嘲諷，說這是每一次發生戰爭都遭人支配、使喚的奴隸一族。

男子搖頭，表示他聽過了，他不想聽。但利瑟爾的嗓音並未因此停下，背後傳來傲慢的聲音，歡天喜地地說著就是這把、就是這把。

「『其乃最為強悍之民族，能吞噬襲來的魔法，揮動自身刀刃撕裂敵手之姿宛如旋舞，整個戰場皆為其所奴役。吾懷抱敬畏之心，予其名為——』」

接在那一段文字之後的，是男子從未聽聞的兩小段記述。

男子瞠大眼睛，而利瑟爾耳語般的嗓音道出了命令。

「為我而舞吧，戰奴（sword dancer）。」

門鎖開了，牢門被推了開來。

下一秒，幾道清澈的聲音響起，那是被切斷的鐵欄杆掉落石板地面的聲音。在層層疊疊的撞擊聲響之中，帶著兇惡臉色正準備踏進牢房的信徒停下了動作。

曾為奴隸的男子在床鋪上回過頭來，他的雙腳上出現了優美銳利的刀刃，沉沉反射著刃灰色的光。

閒談・某徒弟志願者如是說

大家好，我是個名不見經傳的小小冒險者。

可能因為我是犬族獸人的關係，周遭的冒險者總是叫我「小狗」。我從來沒有自稱為小狗過，而且除了我以外明明也還有其他犬族獸人啊。換做是其他獸人，被這樣叫有些人可是會生氣的。

不過，不是冒險者的女生有時候也會叫我「小狗狗」。我都已經十八歲了，這種幼稚的暱稱讓人很不好意思，不過老實說，有漂亮女生這樣叫我、逗我玩，感覺倒還不錯。對不起。

我的一天，就從狹小的旅舍開始。

「！」

睜開眼睛之後我馬上就清醒了，我也覺得自己算是很不貪睡的人。

我從下鋪坐起身來，小心不撞到上鋪的床板，然後吸了一口早晨的空氣。昨晚有同房的人喝醉酒才回來，而且整間房間住的都是男人，所以沒什麼好聞的味道，不過各種氣味當中還是夾雜了一點點早晨清澈的空氣，我很喜歡。

我一邊感受著睡覺時折在頭上的耳朵慢慢豎起來，一邊打了個呵欠，然後把身體往前傾，順便伸展一下。把雙手全力往前伸，舒展身體的感覺讓人神清氣爽。

周遭傳來的鼾聲和說夢話的聲音我都習慣了，完全不在意。

我沒有組隊，所以同房的所有人也都是沒有隊伍的冒險者。這裡並不是冒險者專用的旅舍，不過狹小的房間裡擠了三張上下鋪，通道窄到兩個人沒辦法擦肩走過，很明顯就是開給冒險者住的一般旅店，所以房客果然也全都是冒險者。

有組隊的人就能整隊一起租一個房間，有錢的高階冒險者隊伍也會分住幾間兩人房或三人房。我也好想快點變成那樣喔。

「好，起床！」

我小聲自言自語，跨過低矮的欄杆下床，開始做準備。其他人都還在睡，所以我盡量小心不發出聲響。

我猛地拉出設置在床底下的置物籃。啊，是上鋪那個人的東西，拉錯格了。我默默把籃子推回去，拉開隔壁的置物籃，稍微檢查一下自己的行李，確認物品沒有缺失。

冒險者幾乎不會去偷其他冒險者的東西，因為一旦事跡敗露就會被周圍所有人孤立。不過這種事也不是完全沒有，所以我還是會姑且注意一下。我身上沒什麼貴重到值得偷的東西，反倒是消耗品最花錢，被偷拿也很難發現，不能大意……再來就是零錢之類的。

我是沒被人偷過東西啦，而且小東西就算真的少了一、兩個我也不會發現。

「嗯！」

全部都在，大概吧。

接下來就是換衣服了。我把向旅舍租借的睡衣脫下來丟在床上，之後只要把睡衣丟進房間門前的籃子，旅舍就會幫忙清洗。

我從內襯開始按順序穿上衣服，不過這時候還不會穿戴武器和手腳上的防具。那些防具穿起來很不舒服，又重，戴久了會腰痛，所以我會等到真的要出門的時候再穿上去。

「防具多了很占空間啊……」

是最近買了新護手的關係嗎？

我把快要彈出籃子的護手壓回去，把置物籃推回床底，然後把手伸進床單底下，拿出裝著錢的布袋。

我把布袋裝進皮革製的腰包，再把腰包繫在腰上，這樣終於準備完成了。現在這時間，旅舍的餐廳應該還很空吧。

「呵啊……喔，小狗，你還是這麼早起啊。」

「早安——」

我準備走出房間的時候，同房的其中一個室友從上鋪坐了起來。

冒險者起得很早，接下來大家應該會一個接一個起床吧。室友邊打呵欠邊搔著肚皮，我也小聲跟他道了早安，他隨興抬起一隻手，目送我出房間。

空氣裡有烤麵包的味道，今天一定也是麵包配湯的慣常菜色吧。

等我順便繞到洗手檯洗了把臉、把睡翹的頭髮壓平，然後來到餐廳的時候，餐廳裡還只有五個人。餐廳裡擺著六張四人座的桌子，在眾多旅店當中算是寬敞了，但擁擠的時候還是完全找不到位子坐，沒桌子可以吃飯是常有的事。這時候我們會從其他地方搬椅子來坐，或是直接坐在樓梯上吃。

先到的五個人果然也全都是冒險者，有的人睡眼惺忪，有的人吃得津津有味。

我跟他們也只有在眼神對上的時候會簡單打個招呼而已。早上要去搶委託，一般來說大家都是迅速準備好、迅速到公會去。不過我沒有固定的隊伍，不曉得什麼時候會跟誰搭檔，所以還是會好好跟大家打聲招呼。

「早安！」

「嗯，早安。」

這間餐廳隔著一道吧檯就是廚房。

我探頭往廚房裡看，打了聲招呼。老闆看起來很忙，不過還是迅速看了我一眼回應。在餐廳超級擁擠的時候，老闆的招呼聲聽起來就像怒吼，不過那種時候我也拚了命想拿到飯吃，所以不會介意。

我立刻就拿到裝著早餐的托盤，興匆匆地找了個空位坐下。在這裡天天都是併桌吃飯，所以彼此之間都不會特別說什麼。

今天的早餐跟我猜的一樣，是配料豐盛的湯，還有有點硬的麵包，再配上一顆帶殼水煮蛋和椰奶，是阿斯塔尼亞的經典早餐菜色……雖然我們每天吃的都差不多啦。

湯裡有很多大塊芋薯，用湯匙舀起來一口吃下去，表面入口即化，內部綿密鬆軟，好好吃。而且好燙喔。

其他還有洋蔥和紅蘿蔔之類的配料，都切得很大塊，不過都很好吃。培根切得有點厚度，總是只放了一片，每次吃到的都是這樣，而且別人碗裡的怎麼看也都是一片，應該是固定配額吧，可惡。

湯裡只加了胡椒鹽調味，但搭配食材熬出來的味道喝起來非常美味，我狼吞虎嚥地把麵包和湯都吃個精光。蛋我剝得有點失敗，不過也吃得一乾二淨。再添一碗要多付一枚銅幣，所以還是先忍耐吧。

「我吃飽了——」

「好、好。」

等我吃完時，餐廳裡的人也逐漸多了起來。我把托盤拿去廚房回收，老闆應了一聲，聽起來很忙碌。順帶一提，要是把托盤丟在原位會被老闆臭罵一頓，隔天早餐就沒得吃了。

走出餐廳，認識的冒險者剛好從前面走過來，於是我跟他打了聲招呼。

「嗨，小狗，你今天也要去公會？」

「對啊，繳住宿費的日子也快到了。」

「啊，對喔……你之前不是說你開到大獎？」

「我買了新的護手，錢就花光光啦。」

對方聽了大爆笑，還一邊用力拍我的背，差點沒把我剛才吃下去的東西拍出來。

這點程度的事情在冒險者之間很常見啊，甚至有人說吝嗇花錢的傢伙算不上冒險者，也不用笑成這樣嘛。

稍微多花了點錢買了高級護手，就得努力賺錢才行。

「所以說，你們今天需要幫忙嗎？」

「不好意思啦，我們今天人手夠了。」

對方說完，笑著走進餐廳。不缺人嗎……我搔著耳根回到房間。

自我推銷，是獨行冒險者最重要的命脈。剛才那個人有固定的隊伍，不過他們隊上只有三個人，人手不夠的時候曾經找過我幾次。

隊長在隊伍裡握有各種事情的決定權，還是難免牽扯到信賴關係之類的問題，所以人數少的小型隊伍也滿多的。接委託的時候，小隊伍之間會一起聯手，或是尋找像我這種獨行的冒險者湊足人數。

因此我才想說今天能不能跟他們一起，結果不行。我也沒有那麼期待啦，所以也不覺得可惜，沒機會就算了。

我回到房間，穿上所有裝備，然後把裝著緊急糧食的袋子掛在腰上，準備當作午餐。說到冒險者的緊急糧食，當然就是大家最愛用的樹果了，一顆可以補充一餐份的營養。

樹果跟大顆的糖果差不多大，殼裡面包著果肉，口感像偏硬的奶油，反正不好吃。不過它可以連著殼直接咬著吃，在魔物數量多的迷宮裡面是必備品。今天也不知道會接到什麼委託，所以還是帶著備用吧。

順道一提，樹果的價錢也不便宜。只帶幾顆在身上，一方面是一粒就有點重量的關係，另一方面也是因為我無法大量購買。

空間魔法包包真是夢幻逸品啊……雖然價格完全與我無緣，而且我連哪裡有賣都不知道。

「喔，你總是來得很早啊。」

「早安——」

一抵達公會，我先把自己的階級和再高一階的委託先看了一遍。

聽見職員大叔搭話，我舉起一隻手回應，然後往那邊走近。這時間冒險者還很少，公會職員閒著沒事做；我只有一個人也無計可施，要等別人開始募集隊員。也可以自己拿著委託單募集隊員，可是在大廳還空蕩蕩的時候也徵不到人。而且，召集人負責當隊長是不成文的規矩，我的個性又不太適合當隊長。

「怎麼樣，有沒有看中什麼委託啊？」

「看那上面的選擇，刀蝙蝠或緋色蝶感覺很適合我！」

我現在使用的武器是短劍。

運用的是重視敏捷的戰法，所以比較適合對付體型小、速度快的魔物。一開始我用的是小刀，接下來想練習單手劍之類的武器，希望最終可以學會揮舞大劍。

現在我還揮不動太重的劍，所以要努力鍛鍊身體。我每天都會練肌肉喔。

「刀蝙蝠……這麼說來，一刀他們之前也接過啊。」

我忍不住翹起尾巴用力搖晃。

「……你還是這麼喜歡一刀啊。」

「一刀不是很讓人嚮往嗎？」

沒錯，我之所以想用大劍，就是因為那是一刀的武器。

兩年前我當上冒險者時，就已經聽過一刀的傳聞了，但真的開始仰慕這個人是最近的事。在我那天，我跟一起接委託的同伴在森林裡走散了，遇上我一個人打不過的魔物襲擊。就要被殺掉的時候，有個漆黑的人影現身，一擊打倒了魔物。劍光一閃而過，當時隱約看見的軌跡實在太過兇暴又俐落，美到讓我嚮往。

順帶一提，後來同伴們聽到魔物臨死的慘叫聲，順利跟我會合了，我們還不忘把那頭魔物身上的素材都撿起來分贓，我分得比其他人多一點。對不起。

「不過，一刀好像只是砍死他前進路徑上衝過來攻擊的魔物而已。」

「最近我慢慢瞭解他們了，感覺真的就是這樣沒錯啊。」

一刀過來的方向和通過我面前離開的方向連成一直線，沒有半點偏差，絕對不是為了救我才出手，但我一點也不在意。用力搖晃的尾巴一直打到我屁股，但反正要停也停不下來，我就不管它了。

就在我們聊天的期間，公會裡的人也多了起來。

我結束了跟職員大叔的對話，環顧周遭一圈，想著該怎麼辦。委託先搶先贏，有人在委託告示板前面起了點小爭執，也有隊長趕緊從告示板前方脫身，趁櫃檯還空著的時候去辦手續。

我要找的是募集人手的聲音。單純的獨行冒險者湊在一起，聯手戰鬥或是分配報酬的時候常常起糾紛，所以最理想的應該是加入想要多找點攻擊人手的隊伍吧。

我把平時就豎著的耳朵豎得更直，仔細聆聽周圍的聲音。畢竟是一大清早，四下不時傳來招募同伴的聲音。

「『孤島迷宮』的地圖多少錢？」

「有辦法打碎赤石巨人的傢伙快來……欸，這樣要怎麼辦啦……那再收兩個人！」

「你的魔力量還算不錯吧？有個需要用魔道具的委託……」

「緋色蝶鱗粉採集——擅長應付靈敏魔物的傢伙來喔——」

啊，找到適合的了。

「我我我！擅長打緋色蝶！」

「好喔，那就決定啦。」

階級也一樣是C，馬上就確定下來真是太好了。

我加入的是三人隊伍，加上我一共四人。一般來說會希望再多找一個人，不過打的是緋色蝶這種小型魔物，人太多反而會有人閒著沒事做，報酬分起來不划算，所以四個人剛好。

出入阿斯塔尼亞的冒險者很少，因此大多數的冒險者我都有印象。我是在大約半年前過來的，今天組隊的這些人當時應該已經在阿斯塔尼亞活動了。雖然那時候的事我完全不記得。

「啊，那不是沉穩小哥嗎？」

「真的欸。」

「咦？」

我們趁著那三位同伴的其中一人，也就是隊長去辦理接取委託手續的時候閒聊，聊著聊著，大家的目光突然轉向門口。

這種事最近常常發生。有人進門的時候當然難免有人轉頭去看，但大多時候都不會多加理睬，只有在某一群人進來的時候，所有冒險者都會往那邊看過去。

「他們今天是三個人一起來啊。」

「那應該會去階級比較高的地方吧。」

今天跟我組隊的另外兩人，也看著那個方向這麼說。

那三人之所以吸引這麼多人注目，我覺得是因為他們很有存在感的關係。該說是氣質嗎？當然外表也是一個原因，但不只是這樣……是氣場吧？

年紀比他們三人大的冒險者比比皆是，他們看起來卻特別成熟，給人游刃有餘的感覺。之前明明有女生說冒險者全都是長不大的小孩耶。再加上他們有種難以預測的特質，誰也不知道他們下一個瞬間會做出什麼事，應該是這種調皮多變的特性使他們格外引人注目吧。

那三個人在委託告示板前面交談，內容聽不太清楚，不過一定是很成熟的對話吧。

「你的尾巴搖得好大力喔。」

「什麼，是看到誰啊？沉穩小哥？啊──是一刀喔。」

在我盯著他們看的時候，尾巴好像不知不覺搖了起來。同伴循著我的視線看去，馬上就發現我在看誰了。

「崇拜一刀的人很多喔。」

「相反吧？看他不爽的人感覺比較多。」

「也是啦。」

我聽了有點生氣，尾巴停了下來。但這是事實，我也沒辦法反駁。

畢竟這些同伴好像也不討厭一刀嘛。不過，在同行當中既優秀又顯眼的人，果然還是有些人看他不順眼。假如一刀是S階或許還不至於，但他是B階……冒險者最看重的是實力啊，階級明明就沒有關係。

「劫爾，這個委託如何？」

「那座迷宮遠得要命。」

「那還是算了。」

話說回來，沉穩小哥（平常不講名字也知道是在說誰，所以我沒有固定用什麼方式稱呼他，現在就配合另外兩人這樣叫吧）總是會徵詢隊伍成員的意見。

隊長講話太沒分量好像很容易變成這樣，但從旁看起來沉穩小哥一點也不像沒分量的樣子，我覺得非常不可思議。面對一刀能這樣講話太厲害了，站在一起一點突兀感也沒有真的很讓人佩服。

「我也想跟一刀搭話……！」

「真的假的，你太有挑戰精神了吧，我完全無法。」

「我也是。啊，不過他跟沉穩小哥在一起的時候我說不定敢去搭話。」

一刀獨自一人的時候確實很難親近，但就是這樣才帥啊。

並肩站在一刀身邊，不曉得是什麼感覺。我想應該很有優越感吧，雖然沉穩小哥從來不會給人那種感覺。

「只要變成碰面會打招呼的關係就很好了！希望我打招呼的時候他會回答！」

「這傢伙到底知不知道這個最低門檻有多高啊？」

「你乾脆拜他為師好了，去當他的徒弟啦。」

拜他為師！

同伴只是敷衍似地這樣講，對我卻是醍醐灌頂。不僅可以在最近距離觀摩一刀的劍法，說不定自己也能學會，簡直魅力無限。

不過應該很難吧，不只是我的實力夠不夠格當他徒弟的問題……但真的好想拜他為師喔。

「是說我們隊長怎麼搞那麼久啊？」

「那邊那個瘋狂殺價鱗粉採集道具的好像是我們隊長欸？」

「真的欸，快假裝不認識。」

拜他為師啊……

在迷宮裡前進了一會兒之後。

這次讓我加入的夥伴們不愧是固定隊伍，戰鬥起來非常安定，不過好像不太擅長應付陷阱。我提前發現幾個陷阱，被大家誇獎了。

走了一陣子終於找到緋色蝶，牠比一般的蝴蝶更大，但在魔物當中體型算小，翅膀張開大約五十公分左右。

「小狗，上面！」

「好！」

對付緋色蝶，首先必須把牠的腳全部砍下來。那些腳的尖端就像鋸齒狀的刀刃一樣，被牠抓到會毫不留情刺進肉裡，有夠痛，還好我買了護手。

「同時對付兩隻很勉強耶！」我說。

「你就想賺到的錢也會變兩倍啊。」

「我有幹勁了！謝啦！」

牠還會從嘴巴吐出奇怪的黏液，沾到身上就糟糕了。

這種黏液碰到緋色蝶的鱗粉就會爆炸。鱗粉是紅色的，閃閃發亮，但肉眼幾乎看不到，從上方灑下來會很難避開，所以總而言之躲開黏液就對了。沒噴到人的黏液還是會沾在地上，碰到鱗粉一樣會爆炸，所以戰鬥中也必須注意腳下才行。

再加上緋色蝶還會從上空發動攻擊，不愧是C階的魔物，很難應付。
「啊，那邊好像有史萊姆之類的魔物。」
「真的假的，牠聽到聲音可能會跑來這邊……來我們換個地方，往這邊！」
我不擅長對付史萊姆，得救了。
「腳全滅，觸角和眼睛都破壞了！」
「好，我們趕快把牠嘴巴綁起來。」
換了地方之後，負責另外一隻的同伴們馬上就準備好了。緋色蝶必須維持在活著的狀態才能採到鱗粉，事前得盡可能削弱牠的戰鬥力。
切掉觸角牠就飛不穩，再破壞掉眼睛牠就無法感知到我們；這種狀態下的緋色蝶會到處亂吐黏液，麻煩得很，所以普遍的做法是先把牠的腳全部砍掉，以便在這時候立刻捉住牠。
捉到牠之後，立刻把牠觸感像鐵絲的嘴巴緊緊綁好，這樣牠就吐不出黏液了。
「一個人就這樣把牠壓制住喔，另一個過來這邊支援！」
「好喔，久等啦——」
一位同伴過來幫忙了。
我們這隻的腳也已經全滅了，不過不能大意，在魔物的拚死抵抗之中，我勉強砍下了牠的觸角。緋色蝶開始不規則亂飛，另外兩人設法破壞了牠的眼睛。
趁著同伴從上方壓住牠的身體和頭部的時候，我努力把牠堅硬的嘴巴綁好。其實我不太喜歡這工作，緋色蝶在手掌抽動，完全就是摸到蟲的感覺，既擔心沾到黏液，萬一沒戴手套也很擔心皮膚被割破。

「好啦，那我們來採集鱗粉吧。一個人警戒，兩個人各固定一隻，剩下一個人負責刺針。」

「我想刺針！我沒有試過！」我說。

「你看起來手很拙嘛。」

「怎麼看都不像手巧的人。」

我唰地舉起手自薦，結果被同伴嫌得一文不值。雖然他們說得沒錯啦。

「不過也沒關係吧？反正目前沒有魔物。」

「嗯。你不要失手就好。」

「謝謝！」

這也是我想找已經組隊的人當同伴的原因之一。

獨行冒險者也一樣擁有各方面的豐富知識，不過誰負責了哪些事情必然會影響到報酬分配，所以他們很重視自己才有的技術，不會隨便教給我。

有固定隊伍的冒險者就不同了，只要情況許可，他們就願意教我。當然，大多時候還是情勢緊迫到沒有那種空檔，也有很多人不喜歡指導別人就是了。

「好啦，那先把皮革鋪在地上。」

「是！」

為了採集鱗粉，必須在魔物下方鋪上一層薄薄的皮革。

這皮革跟針具一組，是跟公會租來的，質地強韌又柔軟。我把皮革一點一點塞到被同伴按住的魔物底下，盡可能調整到能接住最多鱗粉的位置。

「一隻蝴蝶用三根針。首先是這邊，從翅膀根部往牠頭部底下刺，整個插進肉裡。」

「是！」

「周遭沒有異常——」

「另外一隻我來刺吧，針給我。」

我還要有人幫忙壓著才有辦法，看來習慣之後一個人就可以完成了。

我按照指示把針刺進去，一邊聽著「再裡面一點」、「再左邊一點」的指令，一邊把針插進緋色蝶頭部與身體之間的交界。然後在左右對稱的位置，再刺上另一根針。

原來如此，刺住身體的時候兩根針在頭部連接處交叉，能把頭部和身體固定在一起，緋色蝶就不容易亂動了。我也看過別人刺針，不過自己實際動手比較能清楚體會到原理。

「然後就剩下屁股啦。刺太後面萬一牠身體裂開會亂動，所以刺在這個花紋正中間的位置差不多。」

「是這裡嗎？」

「對，就是那邊。你的幹勁不用表現在聲音上，太大聲啦。」

「抱歉！」

會不由自主表現出來，沒辦法嘛。

「遠處有碧色蝶——沒注意到我們所以沒有異常——」

「然後就從那個位置正上方，直接把針一口氣刺到底。」

「是！」

細針貫穿緋色蝶的身體和鋪在地上的皮革，手上傳來針尖刺進泥土地的觸感。

我剛才就在想，其實緋色蝶的觸感還滿硬的，沒想到這工作沒力氣還做不來。

「好了，接下來就丟著不管啦。」

「謝謝指導！」

我一邊伸手抹掉汗水，一邊站起身，低頭看向被釘在地上的魔物。

緋色蝶從頭到尾被固定成一直線，使勁掙扎也只能微微扭動身體，只有翅膀不停拍動，散落鱗粉。

但每次真的只掉下一點點，這東西不能一口氣迅速採完嗎？

「好啦，這邊也結束了──」

「大家辛苦了──」

「邊吃飯邊等吧。」

「啊，那換我把風，反正我帶的是緊急糧食。」

我從腰間的袋子裡取出一顆樹果拋進口中，自願輪班。

他們隊伍好像一開始就打算接緋色蝶的委託，所以帶了飯糰過來。碰到有空閒時間的委託，也有很多冒險者會帶這種扎實的午餐來吃。順帶一提，飯糰容易散開又不方便吃，所以我不喜歡。

話雖如此，在迷宮裡什麼時候會遭到魔物襲擊都不知道，吃飯的時候還是得輪流警戒、休息，一刻也不能鬆懈。組隊的同伴們雖然坐著休息，但都採取隨時能夠起身的坐姿，武器也擺在手邊。

「鱗粉就沒有辦法一口氣快速採完嗎？」我問。

「是有方法可以一下子採到很多啦……」

「咦?!」

有這麼棒的方法怎麼不用，是很困難嗎？

「話是這樣講，可是我從來沒看過有人真的那樣採。」

「簡單說，就是讓牠狂拍翅膀就行啦。方法就是不要像我們這樣破壞必要的部位，而是直接一把把牠抓住。」

要是辦得到就不用這麼辛苦了。

緋色蝶會到處亂飛，不容易抓住，而且手一靠近就會被牠的腳刺到千瘡百孔，有時候一被黏液噴到還會馬上沾到鱗粉、引發爆炸。就算運氣好真的抓得到牠，也不可能在一隻魔物瘋狂掙扎的時候成功綁住牠的嘴巴啊。

可是如果辦得到，應該可以採到很多鱗粉吧。這樣要怎麼收集呢？

「只有穿全身鎧甲的傢伙有辦法這樣搞吧。」

「緋色蝶到處飛，穿全身鎧甲抓不到啦。」

「這還真矛盾……」

「話說這消息到底是哪來的啊？」

就在我們這麼閒聊的時候，組隊的同伴們也吃完了飯糰。

其中一人說要跟我換班負責警戒，我就不客氣了。我呼出一口氣坐了下來，覺得腳好瘆，在活動的時候明明沒什麼感覺。

這種身體狀況會對戰鬥造成影響，所以能休息的時候我會盡量休息。

「感覺還要一段時間耶。」我說。

「希望不要有魔物靠近。」

「要是有魔物在近處撒野，蝴蝶會飛走嘛……」

鱗粉要收集到緋色蝶筋疲力盡為止，所以我們暫時離不開這個地方了。

後來在等待期間，我們碰上一次魔物襲擊，蝴蝶稍微飛走了一下，不過最後還算順利地收集到了鱗粉。

墊在魔物底下的皮革正中間劃有摺痕，把兩端往上摺，就能把收集到的鱗粉集中在一起，裝進瓶子裡。

我們立刻出了迷宮，搭乘馬車回到公會領取報酬，這樣委託就完成了。

「來，辛苦啦。」

「能、能不能再多一點……！」

「採集鱗粉的學費我幫你扣掉啦，所以不──行──」

這種時候的金額交涉，我超級不擅長。

在那之後又過了一段時間。

那天委託提早結束，我興高采烈地搖著尾巴走進公會大門，結果下一秒就立刻捲起尾巴，速度快到只能以本能形容。我沒有察覺自己的尾巴已經縮到大腿之間，視線一直離不開正在跟某人談話的沉穩小哥。

沉穩小哥的態度總是那麼溫和，面帶微笑又溫柔，但今天好像有哪裡不太一樣。乍看之下跟平常沒有任何不同，但該說是恐怖嗎……不對，也說不上恐怖，我不知道該怎麼形容。

「我不會說一刀配不上你……在看見你現在的樣子之後。」

我記得跟沉穩小哥談話的那些人，是目前待在阿斯塔尼亞的其中一個A階隊伍。

正在說話的那個人，各方面都給我一種「誠實」的印象。我沒有實際跟他說過話，但他的言行曾經讓我覺得誠實並不總是好事。

不過他們確實擁有A階的實力，隊伍裡個個都是實力堅強的高手，我還完全比不上。

「沒錯，果然是這樣！你還搞不懂嗎？只是你配不上一刀而已！」

是在找他麻煩？還是想要挖角？我也聽過傳聞說，有人只是因為沉穩小哥跟一刀同隊伍，就跑去糾纏他。怎麼辦？

沉穩小哥什麼也沒說，只是面帶微笑，我卻完全被他的氣場吞噬，一步也動不了。冒險者之間的爭執是家常便飯，平常大家都會從旁起鬨，現在卻沒有任何人吭聲，說不定大家都跟我一樣被震懾住了。

我只能保持著剛打開門的姿勢，呆呆觀望事態發展，這時後面忽然傳來一個聲音。

「讓開。」

這一次我害怕到連耳朵都塌了下來，完全是直覺反射。

我看也不看路就急忙從大門前面跳開，結果狠狠撞到了別人，不過對方也沒有心思兇我。我的視線牢牢鎖在剛進門的那道漆黑人影上，看他踏著不算緩慢、卻充滿強者氣場的腳步，往這場糾紛的中心走過去。

「想也知道嘛，即使有你在……」

一刀拿出了某樣東西，擺在那張桌子上。A階冒險者的說話聲因此中斷，整間公會一瞬間鴉雀無聲。

沉穩小哥高興地把那樣東西拿在手中，一刀低頭看著他的舉動，同時碰觸他的肩膀，讓他遠離桌面。下一秒，一刀伸出另一隻手，一把抓住A階冒險者的頭就往桌上砸，嚇得我全身不由自主抖了一下。

桌子完全裂成了兩半，那個瞬間我第一次知道，原來人頭比木頭還硬。

後來其他隊友也攻向一刀，像要為他們隊長報仇，但全都反過來被一刀制伏了。一刀太厲害了，可以把A階瞬殺太厲害了。

就算用的是迷宮品，一般人也不可能把對方的劍直接砍斷，但一刀就是辦得到，太厲害了。和當時一樣兇暴絕美的劍法、足以砍斷劍刃的本領，憑著絕對的力量徹底懾服對手，一切的一切都讓我嚮往得不得了。

讓人移不開目光的攻防過程一下就結束了，我茫然傻在原地，怎麼辦，還想再看下去的心情壓抑不住，讓我心神不定。

「是說我重新體認到沉穩小哥……啊不對，應該叫他沉穩大人，為什麼是他們的隊長了。」

忽然聽見這聲音，我猛地抬起臉來，看見接緋色蝶委託的時候曾經合作過的那個隊伍。他們低頭看著陷在桌子殘骸裡的A階冒險者，不曉得在說些什麼。

但那時候支配了我整個腦袋的，是跟他們一起接委託那天，那個人曾經說過的話：

『你乾脆拜他為師好了，去當他的徒弟啦。』

這麼一想，源源不絕的衝動湧上胸口，再也停不下來。

這時候的我各方面都處於極限狀態，先是被沉穩大人的氣場吞噬，接下來一刀帶來的恐懼又使我混亂。親眼看見自己嚮往的強者讓人心跳加劇，莫名湧上的亢奮情緒完全無法平復。我跌跌撞撞地衝到正要走出公會的一刀面前，直接把內心的激動大喊出來：

「剛才的打鬥太厲害了！請讓我當你的頭號徒弟！拜託你了！」

我只感覺到整間公會的氣氛頓時凍結。

「啊？我記得那傢伙是……真的假的，他還真的去了喔。」

「衝勁真驚人啊……」

我豎直的耳朵微微顫抖，周遭的聲音聽起來格外清晰。好像有人說我什麼，但我每條神經都集中在眼前那兩人身上，什麼也聽不進去。

沉穩大人眨了眨眼睛，露出笑容看向身邊的一刀。但一刀只對他回以一道無奈的視線，就這麼不發一語地走出了公會。

走過我身邊的時候，沉穩大人稍微對我苦笑了一下。我目送他們兩人離開，豎得直挺挺的耳朵和尾巴都失去幹勁似地垂了下來。

後來，其他冒險者紛紛用力拍打我，跟我說：「你盡力啦！」我也不覺得一刀真的有可能收我當徒弟，只是無法壓抑那種心情嘛，衝出去也是沒辦法的事。

那之後又過了幾天，我來到了公會。

昨天晚上，我跟一起接委託的成員徹夜喝了一整晚，早上實在沒辦法在平常的時間起床。本來想說今天不要去公會算了，不過最後還是抱著碰碰運氣、看有沒有輕鬆委託的心態過來了。

不過剩下的委託裡面沒有適合的，接那種可以獨自解決的低階委託又很丟臉。今天還是去採買好了，我坐在椅子上，趴在桌上蹭著桌面，看著冒險者們來來去去。

就在這時，大門打開的聲音響起，所有視線頓時都往那個方向集中過去。這是最近習以為常的景象，我也不禁坐起身來。

沉穩小哥一個人站在那裡，四下環顧了公會一圈。

好像常常看到他呢。不過這麼說起來，除了沉穩小哥以外，也還有很多冒險者每次到公會都會見到面，可能是因為沉穩小哥引人注目，所以容易留下印象吧。跟其他冒險者比起來，沉穩小哥還算是比較少來公會的了。

筆挺的站姿自然不做作，就連指尖的每個動作都優雅高貴，就算知道他是冒險者，老實說我現在還是難以置信。

「啊。」

「呃……」

正準備走向委託告示板的時候，沉穩小哥彷彿發現了什麼似地露出笑容。

一個正在排隊等著辦理委託手續的冒險者，對此發出一聲喉嚨抽搐的「呃」。這個人是誰啊？我時不時會見到他，不過沒有合作過，不知道他叫什麼名字。

沉穩小哥往那邊走近，那個冒險者正在排隊，無處可逃。

「好久不見，最近過得如何呀？」
「呃、喔，也沒有如何啊，就普普通通。」
「幻象的公演也即將結束了呢。」
「哪壺不開提哪壺啊！不要讓我想起這件事啦，很難過欸！」
聽見沉穩小哥面帶微笑這麼說，男性冒險者彷彿吃了悔恨的一擊似地哀號。
幻象？我沒有聽過這個名字，不過既然提到公演，應該是街頭藝人或是劇團之類的吧。
這些人要移動到下一個國家的時候通常會提出護衛委託，既然公演快結束了，近期會不會在委託告示板上看到這個名字呢？
我接過一次護衛委託，可是當時委託人跟我們提出任性的要求，而且旅行一整天害我身體好痛，所以不太想再接了。
「……那個啊，差不多在公演結束的時候，有個慶典……」
「這個國家的慶典很多呢。」沉穩小哥說。
「對啊，如果把小慶典也算進去的話……不是，我不是要說這個啦。」
話說回來，還滿常看到沉穩小哥跟周遭其他人交談的。
冒險者之間的情報交換不可輕忽，培養人脈也很重要。一刀和獸人不會做這種事，不過他們三人的隊伍明明不需要借助周遭的力量，卻沒有受到孤立，說不定都是託了沉穩小哥的福吧。
「在那個慶典上啊，男生要邀請女生跳舞啦，所以我也，呃……想說要不要邀請那個，演魔王的女生……」

「有那種一起跳舞就能成為戀人的傳說嗎？」

「有又怎樣！！」

如果只看他的行動，沉穩小哥意外是個滿有冒險者樣子的人，雖然真的很讓人意外。所以我們也能夠接納他，不會覺得他瞧不起冒險者，也不會產生反感、看他不順眼。我反而還聽過傳聞說，沉穩小哥本人很納悶為什麼都沒有人把他當成冒險者看待……這也太強人所難了啦。

「不過，這感覺是個不錯的契機呢。」沉穩小哥說。

「對吧！所以我有件事想找你商量……」

「是？」

「那個啊，我沒有邀請過女生跳舞啦，想問你該怎麼邀請比較好……！」

公會裡立刻響起「少女心冒險者！」的起鬨聲。

冒險者對此怒吼回去，我把下巴擱在桌子上側眼看著這一幕，遠遠打量著沉穩小哥。沉穩小哥看起來確實很習慣跟女性互動，不是說他常常去找女人的意思，而是說這男人感覺可以成為完美的護花使者。

不曉得是不是也想邀請女生參加同一場慶典，有幾個冒險者鬼鬼祟祟往那邊靠近，打算偷聽沉穩小哥的建言。至於我嘛……嗯……雖然我有一點點在意那個總是叫我「小狗狗」的女生，可是……邀、邀請她好像也不是不行喔……我忍不住全力豎起耳朵仔細聽。

「這個嘛……用你自己的話語邀請對方，我想是最好的。」

「那個女生感覺那麼細膩，要是像我這種人跑去邀請她，說不定會嚇到人家啊！所以我才想說能不能想想辦法，比如說用你這種傢伙的方式去邀請她說不定就行得通了嘛！」

沉穩小哥的笑容顯得更閃亮了。為何？

那個冒險者好像在找藉口一樣越講越快，沉穩小哥邊思考邊把頭髮撥到耳後。耳環因此露了出來，我看了有點意外，他看起來不像是會戴那種飾品的人。

「那麼，果然還是用普通的方式邀請最好吧？」

「普通喔……像是，請跟我一起跳……」

「像是I kiss your hand, Lady（請給我妳的手），之類的。」

公會裡的時間頓時停止，普通的定義到底是？

「你、你、你這……」

「啊，你不知道嗎？幻象劇團有一首曲子就叫這個名字，之前我聽過劇團裡的小提琴手演奏哦。」

「呃……咦？」

「飾演魔王的女生一定也知道這首曲子，我想她應該會喜歡這種充滿戲劇感的情境吧，勝率或許會比平凡無奇的邀約更高。」

「……、…………咦？」

這說法莫名很有說服力，但這種話叫我講我也講不出口。不過如果是沉穩小哥這樣邀請別人，感覺不僅不會被當成笑柄，反而還很適合呢，太厲害了。

那位當事冒險者聽了愣在原地，這時候輪到他去辦委託受理手續，他就蹣跚地走向櫃檯了。沉穩小哥面帶微笑目送他過去，然後就像什麼事也沒發生一樣，往委託告示板走去。

沉穩小哥平常一副溫和的樣子，卻時不時會拋下剛才那種震撼彈，實在不能掉以輕心。我抬起手，揉了揉不知不覺間一直豎著而僵硬的耳根。

「呵啊……」

我打了個呵欠，仰起上半身伸了個懶腰。

今天果然還是去採買比較好。身體感覺還有點疲倦，趁著這機會也把劍拿去打磨一下吧。

「啊，果然你就是先前的那個男生吧？」

我嗆到了。

「你沒事吧？」

「沒、咳咳、我沒、咳咳、我沒事！」

沉穩小哥輕輕觸碰桌面，低頭看著這裡，我忍不住跳起來立正站好。

下一秒，我開始覺得有點不自在，幾秒之後才終於發現，這是因為整間公會的視線都聚集在我們身上的關係。在這麼多人的矚目之下，還真虧他們三人有辦法照常行動。現在親身體驗這種感覺，我對他們實在太敬佩了。

沉穩小哥對我露出無聲的微笑。我跟這種安靜的笑法無緣，忍不住緊張地別開視線。周遭的大家臉上都帶著看好戲的笑容，這些渾蛋！

「你今天不接委託嗎？」

「是的！因為沒有適合我實力的委託在募集戰力！」

沉穩小哥露出了有點不可思議的表情。為何？

「那方便占用你一點時間嗎？」

「麻煩你了！」

我反射性答道，結果沉穩小哥有趣地笑了出來。

剛才是因為腦中一團混亂，我才會憑著一股氣勢說出奇怪的回答。可是能當上一刀的隊長真的很厲害，如果有機會我也想跟沉穩小哥好好談話，雖然周遭的目光看得我有點不自在。

沉穩小哥在我對面坐下，我也在他的敦促之下坐回剛才的椅子，背挺得筆直，尾巴也豎得直挺挺的。

「很可惜呢，劫爾沒有收你當徒弟。」

「不會！那個，我也不覺得他真的會答應！」

「假如他真的收你為徒，伊雷文應該會想盡辦法欺負你……雖然這麼說不太妥當，但這個結果或許對你比較好也不一定。」

我回想起那個赤紅色頭髮給人深刻印象的蛇族獸人。

那個人個性好像很捉摸不定。獨自來到公會的時候，他聽到我們在聊沉穩小哥的話題，會一邊問「什麼什麼」一邊加入對話；原以為他聽得正專注，又在我們說到一半的時候忽然說「這我聽過了」，然後自顧自跑掉。

他的態度也常隨著當天的心情轉變，但跟沉穩小哥待在一起的時候總是很親切討喜。雖然只是我個人的觀感，但總覺得蛇族的人有一種惹到他們不知道會有什麼下場的印象。

「我兩年前當上冒險者的時候就聽過一刀的傳聞了，最近第一次見到他本人實在太興奮，才會忍不住……！」

「不，請不用介意。劫爾也說偶爾會有人想拜他為師，他沒有把這件事放在心上哦。」
「那太好了！」
果然不時有人想拜一刀為師啊，我恍然點點頭。
就在這時，沉穩小哥看著我，忽然微微偏了偏頭說：
「原來你的資歷比我還深呀。不好意思，老實說先前見到你的時候，我還以為是剛當上冒險者不久的新人。」
「沒關係，很多人都這樣講！」
一刀和那個獸人都有種冒險者不該有的威嚴，在他們身邊看習慣了當然難免這樣覺得。
我不想被拿去跟那兩個人比較啊。沉穩小哥一臉抱歉，我拚命跟他表示沒關係。常常被當成新人也是實話，常有人動不動就以為我是菜鳥。
「很多人都說我不夠穩重、不夠從容，還會叫我C階要有C階的樣子！」
「啊，原來我們同階級呀。」
真的假的啊。
「所以我對一刀就更嚮往了！」
「是這個原因呀。」
沉穩小哥似乎感到不可思議。我越說越興奮，尾巴用力搖來搖去。
雖然我非常嚮往一刀的劍法，但不只是這樣而已，他那種身為冒險者的威壓感、充滿強者氣場的舉手投足，也一樣讓我非常仰慕。
我常常因為年紀輕被人瞧不起，假如能散發出強者的氣勢，就能減少這種情況發生吧。

「他那種危險的氣質和成年人的從容真是太帥了！」

沉穩小哥高雅地噴笑了出來。為何？

後來只要聊到一刀讓我憧憬的部分，沉穩小哥總是面帶微笑傾聽。總覺得他身體好像微微顫抖，自家人被誇獎可能讓他有點不好意思吧。

沉穩小哥很擅長傾聽，就算我單方面講個沒完，他也完全不會露出不耐煩的表情；他不會跟我搶話，在我還有話想說的時候也會鼓勵我繼續說下去。

我們聊了好多想聊的話題，我也滿足得笑逐顏開。一直聊到公會裡的冒險者越來越少的時間，沉穩小哥忽然對我開口：

「對你來說，劫爾就是理想的冒險者呢。」

「沒錯！」

沉穩小哥優雅地把擱在桌子上的雙手交疊在一起，露出微笑說：

「對於像我這樣的人處在跟劫爾對等的位置上，你有什麼想法？」

我不禁僵在原地。第一個想法是，他居然沒有說一刀的地位在他之下啊。

沉穩小哥是隊長，一刀是隊員，一般而言說這是上下關係也完全不奇怪。這指的不是做為一個人的地位高低，但隊員服從隊長指令的狀況還是比較常見嘛。

這個人比誰都更有資格說自己地位高於人家，現在卻說他處在對等的位置，讓我有點搞不懂了，耳朵也忍不住垂了下來。誰來救救我啊。

「這、這個……」

那雙高潔的眼睛看著我，彷彿不允許任何謊言，我忍不住吞了吞口水。

我流著冷汗看向周遭，跟我一樣冒出冷汗的人們全都不約而同別開臉。啊，這果然是沉穩小哥在測試我，我的尾巴已經完全縮到椅子底下去了。

「很……」

「很？」

我想，一般來說應該會看他不順眼吧。

畢竟沉穩小哥看起來就不像冒險者，雖然他很有位高權重的氣場，但不像是實力堅強的戰士，也難怪有傳聞說一刀是他花錢僱來的。我想，應該也有人無法原諒這樣的人待在自己崇拜的對象身邊吧。

我下定決心，踢開椅子一鼓作氣站起來大喊：

「很適合！！」

但是沉穩小哥站在一刀身邊非常適合，所以我覺得完全沒有問題。

周遭的視線頓時聚集過來，彷彿在說「這答案太扯了吧」。我覺得自己搞砸了，怎麼辦？我戰戰兢兢看向沉穩小哥。看到我突然站起來，他好像有點驚訝，但並沒有露出嫌惡的表情，反而對我露出柔和的笑容。

「這樣呀。」

沉穩小哥有點開心地這麼說道，然後一邊說著「太好了、太好了」，一邊站起身來。

他很有禮貌地謝謝我陪他聊天，接著就離開了公會，今天好像沒有他特別想接的委託。

剛才到底是什麼情況？正當我僵在原地的時候，站在附近的冒險者忽然走了過來，拍拍我的肩膀說：

「沉穩小哥一直在逗你玩啊。」

我也好希望自己游刃有餘到跟人家談話的時候還有辦法逗對方玩。

從此以後，沉穩小哥就時不時會跟我搭話。

或許是拜此所賜，其他冒險者也記住我了，在募集成員的時候越來越常有人問我要不要加入，真是太棒了。

唯有一次發生了糗事，那是在沉穩小哥身邊帶著一刀，想要叫住我的時候。看到沉穩小哥想要叫我，卻不太確定該怎麼稱呼，我才想到我沒有報過自己的名字。那時我光明正大地對沉穩小哥說：

「請叫我小狗！」

我本來只是想報上名字，但看到一刀就在眼前，我一下子慌到不知道在講什麼。

「那麼，小狗，我有個問題想請教你，請問犬族獸人……」

沉穩小哥就這麼不以為意地接受了，非常強大。

他就這麼繼續問下去，但是他身後的一刀和獸人都一臉錯愕地看著我們。我好想哭，回答問題的時候也越說越小聲，都快聽不見了。

「所以說，聽說這裡的回復藥製程當中，嗅覺是個非常重要的……小狗？」

「是！我是小狗！！」

看到我這副快哭出來的樣子，沉穩小哥還是一點也沒放在心上。某種意義上來說，他根本比一刀還要強大吧。

後世稱之為怪盜

在「非人之物的書庫」當中前進的時候，利瑟爾他們每隔幾層就會看見一次巨大書本。這些巨大書本都是前往下一個階層必須通過的關卡，不攻略它就無法前進。當中有利瑟爾聽過的書本，也有完全陌生的，他們儘管失敗過幾次，還是勤奮地繼續往前攻略。

「《巴希涅特公爵失竊的至寶》……」

「隊長，你讀過嗎？」

「沒有呢。」

到了他們覺得「也差不多該抵達頭目關卡了吧」的時候。

面對不知第幾本巨大書本，三人偏著頭想，不知道這次會是什麼內容。上一次的巨大書本是《馬凱德興盛史》，他們必須與書中的主要人物成功完成交涉，是與書本內容沒有直接關聯的試煉。

該說不愧是深層的難度嗎？這一次的條件恐怕也相去不遠。

「如果是小說就困難了呢。」

「為什麼啊……」

「因為登場人物要怎麼設定都可以呀。」

「設定？」

「這個嘛……比方說，靠著容貌勝過『最強美男』之類的。」

雖然舉了個極端例子，不過這並非完全不可能。

劫爾他們一臉嫌棄，好像聽懂了，又好像不想聽懂。利瑟爾有趣地笑了，接著轉而看向大到無法環抱的書本封面。

他沒有讀過這本書，不過從書名看來應該是推理小說。他們或許要扮演追查兇手的憲兵，或是稍微亡命天涯一點，情報販子？也可能只是扮演被捲入事件的普通人，逐步解開謎題。

「萬一我們真的當上了主角的助手怎麼辦？」

「隊長看起來好開心喔。」

「有些事只有書痴才懂。」

利瑟爾所謂的浪漫，劫爾和伊雷文完全不懂。

接著，他們三人擺出慣例的開書態勢，利瑟爾和伊雷文躲到後方，劫爾負責把書本打開。光芒從打開的扉頁流洩而出，這次必須達成的條件隨之浮現……這些都和先前一模一樣。

不同的是，看到這一次發亮的文字所指定的條件，三人在被傳送到陌生的異地之前，都露出了一言難盡的表情。

光芒消退之後，映入眼簾的是某處森林當中的景色。

從樹木的縫隙之間，可以看見遠處豪華宅邸的屋頂。天色仍亮，從太陽的高度判斷，時間應該是中午或剛過午後。

「喂，確認。」劫爾說。

「我沒問題——」伊雷文說。

「我也是。」利瑟爾說。

一行人首先確認自己身上沒有發生任何變化。

服裝依舊是原本的裝備，武器沒被沒收，身上的東西也都在，包括放在空間魔法內的物品，一切正常。在這片連道路也沒有的森林之中，三人無語，面面相覷。

正確來說，是劫爾和伊雷文看向利瑟爾。

「我們是偷東西的那一方呀……」

總覺得利瑟爾看起來有點惋惜。

畢竟書本封面上出現的文字是這麼寫的：【你被賦予了變裝能力。請在不傷害任何人的前提下，華麗地偷出至寶。】書名都寫了「失竊的至寶」，書中主角肯定是負責找到至寶的那一方，故事多半也是從寶物被偷走之後開始的吧。

換句話說，現在上演的內容是前傳。視內容而定，說不定就連偷出至寶的手法都沒有詳細描寫。

「變裝能力是啥？」伊雷文問。

「可以變裝吧。」劫爾說。

「我是說，所以要怎樣變裝啦。」

由於書痴的浪漫夢想破滅，利瑟爾顯得有點無精打采，劫爾和伊雷文就在他身邊開始測試起變裝能力來。

這能力該怎麼發動？三人都能使用嗎？伊雷文脫下外套隨便揮了揮，沒有變化；劫爾握著劍，祈禱它變成先前見過的某把品質相當精良的單手劍，但也沒有變化。

「盜賊是你本業吧，直接去偷來啊。」

「我是『前』盜賊好嗎，前盜賊。如果殺掉幾個人也沒差的話是可以啦。」

「條件都寫了，不能傷人。」

「可是根本不知道那個至寶是什麼東西，又放在哪裡欸……」

這時候，利瑟爾似乎接受了現況，恢復精神的他看了劫爾一眼。

怎麼了？察覺他的視線，劫爾蹙起眉頭。利瑟爾想了想，在劫爾面前眨了一下眼睛，接著將手擺在胸口，手掌唰地往下撥動衣襬。

「喔，變了欸！」

「我成功變成劫爾了嗎？」

「只有衣服。」劫爾說。

咦？利瑟爾低頭往下一看，看見自己的身體裹在漆黑外衣底下。

尺寸並不會過大，正好合身。原來穿起來是這種感覺，利瑟爾摸著胸口的細皮帶，端正了姿勢心想，不知道這樣看起來像不像強者？

「我穿起來適合嗎？」

「不適合。」

「是說隊長不適合穿黑色啦。」

遭到了毫不留情的抨擊。

「我本來是打算變成劫爾本人的。」

「為什麼啊……」

「隊長，你不要量產大哥啦。」

「畢竟能力不是變身而是變裝，能改變的可能只有衣服呢。」

利瑟爾再度撥了衣服一下，服裝便恢復成了原本的裝備。

能夠改變的恐怕只有服裝，頂多再加上跟服裝相對應的裝飾品而已。剛才變裝成劫爾的時候，他身上的大劍也沒有出現在利瑟爾腰間，這種跟穿著打扮沒有直接關聯的道具似乎不會增加。

「為什麼你就能變裝？」

「應該是因為，我在腦海裡清楚想像了變裝之後的模樣，還有……」

「還有？」

「我對於華麗感有所講究。」

劫爾和伊雷文板著臉看向利瑟爾。

「你們想想看，這次的條件也寫著『華麗地偷出至寶』呀。」

「好像是有這樣寫喔……」

換言之，就是要全力耍帥的意思。

劫爾一臉嫌惡。一旁的伊雷文則是放棄了抵抗，反正樂在其中的人才是最大贏家，他開始興高采烈地跟利瑟爾商量起來：

「欸——那我要擺什麼動作啊？」

「彈指之類的如何？」

「啊，很棒很棒！超華麗的啦！」

伊雷文一邊爆笑，一邊把手擺在腰際，在彈響手指的同時把手臂往下一揮。

下一秒，伊雷文的服裝在轉眼間發生了變化，他穿上身的果然又是劫爾的裝備。劫爾本人投來「為什麼啦」的視線，但另外兩人不以為意。

「哇靠，這穿起來超憋的啦……」

「畢竟是最上級的裝備，穿起來應該很舒適才對吧。」利瑟爾說。

「是沒錯啦，但我就是不喜歡……」

他再彈一次響指，便恢復了原本的打扮。

這好有趣哦，伊雷文和利瑟爾不停變換著服裝，一邊朝劫爾看去：

「來嘛，劫爾也來試試。」

「……」

「大哥看起來超不情願的啦。」

「那我們來幫你想個華麗的換裝動作吧。」

隨你們便。看見利瑟爾他們一臉揶揄地笑著，劫爾放棄了。

「那我們就開始作戰會議吧。」

「終於啊……」

「呼，好好玩喔！」

利瑟爾他們在森林中稍微走了一段，找到適合坐下的地點，便開始討論這次的行動。

他們隨意坐在岩石或倒木上，各自思考該從何開始著手。畢竟情報量實在太少了。

「首先，那邊那棟宅邸就是巴希涅特公爵大宅，這點應該不會錯。」

「也沒有其他建築物了。」劫爾說。

「我也同意——」伊雷文附和。

「那麼，首要之務就是到那邊蒐集情報囉。」

附近沒有村落，也沒有住宅。

不曉得是故事當中這附近也沒有聚落，還是這一次巨大書本刻意將之省略，不過既然沒有也沒辦法。想進入遠離村莊的宅邸蒐集情報，就唯有潛入其中一途了。

「扮成僕人之類的喔？」

「不，陌生的臉孔馬上會被揪出來，在沒有人介紹的情況下也很難以新人身分進入。」

「那就是扮成商人了。」

「靠著高價品強行闖關說不定可以喔。」

利瑟爾他們仍然保有腰包和裡面的內容物。

他們擁有貴重的魔物素材，假如這裡沒有魔物，也可以說是「棲息在遙遠異國的幻獸鱗片」，挑起對方的興趣。還有從迷宮寶箱開出的裝飾品，再不然也有利瑟爾從寶箱開出的高級茶具組系列可用。

「那就是我或隊長去囉？」

「劫爾看起來不像商人嘛。」

「我也不覺得我行。」

「那就我去，可以嗎？」伊雷文說。

「拜託你了。」

事不宜遲，在岩塊上盤腿坐著的伊雷文於是立刻跳下地面。

接著，他一彈指，便化身衣著整潔的行腳商人；再來匹馬更好，不過沒有也沒辦法。伊雷文從腰包裡拿出稍微大一點的背包，揹在肩膀上。

「目標是公爵喔？」

「不，如果有夫人的話，請以公爵夫人為目標，獲得引見的機率比較高。」

「瞭解！」

伊雷文從腰包裡拿出幾件飾品，一個個塞到背包裡。

那些飾品全都裝在專用的匣子裡。寶箱開出的裝飾品基本上不會有盒子，那些該不會是他以前搶來的贓物吧？利瑟爾和劫爾看著這一幕心想。

「那我走囉——」

「我們也一起過去。」利瑟爾說。

「不然怎麼交換情報？」劫爾說。

「啊，對喔。」

三人穿過森林，悄悄繞了宅邸一圈，確認彼此交換情報的方式與地點。

接著，伊雷文一派輕鬆地往佣人專用的後門走去。利瑟爾他們不怎麼擔心地目送他離開，然後再度展開作戰會議。

她以女僕身分在這幢宅邸工作，已經第二年了。

這天，她偶然聽見後門響起敲門聲。是運送食材的人來了嗎？她一開門，站在門口的是個有著鮮艷紅髮的男人。
「請問你是？」
「我是商人，今天與夫人有約。」
「哎呀？」
夫人有這項行程嗎？她困擾地垂著眉想。
她請商人在門口稍待，進屋尋找女僕長的身影。這個時間女僕長應該在洗滌場才對，一到那裡她果然找到了要找的人，鬆了一口氣。
她轉達有商人來訪一事，果然，女僕長詫異地說沒有這項安排。她和女僕長一起回到後門，看見那名男性商人帶著搞砸了的神情，盯著自己手上的備忘錄瞧。
「那個……」
「啊，非常抱歉，好像是我弄錯了……」
一問之下，這名商人本來要拜訪的好像是隔壁鎮的女主人才對。
她鬆了一口氣，女僕長聽了也露出苦笑。商人看起來相當苦惱，只見他非常不好意思地開口：
「能不能想辦法替我引見一下夫人呢，今天要是空手回去，我會被大老闆罵的。」
「即使你這麼說……」
「這些珍品裡頭一定會有夫人喜歡的東西。」
商人邊說邊拿出飾品，一一排列在後門口。那些東西徹底奪去了兩位女性的目光。
她們從沒見過這麼高雅的設計，上頭闊綽地鑲了大量的寶石，每一件看上去都是一級品，就連這棟宅邸的公爵夫人的珠寶盒裡也沒有如此高檔的首飾。

夫人熱愛美麗的事物，聽了一定會指示她們讓商人進來吧。

「好不好？拜託妳們了。」

赤紅的眼瞳瞇細，勾勒出笑弧。

吊起唇角的表情像是撒嬌，卻又無比蠱惑人心，看得她和女僕長都移不開目光。眼見那副神情立刻隱藏在親切的笑容背後，她們甚至禁不住感到惋惜。

「啊，該不會是夫人今天有訪客，或是忙得抽不開身吧？」

「不是的，今天就只有一位客人要來拜訪公爵大人……」

「這樣呀。那麼方不方便撥出一點時間給我呢，即使一下子也好。這些都是其他地方絕對買不到的珍品喔。」

我去為你轉達看看，女僕長說著離開了，看起來心情很好。

她也一樣，被這些不像來自人世間的精品奪去了目光。她一個一個問著這是什麼、那又是什麼，請商人說明；每一次商人開口，都帶來一個充滿故事的逸聞，使她更加著迷於那些璀璨的飾品，無法自拔。

商人反手拋出了一團紙片，而她終究沒有注意到。

「看起來真可疑。」

「難得看到伊雷文這麼有禮貌的態度，很新鮮呢。」

「是跟你學的吧。」

但劫爾卻說可疑，利瑟爾心情非常複雜。

利瑟爾他們躲在看得見宅邸後門的位置。可惜聽不到對話聲，不過伊雷文截然不同於以往的舉手投足看得相當清楚。

就連那副完全是偽裝出來的、善良無害的笑容也盡收眼底。

「啊，有東西過來了。」

咚，不明的物件彈到了利瑟爾他們面前。

那是揉成一團的紙片，裡面包著小石頭以增加重量。利瑟爾慎重地將它打開。

「『等下公爵有客人』。」

看著草草撇下的這行字，利瑟爾若有所思地點了個頭。

「很有伊雷文的作風。」

「啊？」

「我想，應該是叫我們假扮成訪客混進去吧。」

眼見利瑟爾微微笑著這麼說，劫爾無奈地別開視線。這些傢伙歪腦筋還動得真快。

這意思不是要他們扮成客人闖進宅邸，然後立刻將寶物偷出來，而是要利瑟爾他們一起兵分二路，從公爵那裡打探情報。畢竟一棟宅邸的男主人和女主人，持有的情報完全不同。

而且，商人和訪客也會被帶到屋子裡完全不同的區域。他們必須掌握宅邸內部的配置圖，既然如此，這確實是個有效手段。不過……

「這手法怎麼想都是強盜啊。」劫爾說。

「不愧是待過業界的專家。」利瑟爾讚嘆。

「不夠華麗吧。」

「不然，要我變裝成美女倒在路邊試試看嗎？」

兩人開玩笑似地這麼說著，從宅邸的後門繞到正面玄關。

通往這棟宅邸的路僅有一條，就是從正門玄關延伸出去的道路。這條鋪在森林中的道路蜿蜒崎嶇、視野不佳，提供了利瑟爾他們行動的絕佳條件。

「來扮成賣花女好了？」

「啊？」

「咦？……啊，我說的不是那個賣花女。」

「喔，你是那個意思。」

看劫爾凶神惡煞的外表，也不難理解他為何跟字面上的「賣花女」無緣。

不過想到那裡去還真放浪啊，利瑟爾露出苦笑。走了一會兒，來到只看得見宅邸屋頂的距離，兩人停下腳步。到這裡就差不多了吧。

無論他們在此採取什麼行動，從宅邸都無法看見。兩人於是藏身起來，等待訪客現身。

「伊雷文是否在華麗地努力蒐集情報呢？」

「華麗的定義讓人搞不懂啊。」

「很想知道怎麼樣算是失去資格呢。」

這畢竟是迷宮裡的機關，懂得見機行事，不過冒險者也因此無從得知明確的達成條件和失敗條件。看來這一次將會是場持久戰呢，就在他們這麼聊著的時候……

「喂。」

「來了嗎？」

劫爾忽然抬起臉，利瑟爾也從林木陰影處凝神望向道路另一頭。

從林間現身的，是一位騎在馬背上的紳士。從穿著打扮看來，他擁有一定的社會地位。這樣正好，利瑟爾抬手往衣服上一撥。

一件斗篷輕飄飄地出現在他身上，他調整兜帽，完全遮蓋住臉孔。

「這招真的有用？」

「不知道呢。」

劫爾毫不掩飾懷疑的表情，利瑟爾則露出惡作劇般的笑容。

接著，他從劫爾手中接過花束，那是一整束的睡眠花。不知怎地，利瑟爾總覺得好像見過這種花，是在書本上看過嗎？他偏著頭納悶，一邊估算著馬匹離這裡還有多遠。

「既然做的事情像強盜，演出效果就得好好講究才行。」

利瑟爾正要往外踏出一步，忽然又回過頭來問：

「這是鮮花吧，你最近想送給誰嗎？」

「給你的，讀書成癮者。」

「非人之物的書庫」裡有著大量書本，明明近在眼前卻無法閱讀……彷彿為了發洩這股怨氣似的，利瑟爾最近讀書讀得加倍起勁。

紳士挺直了背脊，忍住一個呵欠。

在崎嶇難行的森林當中，馬匹也必須減速，悠哉的步伐難免晃得人睡意昏沉。但總不能表現得邋遢散漫，紳士輕輕搖頭。

目的地的宅邸已在不遠處，只要再忍耐一下子就行了。他從地面上抬起視線，往前路看去……

「？」

前方有個人正往這裡走過來。

斗篷的兜帽壓得很低，無法判斷是男是女。這條路前方只有他要去的那棟宅邸而已，是剛從宅邸離開的人嗎？紳士將手放在帽子上，準備跟對方打招呼。

就在這時，對方停下腳步、舉起一隻手，像在請他留步，另一手抱著花束。

「你好。」

「日安。」

紳士停下馬匹打了聲招呼，回覆他的是個男人的聲音。

他從馬背上看見斗篷底下露出的脖頸上有著喉結，看來對方確實是男性。在他打量對方的時候，男人兜帽底下若隱若現的嘴唇勾起了笑弧。

「如果您要到那棟宅邸拜訪，請帶上這束花吧，這是公爵夫人喜歡的花。」

原來是這麼回事，紳士恍然點頭。

賣花的真會做生意，特別找上了拜訪公爵家的上流階級顧客兜售。確實，即使一開始就準備了一、兩樣伴手禮，看到花束仍會有不少人覺得買點花過去也不錯吧。

「你們很會做生意啊。」

「謝謝您的讚美。」

這位紳士也不例外。他將手伸向布袋，準備拿出銀幣交給對方。

這時，眼前的男子忽然取下了斗篷上的兜帽。對上對方的視線，紳士在數秒之間忘記了呼吸。

「這些花很美吧？」

紫水晶般的眼眸瞇細，描繪出柔和的笑弧。

即使在這名紳士眼中，那笑容也充滿了高雅的氣質，他甚至懷疑自己是不是被公爵的兒子捉弄了。

可是，他從來沒聽說那棟宅邸的公爵有這年紀的孩子。

「香味也非常典雅哦。」

男子從花束當中抽出一朵，遞了過來。

對方的動作不帶強迫意味，紳士也自然而然地接過朝自己伸來的花朵。拿到鼻子下一聞，甜美的花香芬芳醉人，不可思議地連思緒都彷彿要被這香味融化。

「您是公爵大人的朋友嗎？」

「不是的，公爵大人在事業上幫助過我……」

「那麼，您一定是成功做出了優異業績而前來報告囉？」

「是啊……這都要歸功於公爵大人、開闢了貿易道路……」

咦？紳士搖了搖頭。

他受到濃重的睡意侵襲。剛才原本就有點睡意，是聞到花香之後精神鬆懈下來了嗎？

「那公爵大人一定也很期待與您再次會面吧。」

「呵呵，其實啊，我們沒有直接見過……」

腦袋晃了一下，他的意識就此中斷。

會客室的桌上，擺放著許多燦爛奪目的寶石。

「夫人，訪客已經抵達了。」

「哎呀，是嗎？」

伊雷文正對著剛才出面迎接他的公爵夫人推銷飾品，聽見門扉另一側傳來的聲音，他內心「喔」了一聲。

看來利瑟爾他們順利進到宅邸裡來了，伊雷文邊想邊看向對訪客興味索然的公爵夫人。對伊雷文來說，利瑟爾失敗才是天塌下來也不可能發生的事，所以他毫不懷疑那訪客肯定是他的兩名隊友。

「需要我過去打招呼嗎？」

「應該是不需要的……」

「那麼，有需要再叫我一聲。」

女僕於是離開了門口。

公爵夫人重振精神似地拿起桌上的項鍊，發出讚嘆的嘆息。

「哎，真的好美呀。」

「是吧。」

伊雷文殷勤地點頭回道，公爵夫人也隨之看向他。

房裡只有她和伊雷文兩人。本來不可能發生這種事，但這是夫人自己的意願。他就是為此才自願扮演商人的，事情太順利了，伊雷文瞇細眼睛笑著開口：

「今天能見到您太榮幸了，和您相比，我原本要拜訪的那位女主人容貌實在是……」

「哎呀。呵呵，那這些美麗的飾品就太可惜了。」

「是呀，真的……」

雖然對於優雅的貴婦來說，這刺激或許太強烈了些。

「您太美了。」

那道笑容說是戀慕顯得太過魅惑，說是性感，又感受不到慾望。

公爵夫人看了，再度讚嘆地吁了一口氣，而這讚嘆針對的並不是桌面上那些閃耀的飾品，任誰看來都顯而易見。

然而，這裡沒有人能譴責或制止她。有如毒素緩緩流遍體內似的，這感覺隨著時間推移，一點一點侵蝕她的心房。

「啊，對了……」

正因如此，伊雷文才算準了時間開口：

「因為職業的關係，我也非常重視培養眼光。剛才在走廊上看到的繪畫，能不能再讓我看一次呢？」

「呵呵。那就送給你吧，我替你去拜託公爵。」

「不，珍品該放在與它相稱的地方才好，我只要看看就很足夠了。」

這女人真是瘋了。

伊雷文藏起內心的想法，順利取得了在宅邸中閒晃的藉口。雖然心花怒放的公爵夫人不會離開他身邊，不過這樣正好，他可以隨心所欲誘導她、讓她幫忙帶路。

順帶一提，在走廊上走動的時候，伊雷文透過中庭對面的窗子看見了利瑟爾和劫爾的身影。他們正與一位看似公爵的男人愉快地握手，太好了，看來進展得很順利。伊雷文這麼想著點點頭，甘願地接受公爵夫人格外頻繁的撫觸。

一瞬間，劫爾似乎投來了半傻眼半同情的目光，想必不是他的錯覺。

與公爵愉快地聊了一陣子之後，利瑟爾忽然想起什麼似地開口：

「不好意思，我有東西忘在馬上了。我帶了花束想送給尊夫人。」

「喔，那真是太感謝了。如果你不介意，我叫人過去拿吧。」

「不，我的馬有點脾氣，萬一牠傷到人就不好了。」

利瑟爾這麼說著，從座位上站起身來，於是公爵也不疑有他，欣然送他出門。

他帶著扮演護衛的劫爾，在佣人帶路之下來到玄關，婉謝了佣人陪伴他們走到大門口的好意，接著與劫爾兩人獨自走向繫著的馬匹。

「還真虧你有辦法聊這麼久。」

「我也是邊聊邊試探呀。」

利瑟爾打扮成陌生人物，卻完全沒露出破綻，劫爾無奈地這麼說。

雖說雙方未曾謀面，但公爵是投資這項事業的金主，業績等等想必全在他掌握之中，利瑟爾卻能巧妙避開這方面的話題，把對話繼續下去。

被當成話題的主要是劫爾。根據利瑟爾的說法，劫爾原本是軍人，過去曾被喻為最強戰士，就在他離開軍隊、四處流浪的時候受利瑟爾聘僱，當上了護衛。巴希涅特公爵的姓氏源自於盔甲名稱，人如其名的他同時也是位武人，因此聽了相當感興趣，雙方聊得比預料中還要熱絡。

「喔，來了來了！」

「伊雷文，辛苦你了。」

「累死啦——」

他們一走到馬匹旁邊，伊雷文就從附近的樹叢探出臉來。他的進展似乎非常順利，成功避免了過度深入的談話，以商人身分順利脫身。

利瑟爾安撫過馬匹之後，作勢翻找掛在馬鞍上的行李，接著開始低聲與伊雷文交換情報。

「女主人不知情，持有的寶石類飾品裡也沒有可疑的東西。」伊雷文說。

「我們這邊沒有收穫，掌握了中央到東側的結構。」利瑟爾說。

「西邊我幾乎都走過啦。」

「最難應付的是公爵，戰力沒問題。」劫爾說。

大家各自說出自己取得的情報。

既然條件是不能傷害任何人，他們就無法強行突破，必須偷偷行動；為此必須要掌握至寶的所在地才行，但實際上，他們卻連那是什麼樣的寶物都不知道。

利瑟爾也數度嘗試把話題往那方向帶，但全都被公爵避開了。

「看來藏得很隱密呢，大概只有公爵知道它的存在。」

「知道這點就算是收穫了吧。」劫爾說。

「不然放火試試看？」伊雷文問。

「不傷人的前提跑哪去了？」劫爾說。

利瑟爾裝作從行李中取出花束的模樣，從腰包當中把花拿出來。

他抱住花束，小心不吸到香氣，然後點了一下頭。

「那麼，我們就請他本人來帶路吧。」

「啊，真的要放火……」

「不放。」

這明明是最確實的方法欸。伊雷文鬧起彆扭來，利瑟爾則在這時候拜託了他一件事。

伊雷文滿意地笑著答應下來，基本上他還是個喜歡氣派排場的人啊。

利瑟爾和公爵再度展開熱絡的談話。

過了一會兒，外頭突然騷動起來。發生什麼事？在室內的三人往外看去，這時敲門聲正好響起。

傭人在公爵敦促之下走了進來，手上拿著一個信封。

「公爵大人？」

「怎麼了？」

傭人把手擋在嘴邊，附在公爵耳朵旁悄聲說了些什麼。

然後，他把手上的信封交到公爵手中。接過信封，一看過信，公爵的臉色一下子嚴峻起來。

「公爵大人……」

「不好意思，今天就聊到這裡吧。」

公爵說著站了起來，利瑟爾也跟著從沙發上起身。

「該不會發生了什麼……」

「沒事。」

「看您的表情不像沒事。如果有什麼我幫得上忙的地方……」

利瑟爾露出擔憂的神色這麼說。

但公爵想必不會答應，畢竟那封信的內容攸關公爵家的至寶。那是他隱藏至今的寶物，不可能隨便向外人透露。

然而，它確實也是無價之寶，無論如何都必須守住才行。儘管不能透露詳情，公爵還是急需人手幫忙。

「即使您不方便說，至少把我的護衛留在身邊吧。假如您有可能遭遇危險，還請不要客氣。」

「……謝謝，就這麼辦吧。」

公爵皺起臉說道，彷彿這是萬不得已的決定。利瑟爾見狀看了劫爾一眼。

他點點頭，將手擺在胸前行禮告退，接著把劫爾留在原處，和剛才一樣在佣人的送行之下離開宅邸。

利瑟爾就這麼騎著馬走了一小段路，到了看不見宅邸玄關的時候……

「你寫了什麼呀？」
「【今晚，我將偷走公爵家藏匿的至寶。】」
開始在馬匹身邊並肩行走的伊雷文這麼說，利瑟爾聽了忍不住笑了出來。
「很華麗呢。」
「對吧！啊，這匹馬要怎麼辦？」
「繫在主人身邊吧。」
利瑟爾下了馬，往某位紳士沉眠之處走去。
伊雷文跟了過去。映入他眼中的情景是，一個打扮得體的男人躺在毛毯上，懷中抱著花束安然沉睡……只差一步看起來就像葬禮了。雖然毛毯是出於利瑟爾的善意，抱著花束也是為了不讓他醒過來。
「這樣公爵就會行動嗎？」伊雷文問。
「既然那棟宅邸裡實力最強的是公爵，我想他應該會採取行動吧。」
最強的戰力，自然該安排在最需要守護的位置。
換言之，公爵增強守備的地方，就是至寶隱藏之處。光看實力，負責守護至寶的應該是劫爾，但公爵不可能完全信任一個初次見面的人。
儘管如此，劫爾多半也會負責重要的入侵路徑。利瑟爾已經交代過劫爾在那裡幫助他們潛入屋內，並在事前掌握內部情況了。
「距離日落還有一小段時間呢。」利瑟爾說。
「要來核對一下地圖嗎？」伊雷文說。

「就這麼辦吧。啊，還有服裝之類的。」

「要不要把裝備變黑？」

「我明明就不適合呀。」

兩人說著都笑了出來。然後，他們悄悄繞回了宅邸後方。

夜色覆蓋了天空，位於幽暗森林當中的宅邸一直點著燈火。屋內瀰漫著一股不可思議的騷動和緊張。有竊賊要來了、不要讓燈火熄滅……人人都嚴加戒備，宅邸後方當然也有人看守。

然而，卻有兩道人影躲過看守的耳目潛行。

「二、一，走。」

配合伊雷文的低聲指示，利瑟爾偷偷摸摸走過窗戶下方。

該說不愧是專業的嗎？伊雷文可靠得不得了。他們倆披著黑斗篷，在夜色中悄然行動。

「大哥咧？」

「在那扇窗口。」

他們事先說好的潛入路徑位於宅邸東側外緣，是通往尖塔的入口。

這裡距離劫爾負責戒備的區域很近，想必是因為耳目難及所以才分派劫爾在這一帶站崗，不過拜此所賜，利瑟爾和伊雷文也比較容易抵達。

找到了目標那扇窗戶，伊雷文悄悄往裡面看。

窗戶立刻從內側被打了開來。伊雷文迅速爬了進去，接著兩人也抓住利瑟爾的手臂把他拉進屋內。

「你們來啦。」

「公爵呢？」

「一樣，待在自己的房間。」

劫爾仍然一身護衛打扮，蹲在窗邊小聲說道。

利瑟爾和伊雷文也蹲下身以免被外面的人看見，然後三人彼此湊著臉交談起來。他們把劫爾獨自留下、離開宅邸之後，也悄悄交換過幾次情報，大致掌握了宅邸內部的狀況。

「自己的房間？」伊雷文問。

「二樓深處。」劫爾說。

「那我們上樓從屋頂過去比較輕鬆喔。」

「好緊張哦。」

聽見利瑟爾期待地這麼說，劫爾一臉無奈，伊雷文則笑著同意。

必須華麗地完成這些行動，他當然免不了期待。為了追求華麗的演出效果，利瑟爾和伊雷文在等待夜幕降臨的期間也有過一番激烈討論。

最後，他們連決勝臺詞都想好了。這很重要。

「那我們走吧？」利瑟爾說。

「好喔！」

「啊，劫爾也要變裝喔。」

劫爾聽了皺起臉來，不過還是放棄似地抬起手。

在他將手指從額間伸入髮際，把頭髮往上梳的同時，護衛服裝也恢復成了平時的裝備。

「嗯，很華麗哦。」

「華麗——」

「囉嗦。」

三人沿著尖塔牆上的螺旋階梯往上爬。

爬到超過屋頂的高度，他們從敞開的木窗往外窺視，地面上來回巡邏的燈火只有一盞。這點程度不成問題，伊雷文於是從窗口探出身子。

他從窗口跳了下去，悄然無聲地著地。太厲害了，利瑟爾朝他擺出無聲拍手的動作。

「不能發出聲音對吧？」

「是吧。」劫爾說。

不過高度也不算太高。

利瑟爾跨過石砌的窗框，保持上半身留在尖塔內部的姿勢，讓劫爾抓著他的領子，慢慢下到屋頂。腳尖勉強碰到屋頂的那一刻，他鬆了一口氣。

利瑟爾就這麼踩上屋頂，然後離開一步，劫爾跟著運用他驚人的臂力無聲著地。

「沒想到這麼不容易被發現啊。」劫爾說。

「外行人這麼緊張的時候，不太可能往上看啦。」

伊雷文言下之意是，這種時候視野會變得狹小吧。

原來如此，利瑟爾也點點頭。就在他正準備起身行動的時候，玄關的方向忽然傳來門環敲門的叩叩聲，一行人腳下宅邸的騷動一口氣加劇了。

「啊？」
「有人來了呢。」
「這種氣息……」
忽然傳來了參雜悲鳴的聲音。
「打擾了——哇啊啊怎麼突然把武器對著我——雖然看起來身體這麼虛弱但我其實是隔壁城鎮的巡邏兵，不小心迷路了所以才想過來問路……是的，是各位誤會了，真的……我只是個平凡的巡邏兵而已……是的，不好意思……」
「是士兵喔——」
「他來得真不巧啊。」
「要讓那傢伙頂罪嗎？」劫爾和伊雷文說著說著，忽然注意到利瑟爾沉默不語。
利瑟爾目不轉睛地凝視著聲音傳來的方向，對於腳下的騷動毫不理會，神情愕然，雙眼閃動。
劫爾不明所以，正要開口問他怎麼了，就在這一瞬間——
「我沒聽說……」
利瑟爾面無表情地看向另外兩人，劫爾他們不禁肩膀一抖。
「隊長？」
「那是主角。」
「啊？」
「我沒聽說這是虛弱巡邏兵系列啊……」

利瑟爾說著，開始摸索著在屋頂上前進。那方向是公爵的房間。既然他還知道要做該做的事就沒差吧，劫爾他們於是也跟了過去。

「我們沒戲唱了。」

「為啥？」

「你們想想看，是那個巡邏兵耶？」

「我只聽懂了你是他的忠實粉絲。」

「他不會放過我們的。」

三人來到了公爵房間的正上方。

宅邸內的戒備都集中在那個奇妙的迷路士兵身上，伊雷文下到陽臺也沒人發現。房內拉著窗簾，他透過縫隙窺伺內部的狀況。

聽見玄關的騷動，公爵或許也前往查看狀況了，房間裡碰巧一個人也沒有。

「太幸運啦，沒人沒人。」

「下去了。」劫爾說。

「早知道他要來，我就不會用這麼隨便的方式偷走寶物了……」

劫爾抱著不知在鑽牛角尖什麼而陷入沮喪的利瑟爾，跟在伊雷文之後下到陽臺，然後潛入房間。

伊雷文立刻找到了偽裝成書櫃的暗門，發現暗門的手法專業到令人咋舌，就連劫爾也不知該無奈還是該佩服他。

「嗯，找到看起來很可疑的盒子啦。」

「沒鑰匙。」劫爾說。

「啊……這種好像要有本人的魔力才打得開欸。」

「真麻煩，把這盒子整個帶走吧。」

「這樣滿足不了華麗的條件吧？」

忽然，還被劫爾抱在腋下的利瑟爾遞出了一只戒指。

劫爾見過這東西，利瑟爾跟公爵會面的時候特地戴著它。原以為他是為了裝扮成上流貿易商才戴，原來是為了這種時候預作準備。這傢伙即使稍微變傻了點也還是很優秀啊，劫爾暗自這麼想。

「這是魔石，裡面裝有公爵的魔力，雖然只有一點。」

「喔，不愧是隊長……你還在難過喔？」

「我之所以尊敬他，是因為他不依靠偶然的發現、也不依賴註定好的靈光一閃，而是藉著不斷重複單調的步驟，腳踏實地地解決事件……可是他居然倚賴這樣的偶然……」

「就算沒在這時候偶然上門，那傢伙自己也會有辦法吧。」劫爾說。

「是這麼說沒錯。」

「那傢伙在這時間點跑來應該也是書上的內容吧。」伊雷文說。

「是這麼說沒錯。」

書痴正在說些麻煩的話。

話雖如此，正因為利瑟爾是個書痴，劫爾他們在這座「非人之物的書庫」才輕鬆許多也是事實。他們兩人完全無法體會利瑟爾的感覺，但應該是有什麼狂熱書痴無法容忍的事情吧。

伊雷文咯咯笑著，將戒指放在魔石前方。內部隨之響起觸動機關的喀嚓聲，盒內的寶物緩緩展露在他們眼前。

「是王冠啊——」伊雷文說。

「等一下。我們面對那個主角居然能夠成功犯案，這跟我的角色解讀矛……唔。」

「好了，走啦。」劫爾說。

「隊長，我們沒有成功把東西偷走故事就不會開始欸，這樣你無所謂喔？」

利瑟爾就這麼被人抱著，連嘴巴也被摀住，在三人逃出宅邸之前都被剝奪了行為能力。

就這樣，他們三人偷出了公爵的至寶，順利從巨大書本當中獲得釋放，然後在迷宮引導之下，走向通往頭目所在之處的階梯。順帶一提，他們想好的決勝臺詞忘記講了。

後來，利瑟爾找遍了阿斯塔尼亞的所有書店，買到了這本書。

公爵家的至寶，其實代表了該國遭到抹消的歷史：現在真正的王族不知所蹤，這事實唯有被留下的這頂王冠知曉。而華麗地偷走王冠的兇手，正是該王族失蹤的末裔。

主角由於碰巧來到那幢宅邸而被誤認為竊賊的共犯，為了還自己清白，他一路追查竊賊的身分，最後成功找到真兇。當主角逼問兇手為何偷走王冠，對方這麼回答：

『因為我想跟你交手啊，巡邏兵（主人翁）。』

竊賊極為愉快地笑著說完，把王冠拋還給了主角，在遭到逮捕之前消失得無影無蹤。
利瑟爾很少把自己代入書本的登場角色當中，但這句臺詞卻讓他不由得深有同感。

後記

我一直以為自己萌的是遮眼屬性，最近卻發現不只是遮眼，我萌的應該是面部遮住四、五成以上的屬性吧？

一樣是遮眼，單眼醫療用眼罩的心動指數偏低，但遮住近半張臉的那種眼罩就偏高。籠狀看得見內部的動物用嘴套也是心動指數偏低，但換成完全遮住嘴部的那種心動指數就非常高，整張臉全部遮住更是讓人激動難平啊。

這種屬性該怎麼稱呼呢，自我嶄新的一面令我茫然。

以前我也在後記提過遮眼屬性，後來由於某遊戲當中的某角色登場，我本來戰戰兢兢地擔心「這該不會害得萌遮眼屬性的無辜群眾也一起被罵到臭頭吧……」，結果完全沒這種事，被罵到名譽受損的完全只有那個某角色（而且幾乎都是確有其事，並非誹謗），大家真是心胸開闊到讓我忍不住感動落淚。我是作者岬，受各位關照了。

利瑟爾的寵物在這一集首度登場。

是幸運雪花球（kesaran-pasaran），習慣念成kesaran-pasaran的讀者，不好意思。

這些幸運雪花球並不會以什麼特別的方法為人帶來幸運，目前它們只是不斷增加，數量好像也不會減少。最近它們增殖的速度平緩下來了，今天一定也在利瑟爾老家的書庫裡精神飽滿地飄來飄去吧。

看見寵物過得健康有精神也是件十分幸福的事，所以對於利瑟爾而言，它仍然是某種「帶來幸福」的存在不會錯。不過休假世界裡沒有神明也沒有精靈，所以到最後還是沒有人知道幸運雪花球到底是什麼。每一次看見白色的毛球，利瑟爾一定都很想念自家的寵物吧。

這麼說來，這一集《休假》的故事難得採取了前後兩集相連貫的形式呈現，如果各位也願意看看下一集就太榮幸了。

這一集也多虧了來自各方的支持，我才得以將這本書呈現在各位眼前。

感謝さんど老師在導覽設定集當中不吝惠賜評語，我邊看邊忍不住嘴角上揚。感謝我的編輯大人，在以小說家身分獲得大獎之後仍然願意繼續協助這套書的出版，我在惶恐的同時也感到非常幸福。感謝TO BOOKS出版社，將《休假》系列一路推展到我完全意想不到的地步。

最後還有翻開這本書的各位讀者，非常謝謝你們！

二〇二〇年三月　岬

國家圖書館出版品預行編目資料

優雅貴族的休假指南。9 / 岬著 ; 簡捷譯. -- 初版. --
臺北市 : 皇冠, 2021.08 面 ; 公分. -- (皇冠叢書 ;
第4964種)(YA! ; 69)
譯自 : 穏やか貴族の休暇のすすめ。9
ISBN 978-957-33-3764-5(平裝)

861.57 110004836

皇冠叢書第4964種

YA!069

優雅貴族的休假指南。9

穏やか貴族の休暇のすすめ。9

作　　者—岬
譯　　者—簡捷
發 行 人—平雲
出版發行—皇冠文化出版有限公司
台北市敦化北路120巷50號
電話◎02-27168888
郵撥帳號◎15261516號
皇冠出版社(香港)有限公司
香港銅鑼灣道180號百樂商業中心
19字樓1903室
電話◎2529-1778　傳真◎2527-0904
總 編 輯—許婷婷
責任編輯—林易萱
美術設計—嚴昱琳
著作完成日期—2020年
初版一刷日期—2021年8月

法律顧問—王惠光律師

讀者服務傳真專線◎02-27150507
電腦編號◎515069
ISBN◎978-957-33-3764-5
Printed in Taiwan
本書定價◎新台幣320元/港幣107元